MENSAJE MORTAL

S E ESCUCHÓ ALEJARSE el tronar de los cascos de un caballo que corría, y la noche se quedó inmóvil.

—Si yo fuera usted —dijo Danny—, me largaría.

—Quizás sea eso —dijo Fuentes—. Quizás quieren que se vaya. Quizás quieren que nos marchemos todos, empezando con usted.

Raspó un fósforo y encendió la lámpara. Apunté la manta enrollada que había usado de almohada. Había un agujero perfecto de bala, preciso, redondo y perfecto.

—Él no quiere que me vaya —dije—, me quiere muerto.

Libros de Louis L'Amour

DISPONIBLES AHORA EN CASTELLANO

Catlow
Los madrugadores
Kid Rodelo
El hombre de las colinas quebradas

EL HOMBRE
de las
COLINAS
QUEBRADAS

Louis L'Amour

Traducido al español por
Mercedes Lamamié de Clairac

BANTAM BOOKS

EL HOMBRE DE LAS COLINAS QUEBRADAS
Un Libro de Bantam / marzo 2007

PUBLICADO POR
Bantam Dell
Una división de Random House, Inc.
Nueva York, Nueva York

Fotografía de Louis L'Amour por
John Hamilton—Globe Photos, Inc.

Cubierta por Gordon Crabb

ISBN: 978-0-553-58880-4

Impreso en los Estados Unidos de América
Publicado simultáneamente en Canadá
www.bantamdell.com

OPM 10 9 8 7 6 5 4 3 2 1

Para Art Jacobs
Con aprecio—

EL HOMBRE DE LAS
COLINAS QUEBRADAS

CAPÍTULO 1

POR DONDE EL viento atravesaba el pasto, me vino un olor a hoguera.

Una señal de bienvenida en el desierto... o el principio de problemas.

Llevaba dos días sin tomar café y un día sin comer y tenía una cantimplora vacía colgada de la montura. También estaba harto de hablarle a mi caballo y de que la única respuesta fuera una sacudida de orejas.

Desde la cumbre de una roca, contemplé el horizonte y la inmensidad del territorio que tenía debajo, colinas ondulantes con cauces de agua secos y conjuntos dispersos de mezquite por un arroyo. En este territorio, el mezquite era casi siempre señal que había agua cerca, ya que sólo los caballos salvajes se comían las semillas y, si nadie los molestaba, raramente estaban a más de tres millas del agua. El mezquite crecía de las heces del caballo, y ese color verde se veía muy bien allí abajo.

El humo seguía señalando al cielo como un dedo fantasmal, así que monté hasta el borde para buscar la manera de bajar. Había cuarenta o cincuenta pies de roca escarpada, seguidos de una empinada cuesta de taludes nacidos del pasto, pero todas las cumbres tienen un camino por alguna parte, y localicé uno que era el resultado de una corriente de agua y del paso de los animales salvajes.

Era empinado, pero mi mustango había corrido salvaje hasta los cuatro años y esto le resultaba fácil. Se
puso de cuclillas, y llegamos al fondo envueltos en una
nube de polvo.

Había tres hombres alrededor de la hoguera, y olía
a café y a tocino. Era un pequeño campamento en territorio inhóspito. Tres broncos ensillados y un caballo de carga estaban debajo de un álamo que había
sido derribado por un rayo.

—Hola —dije—. ¿Reciben visitas, o es una reunión
privada?

Todos me miraban de arriba abajo, pero uno de
ellos soltó: —Ya está aquí. Bajese del caballo y acérquese.

El tipo tenía una mandíbula larga, un bigote fino y
una nariz con señales de algunos altercados. Había un
jovenzuelo pálido y enjuto, y un tipo fortachón con
una camisa que le marcaba la musculatura.

Tenían buenos caballos de carnes prietas, todos
marcados con el hierro Spur. Encima de una roca,
cerca del fuego, había unos zahones de cuero y al lado
de eso, un rifle.

—¿Va de paso? —preguntó el fortachón.

—Estoy buscando trabajo. Voy al este, y busco una
cuadrilla de vaqueros que necesite alguien que les eche
una mano.

—Somos del equipo de Stirrup-Iron —comentó el
más viejo—. Podría preguntar al jefe. Se aproxima la
temporada de acorralar el ganado y acabamos de
comprar la ganadería Spur. Es posible que necesite a
alguien que sepa trabajar en el desierto.

Desmonté del caballo y le quité los arreos. Por
el arroyo corría agua suficiente para mojar las rocas.

Mi caballo no necesitaba una invitación. Caminó hasta el borde y metió el hocico en la parte más profunda.

—¿Ha visto ganado por el oeste? —preguntó el bigotudo.

—Por aquí y por allá. Con los hierros Stirrup-Iron, HF Connected, o Circle B... todos desperdigados por la cima de las rocas.

—Soy Hinge —dijo el bigotudo—. Joe Hinge. Ese rubio patán que está allí es Danny Rolf. El musculoso es Ben Roper.

—Aquel chico —agregó— es buena persona. Aunque está un poco verde y pisa sin mucha confianza.

Rolf sonrió abiertamente. —No se deje engañar, señor. Este viejo se llama Josiah... no Joe. Es uno de los patriarcas de la Biblia.

Fui a por mi caballo, lo llevé hasta el pasto y lo estaqué; el estómago hacía ruidos por el aroma a tocino. Éstos eran vaqueros de verdad, pero sabía que se preguntaban quién era yo.

Tenía el lazo en la silla de montar y llevaba unos zahones de flecos, una camisa azul desteñida por el sol, de estilo militar, y un sombrero de ala plana nuevo si no fuera por el agujero de bala. Al igual que ellos, llevaba un revólver de seis balas, aunque el mío estaba atado.

—Me llamo Milo Talon —dije, pero nadie se inmutó.

—Póngase cómodo —sugirió Hinge—. Vamos a comer algo ligero, sólo unos bollos y el tocino.

—Si la baña en el río, soy capaz de comerme hasta una manta —dije.

—Empiece con la suya —Ben Roper señaló a Rolf.

Tiene bastantes criaturas salvajes como para proporcionarle carne.

—¡Uf! Yo...!

—Tienen compañía —avisé—: cinco tipos que empuñan rifles.

Roper se levantó súbitamente y me pareció verle palidecer. Masticó un fósforo entre los dientes, y vi como se le abultaban los músculos de las mandíbulas. Se limpió las manos en el pantalón y las dejó levantadas. El jovenzuelo se levantó y se puso a un lado, y el viejo se quedó sentado, con el tenedor en la mano izquierda, viéndolos llegar.

—Balch y Saddler —dijo Hinge en voz baja—. No nos llevamos bien con ellos. Más vale que se ponga a un lado, Talon.

—Estoy comiendo con ustedes en su hoguera —contesté—, y me quedo donde estoy.

Se aproximaron cinco tipos de aspecto duro, con buenas monturas y bien armados.

Hinge los miró por encima del fuego. —Balch, desmonte y póngase cómodo —le dijo.

Balch le ignoró. Era un tipo grande, huesudo, de mandíbula fuerte y pómulos altos. Me miró directamente. —No le conozco.

—Así es —contesté.

Eso le molestó. Era un tipo fácilmente irritable y con poca paciencia. —En este territorio no nos gustan los jinetes desconocidos —dijo sin rodeos.

—Es fácil conocerme —dije.

—No pierda el tiempo. Lárguese.

Sus modales eran algo bruscos. Saddler debía de ser el tipo de hombros cuadrados, cara redonda y ojos pequeños; el tipo que tenía al lado se me hacía conocido, como si lo hubiera visto antes.

—Yo nunca pierdo el tiempo —dije—. Estoy buscando trabajo con la ganadería Stirrup-Iron.

Balch me miró fijamente, y por un instante nos retuvimos la mirada sin pestañear, pero él la retiró primero y eso le molestó. —Si lo hace, es un necio —añadió.

—He cometido muchos errores en mi vida —contesté—, pero no tengo la exclusiva.

Empezó a mirar a Hinge, pero de repente giró la cabeza. —¿Qué quiere decir?

—Tómelo como quiera —contesté. El tipo me empezaba a caer mal.

No le gustó mi contestación, ni le gustaba yo, pero no estaba seguro quién era yo. Aunque era un tipo duro y mezquino, no era tonto. —Lo pensaré y, cuando decida, le contestaré.

—Cuando quiera —repliqué.

Se puso de espaldas a mí. —Hinge, está demasiado al oeste. Lárguese cuando amanezca y no se le ocurra detenerse de este lado del paso Alkali.

—Hay ganado de la divisa Stirrup-Iron por aquí —argumentó Hinge—. Y vamos a acorralarlo.

—¡Ni lo piense! ¡Aquí no hay ganado suyo!

—Vi unos con la divisa Stirrup-Iron en la cumbre de la roca —dije.

Balch empezó a acercarse, pero Ben Roper habló antes de que me pudiera responder. —También vio otros de HF Connected —dijo Roper—. Al comandante le agradará saber donde están. Querrá saber de todos.

Balch dio una vuelta con el caballo. —Cuando

amanezca, lárguense de aquí. No voy a permitir que ningún vaquero de Stirrup-Iron permanezca en mi rancho.

—¿Incluido el comandante? —inquirió Roper.

La cara de Balch ardió de enojo y pensé que daría marcha atrás, pero salió al galope. Cuando se alejaron, nos sentamos.

—Se ha hecho un enemigo —declaró Hinge.

—No soy el único —contesté—. Ustedes también hicieron méritos.

Hinge se rió entre dientes. —Ben, cuando mencionó al comandante, pensé que iba a estallar.

—¿Quién es el comandante? —pregunté.

—El comandante Timberly. Fue oficial de caballería con los confederados en la última guerra. Tiene una ganadería al este de aquí y no soporta tonterías de nadie.

—Es un hombre justo —agregó Hinge— y decente... Eso me preocupa. Ni Balch ni Saddler son buenas personas.

—¿Saddler es el gordo?

—Aunque parezca todo grasa, está macizo, y es malvado. Balch es la voz y el músculo, Saddler, el cerebro y la maldad. Llegaron hace tres o cuatro años con unas reses raquíticas. Le compraron el rancho a un tipo que no se lo quería vender, y luego ambos se construyeron haciendas colindantes cerca de un manantial.

—Tienen las haciendas repletas de ganado porque avanzan sin descanso. Molestan al ganado y a los vaqueros de Stirrup-Iron, y agobiaron las reses de otras divisas.

—¿Hasta de la divisa Spur? —sugerí.

Todos me miraron. —Hasta de Spur... lo agobiaron

hasta que no le quedó más remedio que venderle la divisa a Stirrup-Iron y marcharse del territorio.

—¿Y el comandante?

—A ése, hasta ahora, le han dejado en paz. Si le atropellan, se defenderá... y con ganas. La cuadrilla del comandante no se intimida tanto como la de otros. Va acompañado de unos viejos soldados confederados que trabajan para él.

—¿Y qué pasa con Stirrup-Iron?

Hinge miró a Roper. —Pues... hasta ahora hemos tenido una política de no intervención. Evitamos problemas. De todas formas, cuando llegue el momento de acorralar el ganado, iremos y cogeremos lo que nos corresponde, incluidos los terneros.

Comimos. El tocino y el café estaban muy sabrosos.

Comí cuatro bollos, que mojé en la grasa del tocino, y cuando me tomé la quinta taza de café, me sentí satisfecho. Continué pensando en el tercer tipo. Los otros eran vaqueros, pero a éste lo conocía de otro lugar.

En los últimos tres años había cabalgado por el sendero de los cuatreros. No es que yo fuera cuatrero, pero me gustaba el centro del país, y casi todas las cuadrillas para las que había trabajado desde que me fui del rancho familiar operaban por ese sendero. Nunca había infringido la ley, ni pensaba hacerlo, pero supongo que algunos de los cuatreros pensaban que era un investigador de ganado, y otros opinaban que era un bandido solitario. Pero mi único motivo era que me gustaba el territorio áspero, salvaje... las cumbres y las grandes extensiones.

A mi hermano Barnabás, nombrado en honor del primer antepasado arribado de Inglaterra, le dio por la cultura y se fue a estudiar a Inglaterra y a Francia. Mientras él estudiaba a Rousseau, Voltaire y Spinoza, yo me educaba en las llanuras de los búfalos. Mientras él conquistaba a las muchachas en el Boul' Miche, yo domaba broncos en el Cimarrón. Aunque fuéramos tan distintos, nos queríamos mucho.

Yo era medio salvaje. Me encantaba el viento que soplaba por la llanura y el olor a hoguera por algún rocoso barranco. Algo dentro de mí me impulsaba hacia las remotas llanuras, y desde el día que monté un bronco, quise partir a buscarlas.

Mamá me retuvo todo lo que pudo, pero cuando vio que me estaba ahogando en silencio, bajó un Winchester del armero y me lo entregó. A continuación agarró un revólver de seis balas, la pistolera y la cartuchera y me los dio.

—Cabalga, muchacho. Sé que te quieres ir. Vete hasta donde quieras, cuando tengas que disparar, hazlo bien y no mientas ni permitas que nadie dude de tu palabra.

—Pobre el hombre que no tiene honor. Antes de emprender algo, piensa cómo lo recordarás cuando seas viejo. No hagas nada de lo que te puedas avergonzar.

Me acompañó hasta la puerta y cuando estaba ensillando mi viejo melado, me llamó. —Ningún hijo mío va a salir de aquí con un caballo tan viejo como ese. Toma el pardo... es resabiado, pero cabalgará hasta que se caiga. Llévate el pardo, muchacho, y móntalo bien.

—Cuando estés listo, regresa, que te estaré esperando. La edad me pondrá la cara como la corteza de un roble, pero no podrá con mi alma. Vete, muchacho, pero recuerda que eres un Sackett y un Talon. Somos apasionados y tenaces.

Todavía recuerdo esas palabras.

—Por la mañana regresaremos al rancho —dijo Hinge—, pero antes hablaremos con el comandante.

—¿Quién es su jefe? ¿Quién es el dueño de Stirrup-Iron?

Danny Rolf iba a contestarme, pero Roper lo miró y enmudeció. Hinge afirmó: —Un viejo y una niña.

—No es ninguna niña —replicó Danny—; es mayor que yo.

—Una muchachita —agregó Roper—, y el viejo es ciego.

Maldije.

—Sí —dijo Roper—, más vale que se lo piense. No está metido como nosotros. Puede proseguir con la conciencia tranquila.

—Si es que uno puede dejar atrás a una pareja como Balch y Saddler y tener la conciencia tranquila. No —dije—, compartí su pan, y si me aceptan, montaré para su divisa.

—¿Qué quiere decir con eso? —preguntó Danny—. ¿Lo del pan?

—Hay quien dice que si compartes pan con alguien, le debes un favor... o algo así —dijo Hinge.

—Más o menos —dije—. ¿Van a dejar el trabajo?

Me miraron serios. —¿Dejar el trabajo? ¿Quién dijo algo semejante?

—Enfrentarse a un equipo duro por un ciego y una muchachita —dije— no tiene mucho sentido.

—No vamos a abandonarlos —dijo Roper.

Les sonreí. —Me alegro que comí ese pan —dije.

CAPÍTULO 2

EN EL RANCHO de Stirrup-Iron había una casa de techo bajo construida con troncos de álamo cubiertos de adobe. El tejado de troncos estaba cubierto de tepe, donde había brotado hierba y crecían unas flores.

Cerca de la casa había tres corrales de troncos pelados y un granero cobertizo con un yunque en un extremo y una forja para trabajos de herrería.

El tipo de edificio era corriente en partes de Tejas y otros estados de las llanuras. A medida que bajábamos por la larga cuesta que conducía a la casa, divisamos un hombre parado en el patio que tenía un rifle apoyado en el hueco del brazo.

Lo que vio le debió parecer bien, porque se dio la vuelta y habló con alguien dentro de la casa. Luego caminó hasta el barracón que estaba en un patio de piso sólido enfrente del cobertizo.

Una muchacha rubia y delgada estaba de pie en las escaleras. Estaba despeinada por el viento y se cubría la cara con las manos para protegerse del sol y podernos ver.

—Señorita, le traje un peón —dijo Joe Hinge.

—Es bienvenido, y cuando se arreglen, vengan a cenar.

Mientras cabalgamos hasta el corral, noté que ella

me observaba. Le quitamos los arreos a nuestros caballos.

—¿Quién era el del rifle? —pregunté.

—Ya se enterará —advirtió Danny—, pero ande con cuidado y hable con calma. Es un vecino.

—¿Cuántos braceros tienen?

—Nosotros somos todos los que hay —explicó—. Harley nos ayuda de vez en cuando. Tiene un rancho en las colinas hacia el este.

El barracón, también construido con troncos, era largo y estrecho con literas a ambos lados y una estufa de hierro en un extremo. Cerca de la estufa había un montón de madera polvorienta con unos calcetines secándose encima, y una cafetera renegrida sobre la estufa.

Cuatro de las literas tenían las sábanas revueltas, y las otras cuatro no tenían ropa de cama. El colchón consistía en unas bandas de cuero sujetas al marco de la cama con tiras de cuero.

Había chaquetas e impermeables colgados de unos ganchos en la pared, y un par de bancos y una mesa con una pata más corta que las otras. En la mesa había un quinqué de queroseno y otro en un anaquel en la pared, cerca de la estufa. Había dos faroles viejos en la pared también.

El suelo estaba rayado y polvoriento, como si no lo hubiesen barrido hacía tiempo. Pero Mamá me había adiestrado bien y sabía que no permanecería así mucho tiempo. Afuera de la puerta había un lavabo y un trozo de espejo roto clavado en la pared y una toalla de rodillo, utilizada por cuarenta o cincuenta manos más de la cuenta.

Limpié el lavabo, me lavé las manos y me peiné

mientras me miraba al espejo: tenía la cara delgada y bronceada, patillas y bigote. Era la primera vez en varios meses que me veía en algo que no fuera agua, pero no creí haber cambiado mucho. Aunque la cicatriz donde me rozó una bala en la mejilla casi había desaparecido.

Danny salió atusándose el pelo. Tenía un remolino en la coronilla. —Se come bien —informó—. Ella cocina bien.

—¿Ella cocina?

—¿Quién más?

Me sacudí el polvo de la ropa con el sombrero, le marqué más el pliegue y caminé hasta la casa mirando las colinas que nos rodeaban, fijándome en los sitios donde alguien podría observarnos. No eran muchos, porque las colinas estaban peladas y solitarias.

Había un cerco alrededor de un patio pequeño delante de la casa y unas cuantas flores extendidas. Un paseo de piedra conducía a la entrada. Adentro, la mesa de comer tenía un mantel de cuadros rojos y blancos. Los platos eran de esmalte azul y la cafetera estaba descascarillada.

Sobre la mesa había un estofado de carne y en el aparador una tarta de manzana muy apetitosa. También había una olla de frijoles, jalea de manzana y rodajas de pan blanco recién hecho.

La muchacha era más delgada de lo que había pensado, y tenía los ojos azules. —Soy Barby Ann —indicó la cabecera de la mesa con la mano—, y éste es mi padre, Henry Rossiter.

Tenía la constitución de un hombre que había sido grande en su día, y las manos y las muñecas de alguien que debía de haber sido muy fuerte. Ahora era viejo y canoso, con un bigote de morsa y el pelo demasiado largo. No podía ver, pero yo le hubiera reconocido en cualquier sitio.

—Hola —dije presentándome, y él levantó la cabeza. Me miró por encima de la mesa con ojos vacíos, pero con una intensidad que me intranquilizó.

—¿Quién dijo eso? —replicó con voz áspera—. ¿Quién habló?

—Es el nuevo peón, Papá. Acaba de llegar con los muchachos.

—Tuvimos un altercado con Balch y Saddler —explicó Hinge—. Él nos apoyó.

¡Bien sabía él quién era yo! Sabía, pero era lo suficientemente discreto para no hacerme más preguntas.

—Nos viene bien una mano. ¿Está listo para luchar, hijo?

—Nací listo —contesté—, pero cabalgo en paz hasta que me provocan.

—Si lo desea, puede marcharse —dijo Rossiter—, y si cabalga al oeste o al norte, estará seguro. Si monta al sur o al este de este territorio, tendrá pocas posibilidades de sobrevivir.

Hinge le explicó despacio lo que había pasado con Balch y Saddler sin darle mucha importancia, aunque todo el mundo entendió.

Barby Ann comió en silencio. Me miró un par de veces y parecía preocupada, pero eso fue todo. Nadie habló mucho. En los ranchos no es costumbre hablar a la hora de cenar. Comer era algo serio y nosotros lo respetábamos. Pero en mi casa sí habíamos hablado durante las comidas; todos éramos locuaces, y además

Papá era un hombre culto con mucho que decir, así que hablábamos entre nosotros.

Cuando llegó el café y ya nos habíamos comido el pastel, Rossiter dirigió sus ojos muertos hacia Hinge.

—¿Habrá problemas?

—Seguro. Supongo que quiere confinarnos a este lado de las rocas. No importa de quien sea la ganadería de más allá. A menos que estemos dispuestos a pelear, no vamos a recuperar ninguna res.

Rossiter volvió sus ojos en mi dirección, y no estaba nada descentrado.

—¿Vio ganado de Stirrup-Iron?

—Aunque no las estaba contando, por donde pasé vi unas quince o veinte cabezas. Y probablemente el doble de Spur.

—Entonces habrá problemas. ¿Cuántos braceros tiene?

Hinge meditó un instante y se encogió de hombros.

—No hay forma de saberlo. Tenía ocho, pero he oído que ha contratado más gente. Además, le acompañaba un tipo que no he llegado a ver antes.

Los muchachos acabaron de comer y se fueron al barracón, pero Danny se rezagó, esperándome. Yo quería esperar a que se fuera, pero al final me levanté.

—Usted —ordenó Rossiter—, quédese sentado. Es nuevo y tenemos que hablar. —Volvió la cabeza—. Buenas noches, Danny.

—Buenas noches —contestó Danny de mala manera antes de marcharse.

Barby Ann se fue a la cocina, y él me preguntó:

—¿Cómo se llama?

—Sabe perfectamente bien mi nombre —contesté.

—¿Estaba buscándome?

—No, iba de paso.

—Siete años... siete años ciego —dijo Rossiter—. Barby Ann es mis ojos. Ella y Hinge, que es un buen hombre.

—Estoy de acuerdo.

—No tengo nada. Cuando juntemos y traigamos las reses, tampoco habrá demasiado. Sólo lo que debo a los braceros y el costo de las provisiones anuales... ojalá lográramos juntar lo nuestro y llevarlo hasta la cabeza de la línea ferroviaria.

Con las manos sobre la mesa, empezó a buscar la pipa y el tabaco. Cuando se lo fui a acercar, lo localizaron sus manos. Llenó la pipa de tabaco.

—Nunca he tenido nada. He tenido mala suerte. Esta es mi última propiedad y si puedo conservarla, se la dejaré a Barby Ann.

—Ella estaría mejor en una ciudad. Por aquí no hay nada para una muchacha.

—¿Y cree que lo hay en las ciudades? Usted y yo sabemos lo que te espera en la ciudad si no tienes nada. Todo lo que tengo es esto, que es muy poco. Me lo podría arrebatar si quisiera, pero tendría que pelear conmigo.

—Usted siempre ha buscado problemas, Rossiter. No quiero sus pertenencias. Estafó a sus amigos y ahora tiene lo que se merece.

—¡*Chis*! ¡No hable tan alto! Barby Ann no sabe nada de mi pasado.

—Yo no se lo contaré.

—¿Y su mamá? ¿Todavía vive Em?

—¿Que si vive? Morirán antes las montañas. Desde

que Papá murió se ocupa de la hacienda, y con mano firme.

—Confieso que me asustaba. Su madre siempre me inspiró miedo, y yo no era el único. Muchos tipos le tenían miedo, pues era una mujer de acero.

—Todavía lo es. Le miré por encima de la mesa. Todavía era grande, pero era la sombra de lo que había sido. Le recordaba como era cuando yo era pequeño y fue a trabajar en el Empty.

Era grande, musculoso y guapo y lanzaba bien la soga. Además, sabía mucho de ganado. Nos faltaba gente y él trabajaba por dos. El problema era que trabajaba por tres, porque por las noches se escapaba del rancho y se llevaba las reses a la llanura.

Papá tenía una pierna herida y estaba en la cama. Mamá le cuidaba, y este joven fuerte siempre ayudaba al tiempo que se robaba el ganado. Sin embargo, nos echó una mano cuando estábamos más necesitados.

De repente, desapareció sin decir media palabra, y transcurrieron dos días antes de que nos enteráramos que se había ido y una semana larga hasta que nos percatamos que algo andaba mal. Mamá fue la primera que tuvo sospechas. Se puso a investigar, y yo la acompañaba cuando encontramos el corral donde había guardado las reses. Pero hacía dos semanas que se había ido.

Era un cañón de caja atravesado por un arroyo, y Henry, como se llamaba entonces, había colocado una cerca de tablas de madera de álamo para cerrar la apertura.

Por las huellas, cuatro hombres le acompañaban cuando huyó con el ganado. Las huellas del caballo de

Henry, con las que estábamos familiarizados, estaban por todas partes. Mamá me mandó de vuelta al rancho para traer a Barnabás, a un bracero y a un caballo de carga.

—Dile a tu padre que vamos a buscar el ganado y que tardaremos en regresar.

Cuando volvimos, Mamá ya se había largado sendero abajo, y cabalgamos en su búsqueda. En esos días, Mamá montaba una mula, y era fácil rastrearle las huellas.

Localizamos el lugar donde habían acampado los cuatro tipos mientras esperaban que Henry les llevara hasta la manada. Juzgando por las huellas, tendrían una quinientas o seiscientas cabezas de ganado. Era un robo notable, pero en una hacienda tan grande como la nuestra, y con falta de trabajadores, no resultó difícil. Lo único que tenía que hacer era desviar unas cuantas reses en esa dirección cada vez que salía, y juntarlas gradualmente en el cañón.

Como no conducíamos ganado, cabalgábamos a toda velocidad, y al tercer día alcanzamos a Mamá, y al quinto a los cuatreros. Mamá era de las montañas de Tennessee, medía casi seis pies y era huesuda. Era una mujer de armas tomar y como todas las de su comarca. Cabalgaba y disparaba un rifle igual o mejor que cualquier hombre, y no le gustaban los ladrones. Sobre todo si habían abusado de su confianza como había hecho Henry.

No perdió tiempo. Nos aproximamos a ellos y sin decir ni media palabra, disparó. Había dejado el Sharps calibre .50 en casa, pero cargaba un Spencer calibre .56, con un repetidor de siete balas, y lo descargó. El primer tiro vació una silla de montar.

Bajando por la colina, les espantamos la manada encima de ellos.

Henry se marchó a toda velocidad. Sabía que Mamá le echaría el lazo y salió galopando como si le hubieran puesto un petardo en la cola.

Los otros dos huyeron por un cañón y, dejando al bracero para que recogiera las reses, salimos detrás de ellos. Les hicimos correr hasta un cañón de caja y Mamá les apuntó con el Spencer y les dijo:

—Tiren las armas y levanten las manos, o morirán ahí mismo. Me trae sin cuidado. También, quiero que sepan que no he fallado un tiro desde que tenía cinco años y no voy a fallar ahora.

Ellos habían visto el primer tiro. Ella estaba a trescientas yardas y en la montura cuando derribó al jinete que cabalgaba y le seccionó la espina dorsal en dos. Ellos sólo cargaban sus revólveres de seis balas, y ahí estaba Mamá con su Spencer, y Barnabás y yo con nuestros Winchester.

Adonde estaban parados no había cobijo ni para un ternero recién nacido, mientras a nosotros nos protegía la ondulación de la colina y unos matorrales. Ellos decidieron apostar por la ley y arrojaron sus armas al suelo.

Los agarramos y los llevamos a empellones hasta la cárcel más cercana, y después nos fuimos a buscar al juez. Estábamos a cien millas de casa, y nadie nos conocía.

—¿Cuatreros? —El juez nos miró—. ¿Qué creen que debemos hacer con ellos?

—Colgarlos —contestó Mamá.

Él la miró fijamente, asustado. —Señora, todavía no se les ha juzgado.

—Ése es su problema —dijo Mamá en voz baja—. Júzguelos usted. Los pillamos con quinientas cabezas de mi ganado.

—La ley debe seguir su curso, señora —dijo el juez—. Los detendremos hasta la próxima sesión de la corte. Usted tendrá que venir a declarar.

Mamá se puso de pie, alzándose por encima del juez, que se irguió todo lo que pudo. —No tendré tiempo de montar hasta aquí para declarar contra un par de cuatreros —manifestó—. Y el peor ha huido.

Se fue derecho hasta la cárcel y al alguacil y dijo: —Entrégueme a mis prisioneros.

—¿Sus prisioneros? Señora, usted...

—Yo los traje, y me los llevo de vuelta. —Agarró las llaves del escritorio y abrió las puertas de las celdas mientras el alguacil, que no tenía mucha experiencia, se quedó parado y boquiabierto.

Ella fue hasta las literas y les despertó y, cuando uno empezó a ponerse las botas, le dijo: —No las va a necesitar—, y lo sacó a empellones por la puerta.

—¡Un momento, señora! ¡No puede hacer esto! —protestó el alguacil—. El juez no quiere...

—Haré las cosas a mi manera. Yo presenté la demanda, y ahora la retiro. Voy a soltar a estos hombres.

—¿A soltarlos? ¡Pero si dijo que eran unos cuatreros!

—Eso es lo que son, pero no tengo tiempo para andar medio país para declarar como testigo y cabalgar cien millas a la redonda tres o cuatro veces mientras ustedes se preocupan por cuestiones de derecho. Éstos son mis prisioneros y puedo soltarlos, si se me antoja.

Los condujo en pijama como un rebaño hasta el

corral, y allí escogió dos jacas esqueléticas a las que se les marcaban los huesos.

—¿Cuánto pide por ellos?

—Señora —el chalán agitó la cabeza—, no puedo engañar a una dama. Esos caballos, por ponerlo de alguna forma, no tienen fuerza, y están listos para el cementerio.

—Le daré diez dólares por cada uno tal como están.

—De acuerdo —dijo rápidamente—, pero que conste que le advertí, señora.

—Así es —asintió Mamá. Se volvió a los cuatreros, que temblaban de frío. —Muchachos, móntense en los caballos. ¡Vamos!

Los agarraron por los crines y se subieron encima. Los huesos de la columna de esas carnadas de cuervo resaltaban como si fueran las puntas de una verja.

Los escoltó fuera del pueblo hasta el comienzo del Desierto Rojo. Cabalgamos con ellos un trecho corto y luego ella se les acercó y les dijo: —Muchachos, roban las vacas de otra gente, pero esta vez no vamos a colgarlos. Les vamos a dejar que salgan con ventaja.

—Mis muchachos y yo tenemos rifles. Y no vamos a disparar hasta que estén a trescientas yardas. Mi recomendación es que salgan rápido de aquí.

—¡Señora! —suplicó sofocado el bajito—, estos caballos no están en condiciones de cabalgar. ¡Devuélvanos los pantalones! ¡O dénos una silla de montar! Esos huesos nos van a sesgar en dos.

—Doscientas cincuenta yardas, muchachos. ¡Y si este sigue hablando, cien yardas!

Salieron disparados.

Mamá les dejó cabalgar cuatrocientas yardas antes

de disparar un tiro en alto. El viejo Spencer retumbó, y esos dos caballeros montaron por el Desierto Rojo descalzos y en paños menores sobre esos escuálidos caballos. No les envidié lo más mínimo.

Así era Mamá. Era amable, pero firme.

CAPÍTULO 3

CONDUCIMOS LA GANADERÍA hasta el rancho, pero Mamá nunca perdonó u olvidó al hombre que conocimos sólo como Henry. Nos había traicionado, y para Mamá ése era el peor de los pecados. Ahora lo tenía aquí, sentado enfrente de mí ante la mesa, ciego, una sombra del hombre grande y atractivo que recordábamos.

Probablemente su cuadrilla no supiera el hombre que había sido y que todavía podría ser. Eran los típicos vaqueros. Si alguien les pagaba, cabalgaban por la divisa, porque la lealtad era la nota predominante de sus vidas. Ellos sufrirían, lucharían y morirían por su equipo, por un sueldo de treinta dólares... si es que lo ganaban.

Ellos no lo conocían, y se podía perdonar su ignorancia. Pero yo que sí lo conozco, ¿qué iba a hacer?

Era algo que ni me planteaba. Desde el momento que le conocí, Balch había decidido por mí. Ese hombre, dispuesto a arrollar todo lo que se le pusiera por delante, me había irritado.

Había suficiente territorio para todos, y no hacía falta echar a nadie.

—Me voy a quedar por aquí, Rossiter. —dije—. Hinge me dijo que pronto van a juntar las reses.

—Efectivamente. En la Cuenca, si es que la quiere

denominar así, sólo hay seis ranchos, pero vamos a juntar nuestro ganado, herrarlo y llevarlo hasta la cabeza de la línea ferroviaria. Si se quiere quedar, nos vendrá bien. Necesitaremos toda la ayuda posible.

———

CUANDO ENTRÉ EN el barracón, había un grupo jugando a las damas. No tenían todas las piezas, de manera que Hinge utilizaba tapones de corcho, de los que había un amplio suministro.

Cuando entré, Hinge me echó una mirada rápida y penetrante, pero no me hizo ningún comentario. Roper estudiaba el tablón y no levantó la vista.

Danny estaba recostado en la litera leyendo una vieja revista. —¿Se queda? —me preguntó.

—Eso parece —contesté—. Desenrollé la manta y empecé a hacerme la cama encima de las tiras de cuero.

Hinge movió una ficha y dijo: —Yo soy quien le daré las órdenes, y dejaremos para el final las reses que están al oeste.

—Tenemos otro bracero —añadió—. Esta noche está al este, durmiendo en la cabaña. —Me miró—. ¿Le importa cabalgar con un mexicano?

—Claro que no, si hace su trabajo. En mi último equipo, teníamos cuatro o cinco. Trabajaban bien... eran de los mejores.

—El tipo es bueno con el ganado, y de primera con el lazo. Se unió a nosotros hace un par de semanas, y se llama Fuentes.

Hinge movió un rey, y añadió: —Por la mañana empezaremos a juntar las reses. Traiga todas las que vea.

Las juntaremos en la llanura a este lado del arroyo, así que trabajará por las cañadas y las encaminará hacia aquí.

—En la choza habrá de comer, y usted y Fuentes pueden turnarse cocinando. Trabajará a ocho o diez millas de aquí, la mayoría del tiempo en territorio inhóspito.

—¿Y los caballos?

—Fuentes y Danny llevaron dieciséis cabezas allí cuando él se fue, y hay otras tantas sueltas por las llanuras.

Hinge hizo una pausa. —Es territorio salvaje, y encontrará novillos de cuernos musgosos que no ven a nadie desde hace años. Si entra entre los espesos matorrales, probablemente encuentre ganado salvaje. Deje que Fuentes se ocupe de eso. Es un limpiamatorrales experto. Antes cabalgaba allá por el territorio de los grandes bosques.

Al amanecer los braceros se fueron, pero yo tardé más en empacar. No fui a desayunar al rancho hasta que no coloqué mi manta y mis aparejos en el caballo de carga y ensillé mi montura.

Henry Rossiter no estaba, pero Barby Ann trabajaba en la cocina.

—Como no vino a desayunar, le guardé algo caliente.

—Gracias. Estaba preparando el equipo.

Colocó los platos de comida sobre la mesa y llenó dos tazas de café.

—¿Va a ir a la cabaña?

—¿Sólo hay una?

—Había dos. Pero hace un par de semanas alguien quemó la del oeste.

Hizo una pausa. —Es tierra salvaje. Hace poco

Fuentes mató un oso que devoraba un ternero muerto. Ha visto varios osos.

—Es probable que al ternero lo mataran los lobos. Los osos no suelen matar reses, pero si están muertas se las comen.

La casa tenía cortinas en las ventanas y estaba muy ordenada. Debía de haber tres cuartos más, aunque éste parecía ser el más grande.

—¿Conoció al Sr. Balch?

Me sorprendió que lo llamara "señor", pero asentí.

—El Sr. Saddler y él tienen un rancho magnífico. Trajo la madera del este del estado para construirse la hacienda. Hasta tiene contraventanas y todo.

Aunque no estaba seguro, me pareció detectar admiración en su voz. Las mujeres perdían el sentido por las casas, sobre todo si estaban bien decoradas.

Debería ver nuestra estancia en Colorado, pensé. Era la más grande que había visto en toda mi vida, pero Papá había sido constructor y la diseñó él mismo, y había hecho casi todo el trabajo. Con la ayuda de Mamá.

—Roger dice...

—¿Roger? —interrumpí.

—Roger Balch. Es el hijo del Sr. Balch. Dice que van a traer ganado reproductor del este y que tendrán el mejor rancho de toda la zona.

Su tono me irritó. ¿A parte de quién estaba? —Si son tan amigos, convendría que le dijera que deje en paz a los jornaleros de su padre, y que nos deje juntar el ganado donde esté.

—Roger dice que allí no hay ganado nuestro. Su padre no permite que nadie se acerque a su hacienda. Se lo he dicho a Papá y a Joe, pero no me hacen caso.

—Señorita, no es asunto de mi incumbencia, pero por la manera de actuar del Sr. Balch, creo que su padre y Joe Hinge tienen todo el derecho. Balch actuó como un hombre que pasa de todo y de todos.

—¡Eso no es verdad! Roger dice que todo cambiará cuando le hable a su padre de...

Se detuvo.

—¿De ustedes? Yo no contaría con eso, señorita. He conocido mucha gente, y el Sr. Balch es una persona con la que no quisiera relacionarme. Si tiene planes para su hijo, estoy seguro que no le incluyen.

Se puso pálida y después enrojeció. Nunca había llegado a ver a nadie tan enojado. Se puso de pie. Cuando se enfadaba, sus ojos parecían más grandes. Por un momento pensé que me abofetearía.

—Señorita, no tengo nada en contra de usted. Quise decir que Balch no querrá que su hijo se relacione con alguien a quien él pueda pisotear. La persona que busca para su hijo será lo suficientemente fuerte para pasar por encima de él. Lo único que respeta ese tipo es el dinero y el poder.

ME MARCHÉ PENSANDO que me había ido de la lengua, y que me había apresurado a juzgar a Balch. A lo mejor me confundía respecto a Balch, pero tenía la impresión que no le importaba nada, y que si yo no hubiera estado allí para suavizar la situación, las cosas se habrían puesto muy feas.

Me pregunté si Hinge y los muchachos sabían que Barby Ann salía con Roger.

Me imaginé que no tenían ni idea.

Cabalgando a través del territorio, observé que no había llovido mucho, pero quedaban buenos pastos y en algunos sitios hasta se podía cortar el heno.

Me tomé tiempo para estudiar el territorio donde iba a trabajar; observé cada elevación y estudié la disposición del terreno. Quería ver donde quedaban los desagües para localizar los manantiales. Fuentes me informaría, pero no había cómo verlo con tus propios ojos. La tierra tiene unas características, y cuando te familiarizas con ellas, es mucho más fácil encontrar el camino.

Cabalgando hacia el este, observé que las colinas se ponían más escarpadas y abruptas. Me volví en la montura para mirar el perfil de las cumbres de las rocas contra el cielo. Lo que tenía detrás mío lo llamaban la Cuenca, y en la distancia percibí un conjunto de edificios que eran la central de Stirrup-Iron.

A media tarde llegué a la cabaña. Estaba rodeada de colinas y de arbustos de mezquite y en las proximidades había un corral construido con troncos de árbol.

Un camino para los jinetes bajaba por las colinas hasta el sendero que conducía hasta la cabaña —un sendero que parecía recién hecho. En el corral no había más de media docena de caballos, y uno todavía estaba sudado por la silla de montar.

La cabaña estaba construida con troncos que debían de haber traído desde lejos, porque no había árboles alrededor. No les habían quitado la corteza, y ahora, años más tarde, se estaban descascarillando. Al lado de la puerta había un lavabo y una toalla limpia y blanca colgada de un clavo.

Até mis caballos a las barras del corral, y con el Winchester en la mano derecha y las alforjas y la manta enrollada en la izquierda, me dirigí a la cabaña.

Nada se movía. Un hilo débil de humo subía al cielo. Toqué en la puerta con el cañón del rifle, y la abrí de un empujón.

Un mexicano delgado, con expresión irónica, estaba tumbado en una litera, empuñando una pistola de seis balas. —Buenos días, amigo... espero —dijo sonriendo.

Yo le sonreí abiertamente. —Yo también lo espero. No me gustan las peleas. Hinge me envió para vigilarle. Me avisó que tenía por aquí un mexicano bastante vago.

Fuentes sonrió, girando un delgado puro entre sus blancos dientes. —Le puede haber dicho todo menos eso. Me enviaron a juntar ganado. Los recojo de vez en cuando. El resto del tiempo me acuesto a pensar dónde pueden estar —y a meditar sobre los pecados del hombre. Más que nada, busco ganado para recogerlo. Estoy intentando deducir —se movió y puso las botas en el suelo— cuántas millas hay que recorrer para coger una vaca. Entonces calculo la paga, la manutención de los caballos y así deduzco si recoger vacas es buen negocio.

Hizo una pausa, sacudiendo las cenizas al suelo. —Además, algunos de estos novillos son enormes y resabiados. Y no me queda más remedio que cavilar cómo los voy a sacar de los cañones.

—Sin problemas —dije—. Pide al rancho que le envíen un gato de enroscar. Si no tienen uno, vaya al pueblo. En el pueblo siempre se puede tomar un trago y conversar con las señoritas.

—Cuando lo consiga... Usted sabe, ¿uno del tipo que utilizan para levantar edificios cuando los trasladan de sitio? Bien. Consígase uno de esos. Mejor todavía, consiga un par de ellos. Regrese al borde este del territorio, colóquelos debajo del borde y empiece a atornillar. Dé muchas vueltas a la manivela, y cuando consiga levantar el borde, el ganado caerá rodando de los cañones. Usted les espera con una enorme red y los va metiendo en bolsas a medida que van cayendo. Es muy sencillo.

Recogió su cinto. —Soy Tony Fuentes.

—Y yo Milo Talon, de Colorado, aunque ahora de cualquier parte donde pueda colgar el sombrero.

—Yo soy de California.

—He oído hablar de ese lugar. ¿No es el territorio que pusieron para que el océano no inundara el desierto?

Fuentes señaló los tizones de un fuego agonizante, y la olla renegrida. —Hay frijoles. También hay un par de gallinas debajo de los carbones, y deben estar listas para comer. ¿Sabe hacer café?

—Lo intentaré.

Fuentes se levantó. Mediría cinco pies diez pulgadas y parecía ágil como un látigo. —¿Le hablaron de Balch?

—Me lo encontré cuando estaba con Hinge y los otros. No me gustó nada.

Comimos, y me contó cosas del territorio. El agua era alcalina. El territorio parecía llano, pero en los lugares más inesperados había profundos cañones. Algunos cañones tenían prados y bosques de mezquite. Había también mucho terreno áspero, rocoso y quebrado.

—En los cañones hay reses de diez años sin divisa, y algunos búfalos.

—Respecto a Balch —dije.

—Mala persona..., y con otros tan malos como él.

—Le entiendo.

—Jory Benton, Klaus, Ingerman y Knuckle Vansen. Ellos reciben cuarenta al mes, mientras que sus peones normales, treinta. Balch ha hecho saber que cualquier peón que demuestre su valía puede conseguir cuarenta.

—¿Que demuestre su valía?

Fuentes se encogió de hombros. —Que desafíe a cualquiera que le pone obstáculos... como nosotros.

—¿Y el comandante?

—Aún no. Saddler piensa que todavía no tienen suficiente fuerza. Además, hay otras cosas por medio. Por lo menos, en mi opinión, pero soy un pobre mexicano que monta a caballo.

—Cuando amanezca, me puede enseñar. ¿Quiere que busquemos reses grandes?

—¿Por qué no?

Los mosquitos empezaron a incomodarnos y entramos dentro. Además, estaba refrescando. En la puerta me volví para mirar alrededor.

Estábamos en una pequeña hondonada que no estaba mal. El sol se ocultaba detrás de nosotros, dejando una estela rosa entre las nubes. Se escuchó el aullido de un búho.

El suelo de la cabaña era de tierra compacta, pero lo habían barrido. Era evidente que la chimenea se usaba poco. También estaba limpia, y ardía un fuego. Sería agradable cocinar fuera.

—Balch tiene un hijo, ¿no? ¿Creo que se llama Roger?

Los rasgos de Fuentes se suavizaron. —Creo que sí. Lo veo de vez en cuando.

—¿Es grande?

—No... más bien pequeño. Pero es fuerte, y muy rápido... y, ¿cómo dice usted? Cruel.

Fuentes se quedó sentado callado y pensativo. —Es bueno con las manos. Muy bueno. Le gusta castigar. La primera vez que lo vi fue en Fuerte Griffin. Le pegó una paliza a una mujer que trabajaba en las salas de baile. La dejó malherida, y su chulo salió detrás de Balch... era un tipo grande y fortachón.

—Roger Balch se mueve rápidamente. Menea la cabeza para acercarse y pega corto y duro en el vientre. Le pegó al tipo grande, pero por fin los tuvieron que separar, y en Fuerte Griffin no detienen una pelea sin motivos. Fue espantoso.

Fuentes sacó otro puro y lo encendió. Apagó el fósforo con un gesto. —¿Me pregunta por algún motivo, amigo? ¿Alguna razón especial?

—No... no exactamente. Escuché hablar de él.

Fuentes inhaló el puro. —Él cabalga... por dondequiera. Pasea constantemente buscando problemas. Pienso que intenta demostrar que es mejor que nadie. Le gusta pelear con tipos grandes, aniquilarlos.

Era algo para recordar. Balch meneaba la cabeza, y pegaba corto y duro en el vientre. Probablemente había boxeado, había aprendido como luchar con tipos grandes, y eso le daba una ventaja. Porque muchos sabían de pelear sólo lo que habían aprendido sobre la marcha. Así que quien supiera boxear tendría pocos problemas.

Era algo que recordar.

CAPÍTULO 4

ANTES DE QUE amaneciera, cabalgamos hasta las colinas quebradas atravesando el fino y escaso pasto que crecía por las blancas y resquebrajadas rocas. Era zona alta, con el cielo como única referencia hasta que llegáramos a los cañones. Sembrados por doquier había huesos, blanqueados por el sol y el viento, y hierba que crecía entre las costillas que habían albergado corazones. Entre unos huesos había un carro quemado.

—Algún colono —dije— que se jugó el tipo.

Las llantas oxidadas de las ruedas del carro, el roble sólido de un eje, tornillos esparcidos y madera carbonizada. El hombre no dejó mucha herencia.

Fuentes señaló los huesos. —Amigo, usted y yo... algún día.

—Fuentes, yo soy como un irlandés. Si supiera donde iba a morir, nunca pasaría por allí.

—La muerte no es nada. Uno está aquí, y después deja de estarlo. Lo importante es poder decir al final que te comportaste como "un verdadero hombre".

Continuamos cabalgando. —Vivir con honor, amigo. Esa es la cuestión. Yo soy un vaquero. Se espera poco de mí, pero yo espero mucho de mí mismo.

—¿Qué necesita un hombre? Comida cuando tiene hambre y, por lo menos una vez en la vida, una mujer que lo ame. Y, claro, unos buenos caballos para montar.

—Se ha olvidado dos cosas: una soga que no se rompa y una pistola que no se atasque cuando empieces a disparar.

Se rió entre dientes. —Amigo, pide demasiado. ¡Con una soga y un arma así un hombre sería inmortal!

Empezamos a ver reses. Me volví hacia cuatro o cinco que estaban pastando cerca y las empecé a arrear. No irían muy lejos, pero se moverían más rápido cuando regresáramos con más ganado. Nuestro trabajo sería lento y sucio: movilizar las reses y encaminarlas hacia las llanuras.

Era un territorio duro, desgarrado, y los matorrales de mezquite estaban mezclados con nopales de los más grandes que había visto en mi vida. Me hubiera gustado tener una chaqueta de cuero, o de lona. Fuentes tenía una chaqueta ajustada de ante que le protegía. Nos sumergimos en los matorrales para espantar el ganado. Algunos de los viejos novillos de cuernos musgosos estaban callados como pumas entre los espesos matorrales, y se movían como fantasmas.

Cuando lográbamos sacarlos de los matorrales, daban la vuelta y arremetían para volver. Los dos montábamos buenos caballos de corte, pero tenían que trabajar duro. Nosotros manteníamos al ganado en movimiento.

El sudor me chorreaba por debajo de la camisa, y me picaba la piel del polvo. Cuando nos detuvimos, aparecieron unas moscas negras. Había trabajado toda mi vida con ganado, pero éste era unos de los trabajos más difíciles.

A menudo los barrancos estaban vacíos. Los seguíamos hasta el final sin encontrar nada. En otros había como cuatro o cinco cabezas, a veces más. A mediodía ya habíamos encaminado cincuenta o sesenta reses entre las que había varios terneros.

Era pasado mediodía cuando Fuentes subió a un levantamiento y me hizo señas agitando su sombrero. Ese sí que era un sombrero magnífico. Envidiaba a los mexicanos por sus sombreros.

Cuando subí hasta donde estaba, me dijo, apuntando con el sombrero: —Allí abajo hay un manantial y sombra.

Paseamos los caballos por la cuesta hasta la base de unas colinas. Había dos grandes álamos y algunos sauces. Río abajo había mucho mezquite.

Por las rocas corría un chorro de agua y había un pequeño estanque donde podían abrevar los caballos. Un chorro que corría no más de setenta yardas antes de desaparecer en la tierra.

Desmontamos y soltamos las cinchas de los caballos, dejándoles abrevar. Entonces bebimos nosotros. Sorprendentemente, el agua estaba fresca y fría, y no salobre como en la mayoría de los manantiales y aljibes.

Fuentes se tumbó a la sombra en una pendiente de hierba, con el sombrero cubriéndole los ojos. Al rato, se sentó súbitamente y encendió la colilla de un puro. —Amigo ¿ve algo?

—No hay terneros, si es a lo que se refiere.

—Eso mismo quiero decir. Debería haber terneros, potros. No hemos visto ni una res que tenga menos de dos años, casi nada de menos de tres.

—Quizás —dije demasiado serio— estas reses van a donde Balch y Saddler para dar a luz sus terneros. O quizás estas vacas no tienen terneros.

—Es sorprendente —acordó Fuentes. Miraba las

ascuas del puro—. Señor, me molestaría descubrir que las vacas de Balch paren mellizos.

Fuentes se acercó al manantial para beber de nuevo. Hasta en la sombra hacía calor. —Amigo, me está entrando hambre. Tengo ganas de comer carne. Hay un novillo gordo con buena pinta con la divisa de Balch y Saddler. Podíamos...

—No.

—¿No?

—Tony, puede ser lo que están buscando para poder decir que estábamos robándoles el ganado. Recuerda ese novillo y todos los otros con divisas dudosas.

—¿Y entonces?

—Le quitaremos la piel durante el encierro delante de testigos. Nos aseguraremos que haya testigos para que, cuando les quitemos la piel, nos vean muchas personas.

Fuentes me miró fijamente. —¿Despellejaría ese novillo castrado justo delante de Balch? ¿Verdad?

—Usted o yo... uno desollará y el otro vigilará para que nadie nos detenga.

—Le matará, amigo. Balch es diestro con la pistola. Lo conozco. Tiene esbirros que saben manejar las armas, pero nadie es tan bueno como él. Ellos no lo saben, pero yo sí. Él no disparará a menos que no le quede más remedio. Dejará que disparen los otros, pero si no le queda otro...

—Disparará o cabalgará —dije en bajo—, porque cuando despellejemos una res con su divisa y vean que está alterada, saldrá corriendo o acabará muerto.

—Es un tipo duro, amigo. No cree que nadie se atreva, ni les permitirá que se atrevan.

Me puse de pie y me coloqué el sombrero. —Soy un hombre estrecho de mente. Esta gente me contrató para montar en su rodeo. Me contrataron para juntar su ganado... todo el ganado.

Nos separamos de nuevo, y cada uno nos adentramos en los cañones. No vimos a nadie, ni vimos huellas excepto las de ganado. Dos veces nos topamos con búfalos —primero, un grupo de cinco, la otra, uno solo. No estaba de humor para que lo molestaran, así que le di una vuelta y me marché, dejándolo escarbando la tierra y bramando con enorme fuerza.

Más tarde eché el lazo a los cuernos de un enorme novillo que me embistió. Mi caballo era rápido, pero estaba cansado, y apenas evitó la embestida. Galopamos hasta un árbol y le dimos una vuelta, perseguidos por el novillo, y aproveché para sujetarlo firmemente.

Él bufó y sopló, y arrastrándose estrelló un cuerno contra el árbol, pero éste era sólido y se quedó fijo. Me dio una mirada salvaje mascullando lo que me haría si consiguiera agarrarme. Llevé mi caballo a la sombra preguntándome por qué no habíamos traído más caballos, cuando de repente Fuentes salió de los matorrales en la grupa de un bayo bajo de crin negro, y tirando de un caballo melado.

—Quería conseguir los caballos antes de mediodía —dijo—. Me preocupaban esas divisas.

Nos pusimos a la sombra de unos mezquites y cambié mi silla de montar. —Llevaré su caballo de vuelta. —Apuntó—. Por allí hay un viejo corral.

—¿Hay agua?

—Sí... y fresca. Es un lugar viejo. Creo que es un lugar de comancheros.

Miró el novillo castrado. —¿Ah? ¿Así que agarró al viejo diablo? ¡He intentado cogerlo tres veces!

—Me hubiera gustado que lo hubiera cogido. Casi me tumba.

Fuentes se rió entre dientes. —¡Piense en sus huesos, amigo! ¡Nadie es inmortal!

Le miré mientras se alejaba, llevando mi caballo. —Nadie es inmortal —había dicho—, y nadie lo era... aunque me hubiera gustado serlo.

Era un buen caballo, y esa tarde trabajó duro. Cuando Fuentes regresó, el caballo ya estaba agotado.

Ahora llevaba un enorme buey viejo, pesado y lento. —Amigo, éste es Ben Franklin. Es viejo y torpe, pero muy sabio. ¡Le ataremos al salvaje que acaba de coger y veremos qué pasa!

Un buey con un buen cuello, como Ben Franklin, podía valer su peso en oro a una cuadrilla que tuviera que sacar novillos salvajes de los matorrales, y Ben Franklin conocía su trabajo. Los atamos juntos y los dejamos para que se entendieran. A menos que el novillo salvaje falleciera, Ben lo traería en unos días al corral del rancho. Si moría el novillo, tendríamos que rastrearlos y soltar a Ben.

Esa noche nos metimos en la cama demasiado cansados para hablar, y casi para comer. Sin embargo, al amanecer estaba fuera lavándome con agua helada cuando salió Fuentes frotándose los ojos.

—¿Cuántas cabezas cree que juntamos?

—Cien... probablemente más, además de las que ya hemos encaminado por el sendero.

—Llevémoslas al rancho.

No le discutí. Aunque Fuentes era buen cocinero, mejor que yo, Barby Ann le ganaba. Montaríamos, entregaríamos las reses, comeríamos rápidamente y nos iríamos de nuevo.

—El viejo corral —se puso en cuclillas sobre los talones y dibujó un mapa sobre el polvo—. Está aquí. ¿Ve? Cocinaré alguna cosa, usted agarre estos caballos y tráiganos unos nuevos. Mejor aún, traiga también nuestros caballos, para que podamos dejarlos en el rancho.

Tras ensillar, salí galopando, tirando de su caballo. Estaba a pocas millas, y no me gustó dejar tan lejos de casa al pardo. Mamá me lo había regalado, y era un buen caballo que me entendía.

El camino que me había indicado quedaba más cerca que por donde habíamos ido antes juntando novillos, y en menos de media hora llegué a un montículo entre espesos matorrales y vi el corral a media milla de distancia. De repente, me detuve y me puse de pie en los estribos.

Parecía que había alguien allí...

No, debo estar equivocado. Nadie estaría en el corral. Después de todo...

Pero monté con cautela y llegué abajo oliendo polvo... ¿Mío? ¿O de alguien que había estado allí? Los caballos tenían levantadas las cabezas, mirando por encima de las barras del corral hacia el este, donde el viejo sendero conducía a los que en un tiempo fueran alejados asentamientos. Creí haber visto a alguien, ¿pero lo habría visto? ¿O era un espejismo? ¿Tal vez eran cosas de mi imaginación?

Desaté la correa de mi pistola, y caminé hacia el

corral vigilando la cabaña vieja. Con el caballo por medio, le quité los arreos, lacé un caballo nuevo y llamé al pardo.

Mientras trabajaba, estudiaba el suelo. Huellas... huellas frescas. Un caballo muy bien herrado.

Mientras ensillaba el caballo nuevo, un ejemplar casi blanco con crin, cola y patas negras, escuché y miré como quien no quiere.

Nada.

Llevé mi caballo hasta el corral, y verifiqué el canalón por donde corría el manantial para asegurarme que había agua.

Sí había..., pero había algo más.

Había un par de hilos verdes agarrados en las aperturas del conducto, algo que podría pasar si alguien se inclinaba a beber de la cañería y se enganchaba el pañuelo en las aperturas.

Los cogí y me los metí en el bolsillo de la camisa.

Alguien había estado en el corral. Alguien había bebido, pero ¿por qué no habían pasado por la cabaña? En la llanura, hasta un enemigo era bienvenido a la hora de comer, y muchos ganaderos en territorio de granjeros habían comido en los vagones de ovejas. En un territorio donde podía transcurrir mucho tiempo entre comidas, la enemistad solía desaparecer alrededor de la mesa.

Ni Balch ni su cuadrilla habían vacilado en acercarse a nuestra hoguera. Pero alguien había estado aquí y se había ido rápidamente evitando nuestra cabaña, que todos en el territorio conocían.

Tirando de mi caballo y del de Fuentes, y otro caballo más para él, emprendí el regreso.

Fuentes había insinuado que Roger Balch era un

buscapleitos, así que era poco probable que él evitara la oportunidad de hacer una visita. Ni Balch tampoco.

¿Y Saddler? Me daba la impresión que Saddler pasaba poco tiempo en las llanuras. ¿Y ese tipo? ¿Ese que me parecía familiar?

Irritado, volví de regreso. Estaban ocurriendo cosas que no me gustaban. Antes de abandonar el corral miré a donde apuntaban las huellas; iban hacia el este y sugerían un jinete con una montura de paso fino... un caballo herrado mejor que todos los que había visto por el oeste.

—¿Balch deja al comandante solo? —pregunté de repente.

Fuentes me miró. —Claro. No pensará que... —se interrumpió añadiendo—: Bueno, Balch puede tener otras ideas. El comandante tiene una hija.

—¿Una hija? —No veía la conexión y Fuentes, observándome, sonrió tolerantemente.

—El comandante tiene una hija, y la cuadrilla más grande del territorio. Y Balch tiene un hijo.

—¿Y?

—Claro... ¿Por qué no?

Por qué no. ¿Pero qué pasaba entonces con Barby Ann?

CAPÍTULO 5

A MEDIDA QUE movíamos las reses que ya habíamos juntado, el trabajo nos resultaba más fácil. La mayoría de las reses se habían calmado, pero había dos o tres viejas cabezotas de cuernos musgosos que seguían retrocediendo intentando regresar a los barrancos. La peor era una vaca vieja y flaca con un cuerno que le crecía delante de la cabeza y el otro listo para enganchar lo que fuera, y ella lo conoció.

Habíamos tenido mucha suerte. A menudo he batido los barrancos buscando ganado para distintas divisas encontrando pocas reses, o a veces ninguna. Claro que acabábamos de empezar, y las cosas se pondrían más duras a medida que fuéramos avanzando y el ganado se volviera más cauto.

Ahora mismo, ninguno sabía lo que estaba pasando. Con suerte, cuando lo supieran ya estarían en el rancho, junto a la creciente manada en el llano.

El sol se había puesto cuando regresamos. Danny y Ben Roper estaban en el llano con unas sesenta cabezas. Examiné el ganado y miré a Fuentes, que se había puesto a mi lado. —Pasa lo mismo —comenté—. No hay terneros.

Joe Hinge estaba delante del barracón con un desconocido. Era enjuto, con cara de hambre, sin pistola, pero empuñaba un rifle. Tenía los ojos azules y parecía simpático.

—Talon, le presento a Bert Harley. Es vecino nuestro; nos echa una mano de vez en cuando.

—Encantado —dijo, asintiendo con la cabeza. Me pareció que se sorprendió cuando Hinge dijo mi nombre, pero podría haber sido mi imaginación.

—Él nos ayudará a reunir la manada de noche. Y necesitaremos toda la ayuda posible.

Harley caminó hasta el corral y echó el lazo para agarrar un caballo. Yo eché agua en una pila de estaño y me subí las mangas.

—¿Ha visto ese grupo de reses? —le pregunté a Hinge.

—¿Se refiere al tamaño? Tony y usted deben haber trabajado sin parar.

—Mírelas bien.

—Tengo que ir a hablar con el viejo. Milo, ¿de qué me está hablando? ¿Qué pasa?

—No hay terneros.

Hinge había dado un par de pasos hacia la casa. Ahora retrocedió y se le abrieron los ojos cuando miró el ganado.

—Talon, tenemos que buscarlos. Esta gente necesita todo el dinero que puedan conseguir. Cuando muera el viejo, a Barby Ann no le quedará nada, a menos que la ayudemos. ¿Sabe lo que eso significa para una chica como ella? ¿Sola y arruinada?

—No es ningún accidente —añadí, mientras me lavaba las manos. Me lavé la cara y miré esperanzado el rodillo con la toalla. Estaba de suerte... no estaba demasiado sucia y localicé un trozo limpio—. He trabajado por muchos territorios y nunca he visto tan pocos terneros. Alguien está cuatreando de una forma muy selecta.

—¡Balch! —La cara de Hinge se tensó de enojo—. ¡Ese...!

—Piénselo bien —dije—. No tenemos ninguna evidencia. Si desafía a Balch con esto, le pegará un tiro al instante. Estoy de acuerdo que es un tipo desagradable, pero no tenemos pruebas.

Hice una pausa. —¿Joe, sabe si alguien se acercó por donde estábamos hoy? Montaba un magnífico ejemplar de paso fino y largo que llevaba herraduras casi nuevas.

Hinge frunció el ceño cavilando. —Ninguno de nuestros muchachos fue hasta allí, y el único caballo que conozco que trota así es el del comandante.

—¿Vio a alguien? —Me miró—. Pudo haber sido la hija del comandante. Ella cabalga por todo el territorio. Se la puede encontrar en cualquier sitio. Lo único que le interesa es estar encima de una silla de montar.

—Cuidado con lo que diga de Balch —le advertí—. No creo que a Barby Ann le agrade.

—¿Cómo? —se había empezado a alejar de nuevo—. ¿Qué quiere decir?

—Ha estado hablando con Roger. Me parece que le gusta.

—¡Ay, Dios mío! —espetó Hinge—. ¡Qué tonterías dice! —Me increpó de nuevo—. ¡No tiene ningún sentido! Ella jamás...

—Me lo ha confesado. Ella va en serio, y piensa que él está interesado.

Hinge maldijo despacio, violenta y elocuentemente. Lo hizo con un tono amargo y exasperado.

—Es mal tipo —dijo Hinge despacio—, malísimo. Su padre es violento, es un hueso duro de roer y pisoteará a quien sea, pero su hijo... lo hace de pura maldad.

Caminó hasta la casa y yo me quedé parado. Debería haberme callado, pero esa muchacha se estaba metiendo en problemas serios. Si Roger estaba pensando en la hija del comandante...

¿Pero qué sabía yo? Lo único que sabía es que no había forma de saber lo que pensaba una mujer, o un hombre, puesto a pensarlo. Yo podía lidiar con los caballos, el ganado, hasta con los pistoleros, pero en cuanto a las emociones humanas no tenía ni idea.

Una muchacha como ella, creciendo en un lugar así, encontraría pocos hombres, y aún menos que la hicieran soñar. Roger Balch, a quien no conocía, obviamente era joven, de su propia edad, y era el hijo de un ranchero... La clase tenía mucho más que ver con estas cosas que lo que la gente se imaginaba.

Fuentes y yo queríamos regresar a trabajar cuanto antes y fuimos los primeros que nos sentamos en la mesa, a excepción de Harley. Él iba a guardar de noche las reses que nosotros habíamos juntado, y por eso estaba comiendo temprano.

—Tuvieron un buen día, muchachos. —dijo Harley cuando nos sentamos—. Por lo que he escuchado, es un territorio muy solitario.

—¿Nunca ha estado por allí?

—Me queda un poco lejos. Mi hacienda está al sur de aquí. Cuando te estás ganando la vida trabajando solo en tu propia hacienda, no tienes tiempo para viajar por los alrededores.

—¿Junta ganado?

—Algunos animales de poco pelo. Pero algún día tendré una buena ganadería. Esas cosas llevan su tiempo.

Tenía razón en eso. Había visto muchos hombres

empezar de la nada y construir buenos ranchos, pero no era nada fácil. Si había suficiente agua y extensión abierta de terreno, tendría buena oportunidad. Había visto a muchos empezar, pero sólo a unos pocos lograrlo.

—Si yo lo intentara —comenté—, probaría en Wyoming o en Colorado. Los inviernos son duros, pero hay buen pasto y bastante agua en las montañas.

—He oído hablar de eso —admitió Harley—, pero me quedaré aquí. Prefiero un territorio abierto y amplio donde pueda ver por millas... Pero cada uno hace lo que puede hacer.

—Un amigo mío prefería Utah —comentó Ben Roper—. Dijo que por allí hay territorios que no conoce el hombre blanco.

—Esos Azules —dijo Harley, interrumpiéndose—, esos mormones... he escuchado que les gusta vivir entre los suyos.

—Es buena gente —añadí—. He viajado con ellos, y si eres educado, no tendrás ningún problema.

Hablamos distendidamente mientras comíamos. Barby Ann cocinaba muy bien, y Roger Balch no sabía lo que se iba a perder. Yo sospechaba que su padre pensaba en una posible alianza. El comandante era el único que hacía que Balch y Saddler detuvieran el fuego, pero si pudieran traerlo a la familia por medio del matrimonio...

Harley salió para empezar la guardia nocturna del ganado, y nosotros terminamos tranquilamente de cenar. Habíamos decidido salir esa misma noche y no esperar a que amaneciera.

Joe Hinge no había dicho palabra durante toda la cena, pero cuando terminamos me siguió fuera.

—Ben me dice que usted es un pistolero.

—He disparado un rifle algunas veces, pero no me considero un pistolero.

—Balch tiene algunos que trabajan para él.

Me encogí de hombros. —Yo soy un vaquero, Joe, eso es todo. Estoy de paso y no quiero buscarme problemas.

—Me ayudaría tener a alguien que supiera disparar y que no le molestara hacerlo.

—Yo no soy su hombre. Lucharé si me provocan, pero me tendrían que provocar bastante.

Estábamos parados en la oscuridad. —¿Se lleva bien con Fuentes?

—Es un trabajador de primera —dije—, y cocina mejor que yo. ¿Cómo no me voy a llevar bien con él? —Hice una pausa y le pregunté—: ¿Harley se está quedando aquí o en su hacienda?

—En los dos sitios. Tiene ganado del que ocuparse. Vive lejos, entre los rellanos de las colinas. Entiendo por qué le gusta trabajar por otros. Es un lugar muy solitario.

—¿Ha estado por allí?

—No, pero Danny fue una vez. Fue buscando a Harley hasta allí en una ocasión. Tardó en localizarlo, pero ése es Danny. Trabaja bien, pero le cuesta trabajo orientarse.

Cuando emprendimos el viaje brillaba la luna, y llevábamos comida para una larga estancia. Fuentes montaba bien a caballo, y me gustaba trabajar con él, porque no había ninguna tensión.

Durante los siguientes cuatro días no paramos de trabajar, pero con pocos resultados. Donde hace unos días había ganado, ahora no quedaba ninguno. Fuentes era un limpiamatorrales que conocía bien su profesión, y cabalgar entre los matorrales era un arte y una ciencia. Ningún lazo ancho de vuelta grande funcionaría allí. Veías un novillo, y de repente desaparecía; si conseguías que saliera, era en un claro que tu caballo podría cruzar en tres o cuatro saltos. Y si conseguías enlazarlo, tenías que disparar la soga con suficiente holgura para amarrarlo y nada más. Porque entre el quiebrahacha, los cactus y el mezquite, no había posibilidad de hacer una lazada... era como lanzar la caña para pescar, pero el pez pesaba de mil a quince mil libras y algunos aún más.

Fuentes lo podía hacer y lo había hecho. Y tenía las cicatrices para probarlo. Era un negocio que te marcaba. Tenías que llevar zahones de cuero pesado, una chaqueta de cuero o de lona y tapaderos en los estribos para evitar que una rama lo atravesara y apuñalara a tu caballo o te tirara al suelo.

Trabajamos duro y en cuatro días juntamos sólo nueve cabezas. No tenía sentido.

—Tony, hay huellas —dije—, muchas huellas. No tiene sentido.

Estábamos comiendo.

Puso el tenedor sobre la mesa y miró fijamente la puerta, cavilando. —Estoy pensando —dijo— en una vaquilla medio rojiza. De unos dos años, muy bonita, pero muy resabiada para ser tan joven. Siempre que la veía me eludía, pero regresaba todos los días, y desde que volvimos, no la he vuelto a ver.

—A lo mejor encontró a otra persona que la persiguiera —dije de broma—. Tarde o temprano todas lo hacen.

Agarró el tenedor de nuevo. —Me parece que ha dicho una verdad, amigo. Creo que mañana no buscaremos ninguna vaca.

—¿No?

—Iremos a cazar... quizás una vaquilla medio rojiza. Quizás la encontremos... quizás encontremos otra cosa. Creo que mañana iremos armados.

Partimos al amanecer. Yo montaba el bayo de crin y cola negra. Era una mañana fresca y agradable. Comimos un desayuno rápido. Fuentes iba de primero hacia nuestro manantial secreto, y a medida que se iba acercando, trotaba de un lado a otro y frenaba de repente para señalar: —¿Ve? Son sus huellas. Tienen dos días... quizás tres.

Ella había bebido en la charca debajo del manantial y se había marchado, apacentando, como suele hacer el ganado, con otras reses. Nosotros las seguimos fuera de la hondonada hasta las cumbres, pero hasta mediodía no vimos nada.

—¡Mire, amigo!

Yo lo había visto. De repente, dejó de vagar y la vaquilla rojiza caminó en dirección recta, apresurándose de vez en cuando, y estaba con otros que habían dejado de pastar. La razón era obvia:

¡Huellas de caballo!

Había más ganado, traído del norte, más ganado conducido hacia las colinas al este. Otro jinete.

—Si nos ven —sugerí—, verán que seguimos el sendero. Despleguémonos como si estuviéramos buscando ganado perdido, pero no nos perdamos de vista.

—Bueno, amigo. —Se alejó de mí, y de vez en cuando se ponía de pie en los estribos como si buscara algo. Seguimos adelante, primero uno, después el otro, por el sendero de la pequeña manada... que ya llegaba a unas treinta cabezas, o quizás más.

No era ninguna casualidad que no hubiéramos encontrado ganado. Alguien lo estaba alejando de nosotros a propósito.

De vez en cuando dejaban que el ganado vagara mientras acorralaban más, hasta que al final de varios días habían juntado por lo menos cien cabezas.

—Las conducen lejos —dijo Fuentes—, pero estoy intrigado. ¿Si las quieren cuatrear, por qué no las llevan al sur?

Me asaltó una idea. —Fuentes, quizás no piensan cuatrearlas. Quizás las quieren mantener alejadas para que no las vendamos. Si no las juntamos, no se venderán.

—¿Y si no se venden?

—Entonces Rossiter no tendrá el dinero que necesita y perderá el rancho, y quizás lo comprará alguien que sabe que hay más ganado que el que Rossiter piensa que tiene.

—Buena idea, amigo, algo muy probable, y es otra forma de robar, ¿no? El señor Rossiter cree que tiene poco ganado, tiene problemas y vende a bajo precio, cuando en realidad tiene bastante ganado.

—Pero hay algo que no me cuadra. Aparte de su vaquilla rojiza, no he visto huellas de muchos terneros. Son de novillos, de vacas... tienen las pezuñas más afiladas... pero hay pocas huellas de terneros.

Acampamos en la hondonada protegida de un cerro, y al anochecer encendimos una hoguera, utilizando las heces desecadas de búfalo como combustible. Era un cerro alto, con buena vista, y después de comer dejamos la cafetera sobre el fuego y subimos a examinar el territorio. En el firmamento había miles de estrellas, pero casi ni nos fijamos. Buscábamos otro tipo de luz… una hoguera.

—Usted conoce este territorio —dije—. ¿Dónde quedan los ranchos?

Pensó un instante. —Amigo, estamos demasiado al este. Este territorio es salvaje y por aquí no pasa nadie, sólo los comanches o los kiowas, y debemos cuidarnos.

—Por allí atrás está la hacienda del comandante… Es la que queda más cerca. Más lejos están las de Balch y Saddler.

—¿Y Harley?

—Él no tiene ningún rancho, amigo, sólo una vivienda muy modesta. Él vive allí. —Apuntó a un lugar algo distante.

—¿Tony? —señalé—. ¡Mire eso!

Era —y a menos de una milla de distancia— una hoguera. ¡Una hoguera en territorio salvaje!

CAPÍTULO 6

ESTE TERRITORIO ERA salvaje y solitario por una razón. Al este de donde estábamos, los ranchos estaban avanzando hacia el oeste desde Austin y San Antonio; y al oeste, unos cuantos audaces rancheros intentaban colonizar el Panhandle. Pero el área donde estábamos era tierra de caza y la ruta de los kiowas y los comanches en sus incursiones a México.

También era territorio apache, sobre todo lipans, pensaba, aunque no era especialista en esta zona de Tejas. Todo lo que sabía lo aprendí alrededor de la hoguera del campamento. Hacía dos años habían asesinado a una patrulla del ejército al sur de donde estábamos, y un carguero, buscando otra ruta a Horsehead Crossing, había sido atacado y perdió dos hombres y todo su ganado.

Un jinete de una de las cuadrillas del Panhandle se había independizado y había intentado establecerse en este territorio. Aguantó una primavera de duro trabajo en la que lidió con la escarcha y las tormentas de polvo. El clima arruinó sus cosechas, y los indios le robaron el ganado. Cuando se fue galopando, huyendo de los sinsabores, ellos lo agarraron.

Su cabaña quedaba al sureste de donde estábamos. Todos habían oído hablar de ella, pero nadie sabía exactamente donde quedaba. También corrían rumores de que había enormes cuevas en el territorio, aunque no las habíamos visto.

Ni Fuentes ni yo teníamos muchas ganas de acercarnos a esa hoguera de campamento, aunque nos picaba la curiosidad. Si eran kiowas, teníamos muchas posibilidades de perder el cuero cabelludo; igualmente si eran lipans o comanches. Pero podríamos acercarnos mañana, y si se habrían ido, como parecía probable, podríamos aprender casi tanto estudiando los restos del campamento como si lo habríamos visto en vivo y de cerca.

Un simplón podría haber intentado aproximarse a ese campamento, y si era más listo que los indios, podría pasarle por delante y escaparse..., pero podía salirle mal la jugada.

Pensaba que no era prudente arriesgarse sin necesidad, y Fuentes pensaba igual. Ya habíamos superado la edad de retar a alguien, o de hacer algo para mostrar lo grandes y atrevidos que éramos.

Eso era para los novatos. Nos movíamos cuando creíamos que era el momento, y peleábamos cuando no había más remedio, pero no íbamos metiéndonos en problemas.

Después de observar el fuego, regresamos y nos acostamos, dejando a los caballos haciendo guardia.

Llevábamos un rato tumbados cuando hablé:

—Tony, hay algo que no me gusta.

—¿Sí? —Tenía voz de sueño, pero sonaba interesado—. Alguien está robando las vacas, ¿verdad?

—Quizás... Lo que sabemos es que alguien está moviendo las reses, y entre las que han movido hay un poco de todo... menos terneros.

—Las reses maduras pueden interesarles a cualquiera. ¿Pero los terneros? Son demasiado jóvenes para venderlos y ganar dinero, lo cual significa que quien los tenga los piensa guardar una temporada. Además, los terneros no están marcados con hierro.

Fuentes no contestó, y probablemente estaba dormido, pero yo me quedé despierto un rato, pensando en todo esto. ¿Si sólo les interesaban los terneros, por qué habían roto la costumbre y habían robado reses maduras?

————

AL AMANECER NOS despertamos y nos tomamos un café cerca de la hoguera. Comimos un poco de cecina y unos bollos, y después nos subimos en la silla de montar y partimos. Tomamos una ruta indirecta y llegamos adonde habíamos visto el ganado.

Allí abajo había muchos árboles y un paisaje áspero y quebrado. Al principio no vimos ganado, pero después vimos algunas reses esparcidas, la mayoría con la divisa de Stirrup-Iron. También había unas cuantas de Spur, y empezamos a encaminarlas hacia casa... algunas irían sin problemas, pero tendríamos que juntar y empujar a la mayoría de ellas.

Trabajamos despacio, inspeccionando los alrededores como si buscáramos ganado perdido, mientras nos aproximábamos a la fogata donde había estado el campamento. Cuando llegamos al campamento, hacía dos horas que había salido el sol.

Estaba vacío. Un ligero humo envolvía los carbones, que alguien había colocado con esmero para no dejar que se escapara el fuego. Dos personas con dos caballos de carga habían estado en el campamento. Uno de los hombres llevaba un rifle con dos puntas en la placa de la culata que se podían colocar encima del hombro agarrado por el sobaco. Hace algunos años había visto un arma así, y algunos muchachos distinguidos las tenían. A mí nunca me habían llamado la atención, pero era fácil identificar que ese era su tipo de arma, porque dondequiera que la colocaba, dejaba esa marca en el piso.

Fuentes también las vio. —Cuando lo veamos lo reconoceremos —comentó secamente—. No creo que haya más de una de ese tipo en este territorio.

Dos hombres habían acampado aquí por lo menos dos días y posiblemente más tiempo. Había otras señales de haber acampado y el lugar había sido usado más de una vez. Vimos un viejo novillo moteado con el hocico blanco que pesaría fácilmente mil ochocientas libras. Iba acompañado de otras reses, una era una vaca de cuernos largos casi blanca con motas rojas en el lomo.

Fuentes estaba dirigiéndolas hacia atrás cuando se me ocurrió una idea. —Tony, dejémoslas.

—¿Qué?

—Dejémoslas y veamos qué pasa. Reconoceríamos ese novillo moteado o esa vaca blanca en cualquier parte, así que esperemos a ver dónde acaban.

Él asintió. —Bueno, creo que es una buena idea.

La verdad era que podríamos reconocer todas las reses que vimos ese día. Un hombre que trabaja con el ganado desarrolla una memoria para recordarlas, a estas y a las que les acompañaran, y cuando iniciamos el regreso, teníamos más de veinte cabezas para nuestro paseo. Como siempre, no fue fácil, pero ayudó que se dirigieran de vuelta a los pastos de su casa... aunque no fueran tan buenos como los que estábamos abandonando.

Montar a caballo proporciona tiempo para pensar... y observar. Un jinete que cabalga por el desierto tiene que mantenerse atento si espera sobrevivir, pero los vaqueros lo hacen casi por instinto. Prevén los problemas antes de que acontezcan, y saben cuando un novillo está hundido en una ciénaga o cuando tiene lombrices. Un buen caballo olfateará las lombrices, aun cuando el jinete no distinga el novillo entre los matorrales, y localizará el ganado aunque un hombre no pueda verlo.

El recorrido a caballo era caluroso y polvoriento, y las moscas negras nos rodeaban en un enjambre. Agarramos dos novillos de tres años en el viaje de vuelta. Apenas vieron el ganado que acarreábamos se nos unieron, como hace siempre el ganado. Fuentes y yo, sabiendo que se sorprenderían, nos mantuvimos a distancia de ellos.

Cuando regresábamos a la cabaña vimos a un jinete.

—¡Ah! —Fuentes sonrió abiertamente—. ¡Ahora la verá!

—¿A quién?

Señaló al jinete. —La hija del comandante. Pero tenga cuidado. A veces se cree que es el comandante.

Se acercó a nosotros en la grupa de un espectacular capón gris, y montaba asentadillas sobre una silla de charol negro poco común. Vestía un traje de montar de cuadros pequeños negros y blancos y un elegante sombrero negro, botas negras lustradas y una camisa blanca.

Me echó una mirada rápida, y supongo que no se le escapó nada, y saludó a Fuentes. —¿Cómo está, Tony? —dijo mirando el ganado—. ¿Hay algunos con la divisa T Bar T?

—No, señorita, sólo Stirrup-Iron y Spur.

—¿Le importa si echo un vistazo?

—Claro que no, señorita.

—Pero por favor no espante a esos dos moteados de tres años —sugerí—. Están muy tensos.

Me echó una mirada que me habría fulminado.

—¡He visto ganado antes!

Montó alrededor de las reses, estudiándolas. Éstas ni se inmutaron. Se acercó a los dos novillos, que, viendo el resplandor de sol brillar en esa montura de charol, salieron disparados, y Tony y yo tuvimos que esforzarnos por mantener junto al ganado.

Me aproximé a ella. —Señorita, dígale a su papá que le limpie la leche de los labios antes de que salga a la llanura la próxima vez.

Se puso pálida y me hizo un corte en la cara con su cuarta. Era una bonita cuarta de crin verde y roja. Pero cuando me cortó la cara con ella, levanté la mano, agarré la cuarta y de un tirón se la arrebaté de la mano.

Ella tenía mucho carácter. Aunque había perdido la cuarta, no se dio por vencida. Fue a agarrar el rifle que estaba en la funda, y yo coloqué mi caballo junto al suyo y puse la mano encima de la culata para que no pudiera desenfundarlo.

—Tranquilícese —dije fríamente—. ¿Me dispararía por tan poca cosa?

—¿Quién demonios dijo que no lo haría? —vociferó.

—También dígale a su papá que le lave la boca con

jabón —dije—. Esa no es forma de hablar para una señorita.

Comenzó a trotar con pasitos cortos alrededor mío, intentando alejarse de mi lado, pero ese pequeño bayo que yo montaba conocía su negocio y no se despegaba del lado de su capón gris. Durante tres o cuatro minutos estuvimos levantando polvo en la pradera hasta que se dio cuenta que era inútil.

Quizás se tranquilizó un poco. No sé, pero llamó a Fuentes, que estaba sentado en la montura observando todo. —Fuentes, venga y aleje a este hombre de mí.

Tony se acercó con el caballo y dijo: —No quiero que le dispare, señorita. Es mi compadre.

—Le voy a decir algo —dije—. Tiene un carácter endemoniado, pero es muy bonita.

Entrecerró los ojos. —El comandante lo colgará por esto —me espetó—, si los muchachos no lo hacen primero.

—¿Por qué no lucha sus propias batallas? —pregunté—. Es una chica grande. No tiene que llamar a su papá para que le ayude, o a los muchachos del rancho.

—¡Deje de llamarle mi papá! —dijo enojada—. ¡Es "el Comandante"!

—Ay, lo siento —dije—, no sabía que seguía en el ejército.

—¡Él no está en el ejército!

—Entonces no es comandante, ¿no es así? Quiero decir, que es ex comandante, ¿no?

Ella no supo qué contestar. Dijo a la defensiva: —¡Él es comandante! Fue comandante... ¡en la Guerra Civil!

—Pues me alegro. Conocí unos cuantos allá por el

norte. Había uno que trabajaba en el hotel donde me hospedaba, y en Wyoming herré ganado con un coronel. Los dos eran buena gente.

Yo tenía la cara inmutable y la voz tranquila. De repente dijo: —¡Sabe que le digo que no le soporto!

—Sí, señora —dije educadamente—, eso me pareció. Cuando una muchacha me pega con una cuarta... deduzco que no le caigo muy bien. No indica el comienzo de una relación muy romántica.

—¿Romance? —dijo en tono apagado—. ¿Con usted?

—¡*Por favor,* señorita! ¡Ni mencione un romance conmigo! ¡Soy un simple vaquero de paso! ¡Jamás se me ocurriría hacerle la corte a la hija del comandante!

Hice una pausa. —Además, nunca intento conquistar a una muchacha la primera vez que la veo. Quizás la segunda, aunque eso depende de la muchacha.

—A usted —ladeé la cabeza—. Bien, quizás la tercera... o la cuarta. Sí, sería a la cuarta vez.

Ella dio la vuelta a su caballo fulminándome con la mirada. —¡Usted! ¡Es un insolente! ¡Verá lo que le espera!

Se alejó rápidamente, espoleando el caballo. Fuentes se echó el sombrero hacia atrás, y parecía triste. —Creo que se ha jodido, amigo. No le cae bien.

—Lo sé —dije—. Sigamos con el ganado.

Los dos novillos de tres años habían desaparecido, y ninguno de los dos teníamos ganas de seguirlos para tratar de recuperarlos. Además, estarían recelosos y no podríamos acercarnos.

Cabalgamos detrás del ganado. Un par de veces me pareció escuchar algo moverse entre los matorrales, como si los terneros nos estuvieran siguiendo en paralelo, pero cuando salimos a la llanura abierta no aparecieron.

¿Así que esa era la hija del comandante? La que se suponía que Roger Balch estaba intentando conquistar... o eso se comentaba. Bien, pues podía quedársela.

Sin embargo, era bonita, incluso cuando se enfadaba. Me reí entre dientes. Y se había enojado.

Juntamos el ganado en un corral y nos acostamos a dormir.

—Esos novillos —sugerí— quizás se acerquen durante la noche.

Fuentes se encogió de hombros, y dijo: —Mañana es viernes.

—Hay uno todas las semanas —contesté.

—El sábado hay una, como se dice, una reunión social en la escuela.

—¿Una reunión social? —pregunté escépticamente.

—Sí... y estoy pensando que esas reses necesitan estar con la manada. Estarán inquietos y podrían escaparse. Creo que deberíamos traerlas.

—Bien —asentí pensativamente—, creo que deben estar con su parentela. Claro que, mientras estemos por allá, no estaría de más que nos acercáramos y viéramos como resulta esa reunión social.

—Estupendo —Fuentes acordó—. Verá una docena o dos de las muchachas más guapas de Tejas.

—Eso me apetece —dije—. ¿Ha ido alguna vez a esas reuniones sociales? Quiero decir, ¿por aquí?

—A menudo. Siempre que hay una.

—¿Quién hace la mejor caja?

Él se encogió de hombros. —Ann Timberly... la hija del comandante.

—¿Y la segunda mejor?

—Quizás la hija de Dake Wilson... quizás China Benn.

—¿China Benn? ¿Es una muchacha?

Se besó los dedos. —¡Ay! ¡Y qué muchacha!

—¿Es amiga de Ann Timberly?

—¿*Amigas*? ¡No, señor! ¡La hija del comandante no la tolera! ¡No le gusta lo más mínimo! China también es demasiado... —hizo gestos indicando una figura asombrosa.

—¡Bien! —dije—. Ya sé por qué caja voy a pujar.

Fuentes se quedó mirándome y meneó la cabeza. —Es un insensato, pero creo que me divertiré en esta reunión.

Hizo una pausa. —China Benn es bonita. También es la muchacha que le gusta a Kurt Floyd.

—Si es tan bonita como dice, debe de haber muchos hombres detrás de ella.

Sonrió como perdonando mi ignorancia. —No mientras sea la muchacha de Kurt. —Habíamos acampado al abrigo de una baja colina, a poca distancia del corral. Esperábamos que los novillos aparecieran durante la noche, y lo harían... si no nos acercábamos demasiado—. Floyd es muy grande, amigo. ¡Enorme! Y fuerte. No lucha con una pistola, como los caballeros, sino con los puños. A los tejanos no nos gusta pelear con los puños. Lo llamamos "pelea de perros", ¿entiende?

—¿Usted es tejano? ¿Creí que era de California?

Se encogió de hombros. —Cuando estoy en Tejas, soy tejano. Al otro lado de la frontera soy mexicano. Es pura política, ¿comprende?

—Sí, entiendo lo que me dice. Este Floyd, ¿le ha pegado a alguien alguna vez?

—A One-Thumb Tom, a George Simpson... fue una pelea de órdago. También a Bunky Green... a ése creo que lo tumbó de dos puñetazos.

—¿Me presentará a China?

—Seguro. Y después me quedaré atrás para observar. Será triste... ¡y es tan joven! Ver como le muelen a palos. Vale, si es lo que quiere.

—Si fuera un verdadero amigo —sugerí—, se ofrecería a pelear con él mientras yo me escapo con la muchacha.

—Claro que seré un verdadero amigo. Hasta que le presente a China Benn... Después, amigo, seré sólo un espectador, un testigo interesado, si quiere, pero sólo un espectador. Cualquier hombre que intente conquistar a China Benn delante de Kurt Floyd merece mi sentido pésame.

—Por la mañana —dije—, conduciremos los novillos al rancho. Nos bañaremos, nos lavaremos detrás de las orejas, nos quitaremos el polvo de las botas y nos iremos raudos a... ¿dónde es ese sarao?

Él se rió entre dientes. —En Rock Springs Schoolhouse. Y Rock Springs Schoolhouse está en el territorio de Balch y Saddler, y Kurt Floyd es el herrero de Balch y Saddler. Y recuerde esto, amigo. No se ganará la simpatía de la hija del comandante. Ella detesta a China Benn.

—Ahora lo recuerdo. Me lo había dicho antes. ¡Cómo se me pudo haber olvidado!

CAPÍTULO 7

HENRY ROSSITER, BARBY Ann, Ben Roper y Danny iban en una calesa. Fuentes y yo les acompañábamos a caballo.

La escuela se construyó sobre un cerro, y a unas veinticinco yardas estaba el manantial que le había dado el nombre. Debía haber al menos una docena de carros en el lugar, principalmente calesas, pero había un carro de Dearborn, un birlocho y una ambulancia del ejército.

En cuanto a ganado caballar, habría unos cuarenta o cincuenta caballos ensillados. Nunca habría creído que hubiera tanta gente en el territorio pero, tal como descubriría, era igual que en otras comunidades del oeste y había gente que cabalgaba todo el día para asistir. Las fiestas, los bailes y las cenas de las cajas eran poco frecuentes, y cuando se celebraban atraían a mucho público.

Saddler llegaba en ese momento. En el asiento de al lado había una mujer delgada y con aspecto cansado, que me dijeron era su esposa. También tenía a su lado a un tipo delgado, de anchas espaldas, que desmontaba. —Klaus —susurró Fuentes—. Cobra cuarenta al mes.

Cuando se presentó la oportunidad, le miré. No le conocía. Llevaba una pistola y, si no me equivocaba, tenía otra bajo su chaqueta, metida en el cinturón.

Alguien afinaba un violín, y olía a café.

De repente, alguien dijo: —¡Aquí está el comandante!

Llegó en un birlocho, recién estrenado, abrillantado y rodeado por seis jinetes. En el propio birlocho estaba Ann, bella pero modestamente ataviada, y el hombre que debía de ser el comandante... alto, de espaldas cuadradas, inmaculadamente vestido.

Descendió del carruaje y ayudó a su hija a bajar. Les acompañaba otra pareja, igual de bien vestidos, pero no les podía ver el rostro en la oscuridad. No conocía a ninguno de los jinetes que les acompañaban, pero tenían buen porte, los hombros cuadrados y el aire de ser de caballería.

Como estaba en la penumbra, Ann Timberly no podía verme cuando entró, y eso me agradó. Me había buscado un caro traje de sastre, de paño negro fino, y calzaba mis botas de domingo bien pulidas. También llevaba una camisa blanca y un lazo de cordón negro.

Ann era bella. No había duda. Era bonita y altanera, y cuando entró en la escuela no había duda que alguien importante había llegado. Su porte, pensé, era el mismo que si hubiera estado entrando en las casas más elegantes de Charleston, Richmond o Filadelfia.

Ella estaba en la puerta cuando se oyó un grito y el estrépito de unos cascos. Una calesa se aproximó a toda velocidad, frenando en seco empinándose los caballos. Cuando se detuvo, un hombre saltó de un caballo y sujetó al cochero cuando ella bajó del asiento.

El hombre la cogió y la giró antes de soltarla, pero inmediatamente, sin mirar ni al hombre ni al carruaje, ella se encaminó hacia la puerta.

Vislumbré un pelo castaño rojizo oscuro, unos ojos

verdes y algo sesgados y unas encantadoras pecas en la nariz, y oí a alguien adentro decir: —¡Llegó China!

Ella irrumpió en la escuela, un par de pasos detrás de Ann Timberly, y yo la seguí, abriéndome paso tranquilamente entre la muchedumbre. Observé que alguien se ocupaba de los caballos, pero el hombre que la había levantado de la calesa estaba justo detrás de mí.

Cuando empezó a empujarme, le dije por encima del hombro: —Tranquilo. Ella no se va a ir a ninguna parte.

Él me miró hacia abajo. Yo mido seis pies dos pulgadas y peso ciento noventa libras, aunque aparento menos, pero a su lado parecía raquítico. Medía cuatro o cinco pulgadas más y pesaba unas cincuenta libras más. Y no estaba acostumbrado a que nadie se le pusiera por delante.

Me miró otra vez y siguió empujándome a un lado. Le tenía a mi lado y cuando él caminó rápidamente hacia delante, le puse la zancadilla. Perdió el equilibrio y tambaleándose empezó a caerse. Sólo tuve que tocarle ligeramente para desequilibrarlo. Cayó con un porrazo y me agaché en seguida. —Lo siento. ¿Puedo ayudarlo?

Me miró fijamente, confundido por lo que acababa de suceder, pero yo aparentaba estar serio y compungido. Aceptó mi mano y le ayudé a levantarse. —Me resbalé —murmuró—. Debo haberme resbalado.

—A todos nos pasa —contesté— si bebemos más de la cuenta.

—¡Un momento! —interrumpió—. Yo no he tomado...

Pero yo me perdí entre la muchedumbre y caminé el largo del cuarto. Cuando llegué al final me volví y me encontré con la mirada de China Benn.

Ella estaba al otro lado del salón, pero me miraba muy seria, como preguntándose qué tipo de hombre era yo.

Fuentes se acercó a mi lado. —¿Qué pasó, amigo?

—Me estaba empujando —dije—, y supongo que se resbaló.

Fuentes sacó un puro. Sus ojos brillaban divertidos. —Es bien temerario, amigo. ¿Es prudente?

En una larga mesa al final del cuarto estaban amontonadas las cajas con el almuerzo que habían preparado las muchachas, con los nombres escondidos. Era muy sencillo. Un subastador sostendría una caja y empezaría la subasta, ganándola el postor más alto. El ganador de la caja cenaría con la muchacha que la preparó.

Como era de esperar, había muchas intrigas. Algunas de las muchachas siempre lograban informar a los hombres que les interesaban cuáles eran sus cajas. Sabiendo esto, otros vaqueros, rancheros o tenderos del pueblo ofrecían más dinero por una caja para recaudar más fondos... los beneficios iban destinados a alguna buena causa... o para preocupar al hombre que quería la caja.

Si tu caja lograba un precio alto, era algo de lo cual se sentía orgullo.

Fuentes susurró: —Las pujas más altas serán por las cajas de la hija del comandante o de China Benn, aunque hay una rubia gorda en la puerta a la que le puede ir bien... Y las mujeres mayores hacen las mejores cenas.

El cuarto estaba abarrotado. Habían sacado los pupitres y las sillas y las habían guardado en el granero y habían colocado los bancos a lo largo de las paredes. Algunos tipos pasaban casi toda la tarde fuera conversando. Había muchos jóvenes que correteaban por todas partes, divirtiéndose más que el resto de la gente.

Las muchachas se sentaron en los bancos, rodeadas por sus amigos.

Barby Ann entró, parecía frágil y aunque estaba pálida, se veía atractiva. Miró rápidamente a su alrededor, buscando a Roger Balch, me imagino.

Entró una muchacha pequeña y bonita de grandes ojos oscuros vestida con un traje viejo, pero bien planchado, de guinga. La volví a mirar y me di cuenta que no era tan bonita. Algunos opinarían que era normalita, pero tenía una fuerza interna que me atrajo.

—¿Quién es? —le pregunté a Fuentes.

Se encogió de hombros. —Nunca la he visto. Parece estar sola.

Miré alrededor y me encontré con la mirada de Ann Timberly, que me dio la espalda a propósito. Yo me reí entre dientes, sintiéndome bien de repente.

Todo el mundo se conocía o, al menos, eso parecía. Muy pocos me conocían a mí.

De repente entró Balch, con Saddler y su esposa a su lado, y un tipo delgado con pinta de animal salvaje a quien reconocí al instante. ¿Por qué no me había sonado el nombre cuando me lo dijo Fuentes la primera vez?

Ingerman... un pistolero y uno de los hombres de Balch. ¿Él me habría reconocido? Lo dudé, aunque lo había visto en Pioche y de nuevo en Silver City.

Ingerman no era un vaquero en activo. Podía hacer el trabajo y lo hacía, pero sólo cuando le pagaban el sueldo de pistolero. Balch y Saddler iban en serio.

Era fácil observar que las protagonistas de la tarde eran Ann Timberly y China Benn, y que serían las principales rivales en una pugna por sus cajas. Yo estaba allí para divertirme y para demostrarle a Ann Timberly que había otras muchachas.

Fuentes se había alejado con unas chicas mexicanas que conocía, y Ben Roper bebía con unos amigos. Así que yo estaba solo, parado, mirando a la gente y observando como algunos me miraban a mí tambien.

Después de todo, yo era un desconocido. El traje negro que llevaba me lo había hecho un sastre, y vestía mejor que la mayoría de los allí presentes. Mi hermano Barnabás y yo habíamos heredado de mi padre el gusto por las buenas cosas, y me daba el gusto cuando las finanzas me lo permitían. Aunque el ser un extraño era suficiente para llamar la atención en ese lugar.

Empezó la música, y durante los dos primeros bailes, me dediqué a observar. China Benn y Ann Timberly bailaron muy bien, pero cuando decidí participar al empezar la tercera pieza, invité a bailar a Barby Ann. Ella bailaba bastante bien, pero estaba distraída. No dejaba de torcer la cabeza, pendiente de la llegada de Roger Balch.

Él entró de repente, flanqueado por dos hombres que supuse, por lo que había escuchado, eran Jory Benton y Knuckle Vansen, dos pistoleros de la cuadrilla de Balch y Saddler. Entraron con Balch, que era de buen porte, pero no medía ni cinco pies cinco pulgadas, que era sólo una o dos pulgadas menos del promedio. Vestía traje oscuro, camisa gris, un lazo negro y guantes negros, que no se quitó. También cargaba dos pistolas, que no era algo muy común, sobre todo en un baile.

Se detuvo, abierto de piernas, con los puños sobre las caderas.

—Ese es Roger Balch? —pregunté.

—Sí. —En seguida me di cuenta que había dado el baile por finalizado. No era halagador, pero sabía como se sentía y no me molesté.

—¿Por qué lleva dos pistolas? —pregunté sin darle importancia.

Ella saltó a la defensiva. —Siempre las lleva. Tiene enemigos.

—¿De veras? Espero que no sean para su padre. Él ya no porta armas, ni contrata a pistoleros que le protejan.

De repente miró arriba hacia mí. —¿Y usted? He escuchado que usted es un pistolero.

¿Dónde habría oído *eso?* —Nunca me han contratado de pistolero —contesté.

Algo más la preocupaba. Me miró de nuevo. —¿Qué quiso decir con eso de que mi padre ya no va armado? Habló como si lo conociera de antes.

—Pensé que, antes de quedarse ciego, llevaría una pistola como la mayoría de los hombres.

Por suerte, acabó la música antes de que me pudiera hacer más preguntas. La dejé al borde de la pista, cerca de donde estaba sentado su padre. Iba a dar la vuelta cuando alguien me paró. Era Roger Balch.

—¿Es usted el que monta el caballo con las siglas MT?

—Sí.

—¿Quiere venir a trabajar para Balch y Saddler?

—Trabajo para Stirrup-Iron.

—Ya lo sé. Le pregunté que si le gustaría trabajar para nosotros. Pagamos bien.

—Lo siento. Me gusta donde trabajo —dije sonriendo—. Además, soy un vaquero, no un pistolero.

Antes de que me pudiera decir más, pasé por delante de él y de repente me di de bruces con Ann Timberly. Ella esperaba que la invitara a bailar, y estaba lista para decirme que no. Se le notaba en la cara. Yo la miré, sonreí, pero caminé derecho hasta China Benn.

—¿Srta. Benn? Soy Milo Talon. ¿Me concede este baile?

China era una muchacha llamativa, vivaz y bonita. Me miró a los ojos e iba a darme calabazas cuando, inesperadamente, cambió de actitud. —Seguro. —Miró por encima de su hombro—. ¿Te importa, Kurt?

Vislumbré los ojos sobresaltados de ese hombre grande, y empezó la música. China Benn sabía bailar.

Bailaba estupendamente, y los músicos lo sabían. De repente, el ritmo cambió a un baile español, pero yo había pasado tiempo en Sonora y Chihuahua, y me gustaba bailar al estilo español. En breve nos quedamos con la pista... y ella era una buena bailarina.

Vi por un instante a Ann Timberly apretando la boca con enojo y rabia. Cuando terminamos de bailar, la gente aplaudió y China me miró. —Sr. Talon, baila usted muy bien. El único de aquí que pensé podría bailar tan bien al estilo mexicano es Tony Fuentes.

—Estuve en Sonora varias veces.

—Bien —dijo—, evidentemente hizo algo más que pasear. Bailemos más tarde, ¿le parece?

Al dejarla, miré alrededor del salón y me encontré

con la mirada de la muchacha del raído vestido de guinga. Volví sobre mis pasos y me acerqué a ella.

—¿Baila? Me llamo Milo Talon.

—Sé quién es usted —dijo en voz baja, levantándose torpemente. Gracias por invitarme. Temía que nadie lo hiciera.

—¿Es forastera?

—Vivo aquí, pero nunca he asistido a un baile, y no me puedo quedar mucho tiempo.

—¿No? Qué pena.

—Tengo que regresar. No debería estar aquí.

—¿Dónde vive?

Ella ignoró la pregunta. —No debería estar aquí, ¡pero quería ver gente, escuchar música!

—Entonces me alegro que haya venido.

Bailaba medio tiesa, midiendo cada paso que daba. Estaba convencido de que no había bailado mucho en su vida.

—¿Vino con su padre?

Me miró rápidamente, como si le preguntara con segundas. —No, vine sola.

Todas las muchachas habían llegado acompañadas del enamorado, de la familia o de alguna amiga, pues por allí cerca no había viviendas. —Consiga a alguien que la acompañe a casa. La noche es muy oscura —sugerí.

Ella sonrió. —Yo cabalgo todas las noches... sola. Prefiero la noche. Es amiga de quien la entiende.

Me sorprendió, y la volví a mirar. —Conoce mi nombre —dije—. Aquí no hay muchos que lo conozcan.

—Sé más de usted que cualquiera de ellos —dijo en voz baja—, y si supieran quién es usted, se sorprenderían.

De repente cambió de humor. —¡Son unos imbéciles! ¡Unos arrogantes! ¡Tan vanidosos! ¡El comandante! ¡Es buen tipo, pienso, pero debería olvidarse de ese estúpido título! No le hace falta. Ni a ella.

—¿Ann?

Giró y me miró. —¿La conoce?

—Nos conocemos. Pero me temo que no fue un encuentro demasiado cordial.

Ella sonrió con picardía, aunque no pensé que tuviera malicia. —¡Si supieran quién es usted! ¡Sin ir más lejos, Empty es más grande que todos sus ranchos juntos! ¡Usted tiene más ganado en su rancho que Balch y Saddler y el comandante puestos juntos!

Me sobresalté. —¿Cómo sabe todo esto? ¿Quién es usted?

—No se lo voy a decir —hizo una pausa. Cuando terminó la música, estábamos al otro lado del cuarto. —No significaría nada para usted. Mi nombre no le sonaría.

—¿No está casada?

Vaciló un instante. —No —contestó—, no lo estoy. Y añadió, amargamente: —Es probable que nunca lo esté.

CAPÍTULO 8

FUENTES REVOLOTEABA POR el salón. —No sabía que supiera bailar nuestros ritmos —dijo. Después añadió en voz baja—: No se vaya muy lejos. Puede haber problemas.

Al otro lado del salón, observé como Ben Roper se aproximó a Danny Rolf. Estaban a pocos pasos de Rossiter, que estaba sentado con Barby Ann. Hasta ese momento, Roger Balch no se había acercado a ella.

—¿Qué ocurre?

Fuentes se encogió de hombros. —No es nada en especial, pero tengo un mal presentimiento.

Miré alrededor del salón. No conocía bien a Danny, pero ni Fuentes ni Roper me preocupaban. Ellos plantarían cara a cualquiera.

—¿A cuánto suelen subastarse las cajas? —pregunté.

—Diez dólares es lo máximo. Abren la subasta a un dólar y pueden subir hasta tres o cinco. Cinco dólares es una puja alta. Sólo he visto una caja alcanzar los diez dólares... y eso es mucho dinero.

—Solamente Roger Balch podría permitirse el lujo de pagar eso, o quizás el comandante.

—¿Y qué me cuenta de Balch?

Fuentes sonrió. —Está de broma, amigo. Balch no gasta dinero en este tipo de cosas. Aunque puje por una caja, nunca ofrece más de tres dólares.

—¿Y la caja de Ann Timberly?

Me echó una mirada. —Le gusta arriesgarse, amigo. Puede que alcance tres, es posible que hasta cinco.

—¿Y la de China Benn?

—Lo mismo.

—¿Tony?

—¿Sí?

—La pequeña, la forastera. Vino sola. Tiene que irse temprano y sabe cosas de mí que nadie más sabe... por lo menos, nadie que esté aquí.

La miró a ella y después a mí. —Ya se lo dije. No la conozco, y no la vi llegar. ¿Sabe algo de usted? ¿A lo mejor es de su comarca?

—No... de allí no es. Nunca la he visto en mi vida. Y conozco a todas las muchachas que viven a cincuenta millas a la redonda de nuestro rancho.

Se rió entre dientes. —De eso estoy seguro. ¿Tiene un rancho?

—Sí, es de mi madre, de mi hermano y mío.

—¿Pero usted está aquí?

—Más allá de las montañas está la tierra prometida. Nací para buscarla.

—Yo también. Pero nunca la encontraremos, amigo.

—Eso es lo que espero. Nací para cabalgar los senderos, no para llegar al final. —Hice una pausa—. Usted y yo nacimos para descubrir y construir, para los que nos sigan. Vivirán en un territorio más rico, más apacible, pero les habremos abierto los senderos. Vamos donde el indio y el búfalo. Cabalgaremos hasta tierras lejanas con la única compañía del viento, la lluvia y el sol.

—Habla como un poeta.

Sonreí irónicamente. —Sí, y con demasiada frecuencia trabajo como un perro, pero la poesía es lo que nos inspira a continuar. Es una bendición o una maldición, depende de qué signifique para ti vivir con plena conciencia.

—Todos estos —señalé alrededor del cuarto— son una poesía viviente, un drama viviente, viven para el futuro, aunque no lo sepan y no lo vean de esa manera. La mayoría oyeron historias cuando eran jóvenes de hombres que habían traspasado la montaña o habían soñado con hacerlo, y los que no las escucharon las leyeron en los libros.

—Un viejo pistolero me contó que era granjero en Iowa cuando un día un hombre montado en un caballo negro muy fino entró la su patio. Vestía ropa raída de ante y un sombrero de ala ancha. El hombre tenía un rifle y una pistola, y lo único que quería era abrevar su caballo.

—El pistolero le convenció y se quedó a cenar y a pernoctar. Escuchó todas las historias que el hombre le contó de indios y búfalos, pero principalmente de la propia tierra, las lejanas montañas, las llanuras, el alto pasto agitado por el viento.

Fuentes asintió. —A mí me pasó lo mismo. Mi padre bajaba de los cerros y nos contaba de los osos y los leones que había visto. Llegaba polvoriento y cansado, con las manos agarrotadas de la soga o del hierro de herrar, después de trabajar veinte horas seguidas, pero olía a caballos y a humo. Y un día no regresó.

—Fuentes, usted y yo algún día tampoco regresaremos.

—A él le agarraron los apaches. Cuando se le acabó la munición, luchó con un cuchillo. Años más tarde viví con ellos y me lo contaron. Cantaban canciones de él y de cómo murió. Así son los indios; respetan al hombre valiente.

—Hablamos de temas demasiado serios, Fuentes. Voy a pujar por una caja.

—Yo, también. Pero cuidado, amigo, y no se vaya muy lejos. Tengo un mal presentimiento.

La gente empezaba a sentarse en los bancos y las sillas desde donde pudieran ver la pequeña plataforma donde las cajas se subastarían. Allí estaban todas, cuidadosamente amontonadas, algunas decoradas con lazos de papel, otras esmeradamente atadas con cintas de colores, y puedes tener por seguro que la mayoría de las cajas estaban pensadas para alguien especial.

Yo quería la caja de Ann Timberly, pero ella no quería eso, y probablemente no me hablaría si la conseguía. Pero hay más de una manera de hacer las cosas, y yo tenía mis propias ideas.

China Benn... ¡qué chica! Pero si yo pujaba por su caja, tendría problemas con Kurt Floyd, y en una noche cuando toda la cuadrilla podíamos tener problemas, no era conveniente pelearnos entre nosotros. Pero sabía lo que iba a hacer.

Empezó la subasta. Y desde la primera puja estuvo animada. La primera caja que salió era de una ranchera cuarentona de grandes pechos. La ganó un antiguo y viejo vaquero con piernas como paréntesis y hombros delgados y encorvados, pero con mirada pícara. Él pujó un dólar y cincuenta centavos por la caja. La segunda caja alcanzó instantes más tarde dos dólares, la tercera setenta y cinco centavos.

Algunos, a propósito, no pujaban para que algún tipo pudiera ganar la caja a un precio razonable. Otros subían el precio deliberadamente para fastidiar a algún amante potencial o para después tomarle el pelo.

El subastador conocía a todos los postores, y sabía qué cajas querían, aunque muchos pujaban para divertirse.

Yo disfrutaba mirando hasta que, de repente, salió a subasta una caja que estaba seguro era la de Ann Timberly. Por los comentarios del subastador estaba aún más seguro, y cuando comenzó la puja, ofrecí veinticinco centavos.

Ann se quedó tiesa como si la hubieran golpeado, y por un instante reinó el silencio. Entonces alguien ofreció cincuenta centavos. Aunque ya había pasado el mal momento, nos miramos. Estaba pálida y alzó orgullosamente la barbilla, pero me regodeé de ver la rabia en sus ojos. Me debería haber avergonzado de mí mismo, pero recordé su arrogancia y cómo había intentado pegarme con un látigo.

La caja fue a Roger Balch por cinco dólares y cincuenta centavos.

Alguien abrió la puja ofreciendo un dólar por la caja de China Benn. Yo hice una contraoferta de dos dólares, y vi a Ann volverse para mirarme. No ofrecí más, y la caja de China fue a Kurt Floyd por cuatro dólares, más que nada porque nadie quería tener problemas con él. Yo lo habría hecho, pero tenía otra cosa en mente.

Allí estaba la pequeña y callada muchacha con el raído vestido de guinga. Pensé que nadie pujaría por su caja, y que ella lo sabía. Ella empezó a encaminarse a la salida, deseando no haber venido, asustada de ser humillada y tener que comer sola. Sin duda había requerido mucho valor venir sola, pero parecía estar a punto de perder el temple.

Apareció su caja. Sabía que era la suya por la manera asustada que reaccionó y el movimiento súbito que hizo en dirección a la salida. Nadie la conocía, y eso estaba en su contra, además de que muchos de los vaqueros presentes, a pesar de su fanfarronería, en el fondo eran muy tímidos y les intimidaba conocer a una chica nueva.

Por fin, el subastador, viendo que no habría ninguna oferta, abrió la oferta con una propia. Pujó cincuenta centavos, y yo ofrecí un dólar.

Vi como dio la vuelta para mirarme, y se detuvo. Pero algo pasó. Jory Benton ofreció dos dólares.

Jory era un joven guapo, un poco llamativo y vulgar, pero duro. Sabía algo de él. Había cuatreado unas reses y había luchado en un par de guerras por el ganado. Quería que le consideraran un tipo malo, pero no era ni la mitad de duro que Ingerman, por ejemplo. A esa muchacha no le convenía para nada estar con ese tipo en ninguna parte, y estando sola, él querría sin duda acompañarla a su casa. Y no había nadie que le dijera no por respuesta.

Y ella lo sabía.

—Dos cincuenta —ofrecí a la ligera.

Fuentes, que se había alejado, empezó a acercarse a mí, deteniéndose a unos cuantos pasos.

Jory había bebido, pero no estaba seguro si era eso, o si realmente quería a la muchacha, o si era algo que habían decidido Balch y Saddler, que estaban mirando.

—¡Tres dólares! —dijo Jory inmediatamente.

—Tres cincuenta —contesté.

Jory se rió y dijo: —¡Cuatro dólares!

El salón enmudeció. De repente, supimos que algo iba a ocurrir. La muchacha estaba pálida y tensa. Quién fuera o de dónde viniera, no era tonta. Sabía lo que estaba pasando, y que habría problemas.

—Cinco dólares —dije—, y vi a Danny Rolf darle la espalda a la muchacha con la que estaba y ponerse de frente al salón.

Jory se rió de repente. Miró a la derecha y a la izquierda. —Terminemos esto de una vez —chilló—. ¡Diez dólares!

Incluso a cuarenta dólares, el sueldo de un mes, era una puja fuerte, y él no tenía idea que subiría más.

—Quince dólares —dije calladamente.

Jory frunció la cara y por primera vez me miró. Parecía asustado. No sabía cuánto dinero tenía, pero dudaba que tuviera más de eso en su bolsillo, o poco más.

—¡Dieciséis dólares! —dijo, pero por la manera como lo dijo pensé que era su tope.

De repente, escuché detrás de mí un cuchicheo. Era Ben Roper. —Tengo diez dólares que son suyos.

Manteniéndome tan casual como pude, dije: —Diecisiete.

Roger Balch se abrió paso entre la muchedumbre detrás de Jory, y le vi sacar unas monedas del bolsillo. Susurró algo a Benton, y Jory puso la mano atrás para el dinero.

Miró rápidamente lo que tenía en la mano. —¡Veinte dólares! —dijo triunfalmente.

—Veintiuno —contesté.

Reinó el silencio. El subastador carraspeó. Parecía estar sofocado y angustiado. Miró a Roger Balch y después a mí.

—Veintidós —ofreció Jory, pero con menos convicción. Roger estaba abierto de piernas, mirándome fijamente. Supongo que intentaba disuadirme.

—Veintitrés —dije casualmente. Deliberadamente, metí la mano en el bolsillo y saqué varias monedas de oro. Quería que comprendieran que si querían ganar, iban a tener que gastar bastante. Por lo menos, averiguaría si de veras querían ganar, o si era solamente por una postura.

Jory vio las monedas de oro. Eran monedas de veinte dólares y tenía un puñado de ellas. Lo que tenía en la mano era la paga de un año de un buen vaquero, y lo vieron.

—¡Han ofrecido veintitrés dólares! ¡Veintitrés! ¡Veintitrés a la una! ¡Veintitrés a las dos! ¡Veintitrés a las tres!

Hizo una pausa, pero Roger Balch se alejaba y Jory estaba inmóvil.

—Una... dos... *¡vendido!* ¡Vendido al señor de Stirrup-Iron!

Los grupos grandes se separaron y se esparcieron por el cuarto, congregándose en grupos menores. Me acerqué hasta el subastador para recoger mi caja.

Jory Benton me miraba con desdén. —Me gustaría saber dónde ha conseguido todo ese dinero —dijo belicoso.

Cogí la caja con la mano izquierda, mientras le sonreía. —Trabajé para conseguirlo, Jory. Trabajé mucho.

Con la caja en la mano, me dirigí hasta la muchacha con el vestido raído de guinga. —Es la suya, ¿verdad?

—Sí —me miró—. ¿Por qué hizo eso? ¿Todo ese dinero?

—Quería su caja —contesté.

—Pero ni siquiera me conoce.

—Le conozco un poco... Y conozco perfectamente a Jory Benton, y sé que vino sola.

—Gracias. —Encontramos banco y nos sentamos juntos en una esquina—. No debería haber venido —dijo entonces—, pero..., ¡pero estaba tan sola! No puedo quedarme más tiempo.

—Comamos entonces —dije—, y la acompañaré a casa.

Se quedó petrificada. —¡Oh, no! ¡No debe hacerlo! ¡No puedo permitir que haga eso!

—¿Está casada?

Pareció sobresaltarse. —¡Oh, no! ¡Pero no *puedo*! Debe entender.

—Bien... ¿entonces una parte del camino? ¿Sólo para asegurarme de que está segura?

—De acuerdo. —Estaba renuente.

—Ya le dije mi nombre. Milo Talon.

—Me llamo Clarisa... llámeme Lisa. —No mencionó el apellido y no insistí. Si no me lo quería decir, sus motivos tendría.

La cena de la caja era sencilla, pero sabrosa. Había unos buñuelos que eran lo más rico que había comido en mi vida, y eso que Mamá sí los sabía hacer bien. De vez en cuando miraba al otro lado del salón hasta donde Ann Timberly estaba sentada.

Fuentes se acercó acompañado de Ben Roper. Los

presenté, y Fuentes dijo: —¿Esta noche salimos juntos, ¿verdad?

—Tengo que acompañar a Lisa un trecho del camino —dije.

—Le seguiremos —dijo Ben—, y así le cuidamos. A Roger Balch no le gustó que le ganara a su empleado. Pero no quería gastar tanto para ganar.

Se alejaron, y al rato Danny Rolf se unió a ellos. Los jinetes de Balch y Saddler también estaban juntándose poco a poco.

El baile empezó de nuevo. Bailé con Lisa, y cuando terminamos la dejé hablando con Ben y crucé el salón hasta Ann.

Cuando me acerqué, dio la vuelta y estaba a punto de negarse a bailar conmigo cuando de repente cambió de idea.

Bailaba maravillosamente, y yo hacía lo que podía. Yo había bailado en más sitios buenos que la mayoría de los vaqueros, y no se me daba nada mal, incluso sin estar montado a caballo. Casi todos los vaqueros no saben bailar, pero no les importa y a las muchachas tampoco. Los vaqueros siempre pueden agarrar a la muchacha mientras ella baila.

Todos nos estábamos divirtiendo. Yo estaba en guardia, pero no vi una insignia por ninguna parte. En este baile no había ningún representante de la ley, algo que debería tener en mente.

—¿Quién es esa? —preguntó Ann de repente.

—¿Lisa? Es una buena chica.

—¿La conoce desde hace tiempo?

—Es la primera vez que la veo.

—¡Ah! ¡Pues parece que le ha impresionado!

—Ella no me maldijo —contesté.

Ann me miró de repente. —Siento lo que pasó, pero me enojó mucho.

—Eso imaginé. Y cuando usted se enoja, se enoja de verdad.

—Lo que hizo estuvo mal.

—¿Qué?

—Ofrecer veinticinco centavos por mi caja. Eso no se hace.

Le sonreí abiertamente. —Se lo merecía.

—Esa muchacha... Lisa. ¿Cómo supo cuál era su caja?

—La vi traerla, y cuando la llevaran a la subasta, ella empezó a salir. Tenía miedo que nadie pujase. Pude observar que estaba asustada y avergonzada.

—¿Así que usted pujó por su caja?

—¿Por qué no? Usted tiene muchos amigos, igual que China.

—Ah... China. Es la chica que tiene más éxito. Tanto los jóvenes como los viejos quieren conseguir su caja. No sé qué le ven.

—Sí sabe —dije, sonriéndole abiertamente—, igual que yo. Tiene mucho de todo, y lo tiene donde debe tenerlo. —De repente, me pregunté. Había estado tan preocupado con la puja y la conversación que siguió.

—El hombre que consiguió su caja —dije— es un afortunado.

Ella ignoró lo que dije y comentó: —Roger Balch hace lo que él quiere. —Luego agregó amargamente—: Nadie puja contra él... o por lo menos, no por mucho tiempo.

—Usted maldice a la gente. ¿Cómo puede esperar que lo hagan?

—No querría que pujara contra él —dijo seriamente—. Él es malo y vengativo. Si le ganara, él le odiaría.

—Ya me han odiado antes.

De repente, pensé en Lisa. Querría marcharse, y podría irse sola.

Afortunadamente, la música terminó en ese instante. Fuentes se puso a mi lado. —Si quiere que Jory Benton acompañe a esa muchacha a casa, dígamelo para que...

—No, yo lo haré —contesté. Le dije a Ann—: Quizás cabalguemos de nuevo por el mismo territorio. Pero no importa, por dondequiera que cabalgue, la estaré buscando.

—Salió —dijo Fuentes—, seguida de Jory.

Ella estaba apretando la cincha y Jory estaba parado, apoyándose contra un poste. No sabía lo que le había estado diciendo, pero cuando me acerqué, se enderezó.

—Espere un minuto —dije—. Iré por mi caballo.

—No necesita molestarse —replicó Benton—. Le estaba diciendo a la señorita que yo la acompañaré a su casa.

—Lo siento —sonreí—. Yo compré su caja, ¿no se acuerda?

—Lo recuerdo, pero eso era dentro. Estábamos dentro entonces. Ahora es otra cosa.

—¿Lo es?

Percibí un ligero movimiento en las sombras. ¿Mis amigos o los suyos? ¿O espectadores?

—Tiene que pasar por encima de mí para acompañarla —dijo Benton belicosamente.

—Claro —contesté, y le derribé.

Él no se lo había esperado, ni se lo había imaginado. Podía haber estado buscando una pelea, o fanfarroneando, pero hacía mucho tiempo que había descubierto que esperar a que el otro reaccione te puede causar algunas heridas.

Había levantado la mano como si fuera a ajustarme el lazo, y lo único que hice fue dar un paso a la izquierda y adelante y le di un puñetazo con la derecha. La distancia era poca. Y no tuvo oportunidad de reaccionar. Se desplomó con un golpe sobre el suelo.

—Lisa, súbase a la silla de montar. Le ayudaría pero no quiero darle la espalda.

Benton se irguió despacio, agitando la cabeza. Le tomó un momento comprender lo que le había pasado. Entonces se levantó rápidamente, tambaleándose por los efectos del puñetazo.

—¡Le mataré por esto! —dijo roncamente.

—Por favor ni lo intente. Si agarra la pistola, iré por la mía, y si me dispara, haré lo mismo, pero con mejor puntería.

—¿Eso va por mí también? —Era Ingerman.

—Si pregunta a cualquiera del Roost al Hole, Ingerman le dirán que siempre estoy listo.

Se había colocado y estaba listo, pero se quedó parado. De Robber's Roost a Hole-in-the-Wall, Brown's Hole o Jackson's Hole... todos escondites en el Sendero del Bandido. No muchos aquí entendían lo que había dicho, pero Ingerman sí, y de repente se volvió cauto... ¿Quién era yo?

Aunque había que buscar la forma de no humillarlo.

—No tenemos motivo para pelear, Ingerman. Quizás vendrá el momento, pero ahora no, y no por este motivo.

Ingerman no era ningún niño loco, de mirada salvaje, con un arma. Era frío como el hielo. Luchaba por dinero, y no había dinero en esta pelea. Y por lo que dije, podía traerle problemas. Nadie le había dicho que me matara... por lo menos hasta ahora.

—Sólo quería saber cómo estábamos —dijo tranquilamente—. No juegue con la suerte.

—Soy un hombre cuidadoso, Ingerman. Pero Jory estaba a punto de lesionarse, e intentaba prevenirlo.

La muchedumbre se congregó a nuestro alrededor, y dos de ellos eran Danny Rolf y Fuentes. Y justo al otro lado de Ingerman estaba Ben Roper.

—Móntese al caballo, Talon —dijo—. Todos nos vamos a casa.

Ingerman oyó la voz detrás de él, y conocía a Ben Roper por la vista y el instinto. Dio la vuelta, seguido de Jory Benton.

La noche estaba fresca y despejada, repleta de estrellas, y el viento soplaba entre los arbustos de salvia. Empezamos a cabalgar, y yo no tenía idea de adónde nos dirigíamos.

CAPÍTULO 9

AL PRINCIPIO NO hablamos. Ben Roper, Fuentes y Danny Rolf cabalgaban detrás de nosotros, y quería escucharles. Lisa tampoco quería hablar, así que montamos escuchando el suave sonido de los cascos de los caballos, el crujir de las monturas y el tintineo esporádico de una espuela.

Cuando habíamos cabalgado un gran trecho, dejé a Lisa un momento y monté detrás para encontrarme con los otros. —Éste puede ser un largo paseo. No hay necesidad de que continúen hacia delante.

—¿Quién es esa muchacha, Milo? —preguntó Ben.

—Ella no me lo ha dicho. Vino sola, y no creo que su familia supiera que se había marchado... la verdad es que no entiendo muy bien la situación.

Hablábamos bajo, y Lisa, que estaba a cierta distancia, no nos podía escuchar.

—Tenga cuidado —advirtió Danny—. Me da mala espina.

Cuando se fueron, cabalgué hasta ella, y seguimos adelante sin hacer ningún comentario. El territorio cada vez era más salvaje, con tramos de árboles y espesos arbustos que iban en aumento a medida que avanzábamos.

—Vino de muy lejos —por fin comenté.

El tenue sendero, raramente utilizado, bajaba hasta un estrecho barranco que conducía hasta el fondo de una ensenada poblada de gigantescos robles y pacanas. En un arroyo, Lisa se detuvo para dejar que bebiera su caballo.

—Ya me ha acompañado bastante lejos. Quiero darle las gracias por acompañarme hasta aquí y por comprar mi caja. Espero que no tenga problemas con ese tipo.

—De todas formas habría problemas. Trabaja para Balch y Saddler.

—¿Y usted para Stirrup-Iron?

—Sí.

Su caballo alzó la cabeza, y el agua le caía por el hocico. Mi caballo también abrevaba.

—No juzgue tan rápido —dijo prudentemente—, no conozco a Balch o a Saddler, pero sé que son hombres ariscos. Sin embargo, me da la impresión de que son honrados.

Sus comentarios me sorprendieron, pero contesté:
—Aún no tengo una opinión de ellos. Pero alguien está robando el ganado.

—Es verdad. Pero no creo que sean Balch y Saddler, ni Stirrup-Iron.

De nuevo me quedé sorprendido. —¿Me está diciendo que alguien piensa que *nosotros* somos los cuatreros?

—Claro. ¿Cree que ustedes son los únicos que pueden sospechar de alguien? Tenga mucho cuidado, Sr. Talon. No es tan sencillo como piensa.

—¿Está segura que no quiere que le acompañe?

—Segurísima... por favor no se moleste. No estoy muy lejos.

Dudosamente, di la vuelta al caballo. —Adiós, pues. —Y me fui. Ella no se movió, y cuando llegué al arroyo, pude ver su sombra reflejada sobre la plata del agua. Cuando llegué a la cumbre, paré creyendo haber escuchado los cascos de un caballo alejarse al galope.

Miré las estrellas. Estaría al sureste del rancho, a bastante distancia. Guiándome por las estrellas, continué cabalgando, descendiendo a varios profundos barrancos y bordeando secciones de bosques y chaparral.

Mientras daba la vuelta a tres o cuatro acres de arbustos, mi caballo levantó la cabeza. —¡Tranquilo, muchacho! —dije suavemente—. ¡Tranquilo!

Me detuve para escuchar. Algo se movía: el sonido de cascos sobre el pasto, el sonido de un movimiento impreciso, el traqueteo de cuernos. —¡Tranquilo, muchacho! —susurré.

Cuando le hablé y le toqué el cuello, el caballo se tranquilizó. Entonces desenfundé el Winchester y me puse a esperar. Alguien arreaba ganado, y en territorio ganadero los hombres honrados no suelen conducir ganado de noche.

Aunque los desconocidos no estaban ni a cien yardas, no podía distinguirlos, pero se dirigían al sureste. Esperé, y el sonido mermó. Estaba seguro que no eran muchas reses, treinta o cuarenta cabezas a lo sumo. Si atacaba, lo único que conseguiría es que alguien muriera, y ese alguien podría ser yo, una idea que no me apetecía. Y el sendero seguiría allí mañana.

En ese momento se me ocurrió una idea... ¿Por qué cabalgar de vuelta al rancho? Aunque tenía bastante trabajo, si lograba averiguar adónde iba ese ganado desaparecido, compensaría por el tiempo perdido. Así que cuando empecé de nuevo buscaba un campamento, y lo encontré. Era un pequeño asentamiento junto al arroyo, probablemente el mismo arroyo, o una rama, de donde había dejado a Lisa. El lugar estaba repleto de viejos robles y pacanas, y por suerte la noche estaba fresca sin estar fría. No había traído mi manta. No tenía nada más que el impermeable y la manta de la silla de montar. Pero encontré un sitio con muchas hojas que junté, extendí el impermeable por encima y me recosté, cubriéndome con la manta de la silla de montar.

Coloqué el Winchester a mi lado, con la boca apuntando hacia los pies, y puse el revolver de seis tiros a mano. No hice una hoguera, porque no sabía a qué distancia estaba el ganado o si el jinete podría regresar.

Pasé una noche fría y desagradable. Pero no era la primera vez que había dormido a la intemperie con sólo mi impermeable y manta para protegerme, y tampoco sería la última.

———

CUANDO AMANECIÓ ME levanté.

Normalmente llevaba café en las alforjas, pero ahora no tenía ninguno. Normalmente cuando asistías a las subastas de las cajas servían café, y así hicieron, pero de poco me servía ahora.

Me lavé la cara con el agua fría del riachuelo y me la sequé con la camisa. Me puse de nuevo la camisa, bebí del arroyo, abrevé a mi caballo y me subí a la grupa.

El sendero estaba allí, y después de estudiarlo, me dirigí hacia el sur. Al poco rato, me encaminé hacia el norte, como si buscara ganado perdido, y volví a cruzar el sendero.

Era casi mediodía cuando el sendero daba la vuelta

a una colina y se dirigía hasta un desfiladero desde donde podía ver más robles, pacanas, sauces y varios álamos. El desfiladero era verde, agradable a la vista y prometía agua. El caballo y yo estábamos sedientos, pues no habíamos bebido desde el alba, pero no me fiaba del aspecto de ese desfiladero... Era demasiado atrayente, y yo soy un hombre escéptico.

Así que volví atrás y conduje mi caballo hacia el norte. Subimos una pendiente como pudimos, deteniéndonos a menudo para escuchar y vigilar hasta que por fin vi un lugar con árboles y matorrales en la cumbre de la colina. Eran arbustos poco espesos de roble, pero podían ocultarte de alguien que se aproximara.

Desenfundé el rifle, y subí por la cuesta zigzagueando entre los árboles hasta que alcancé la cima de la colina.

En la distancia había un precioso valle, medio oculto, con un par de corrales de troncos para los caballos, un cobertizo y unos cien terneros. Desmonté y me apoyé contra un viejo roble para estudiar lo que había abajo.

No había humo... y el único movimiento era el del ganado; no había caballos en los corrales. El valle estaba bien irrigado y el pasto era bueno..., pero no era suficiente para cien cabezas por mucho tiempo. El ganado tenía buen aspecto, pero presentía que era un lugar para almacenarlos antes de llevarlos a otro lugar.

¿Adónde? Era buena pregunta.

Hacía calor. Mi caballo y yo estábamos cansados. Y tenía hambre. Allí abajo podía haber comida, pero podía arriesgarme a dejar huellas por todos lados.

Quien ocultaba aquí el ganado pensaba que era el escondite perfecto, y convenía que lo siguiera pensando.

Repasé el ganado. La mayoría tenía tres años o menos.

Lo cual me recordó algo que había pensado antes. Quienquiera que robaba el ganado no pensaba venderlos rápido. Los mantendría y los engordaría. Este tipo de ganado, en dos a tres años, incluso cuatro, y cuando se cebaran, valdrían mucho. Además, la mayoría de estas reses no estarían herradas.

Maldije en bajo. Tenía trabajo que hacer y todos se estarían preguntando dónde estaba. Pero es más, mi jefe había sido cuatrero... ¿quién me podría asegurar que no seguía siendo un ladrón? Ése es el problema cuando tienes mala fama. La gente siempre acaba sospechando de ti.

Me acechó un pensamiento, y estudié cuidadosamente las colinas que rodeaban el valle. Si aquí es donde los guardaban temporalmente, se los tendrían que llevar a otra parte, como habrían hecho con los anteriores. ¿Adónde fueron?

Un par de lugares en las colinas que rodeaban el valle me dieron que pensar, así que traje mi caballo, me subí a la grupa y bajé montando la cuesta, tratando de ocultarme y alerta ante cualquier movimiento. Era probable que el hombre que manejaba el ganado se hubiera ido hace tiempo, pero no estaba seguro.

Manteniéndome a distancia, bordeé las colinas. Tardé más de una hora llegar al otro lado del valle. Pero, efectivamente, lo que estaba buscando estaba allí.

Un sendero, de hacía varias semanas, de sesenta a

setenta cabezas en dirección sureste. Obviamente era un paseo de un día o más —quizás varios días— hasta su destino.

De nada valía pensar en ello. Yo tenía que regresar. De repente, di la vuelta a mi caballo en el mismo instante que escuché el silbido de una bala pasar ante mi cabeza.

Mis espuelas tocaron los flancos del caballo, y salió disparado al galope. Era un buen caballo de corte, entrenado para salir disparado, y por fortuna fue lo que hizo, porque inmediatamente escuché el sonido de otra bala y me cobijé detrás de un arbusto de mezquite. Rodeando rápidamente el final, me volví en ángulos rectos y monté en línea recta, sabiendo que el pistolero esperaba que saliera por el otro lado. Antes de que pudiera ajustar su objetivo, yo ya estaba detrás de otros matorrales y mi caballo cabalgaba raudo.

Sonó otro tiro, y entonces bajé a un arroyo. El arroyo conducía derecho hasta las colinas adonde quería ir, y desde donde había venido rastreando el ganado, pero presentía que el pistolero escondido conocía el arroyo mejor que yo. Así que busqué la forma de subir, y divisando un empinado sendero de animales, impulsé el caballo por encima del margen y hasta unas rocas.

Reduje la velocidad y estudié el territorio. Alguien oculto había disparado, alguien que no me había matado por el súbito movimiento que yo había hecho. ¡Alguien que sabía disparar!

El camino me llevó al noroeste, pero principalmente al oeste. Cabalgué al norte, poniendo distancia entre yo y el pistolero y escondiéndome todo lo que pude.

Era casi medianoche cuando por fin entré con mi extenuado caballo en el patio de la cabaña.

Escuché un hilo de voz de la puerta de la cabaña oscura. ¿Dónde vivía, amigo? ¿En la luna?

A pesar del cansancio, no pude evitar reírme entre dientes. —Anoche me topé con ganado en movimiento. Me ha picado la curiosidad.

—Hay café en el fuego.

Fuentes prendió un fósforo y encendió la lámpara de aceite y volvió a colocar el quinqué. Fue hasta la chimenea y sacó una olla de frijoles de la lumbre y se fue al armario a sacar unos bollos.

—Además, algo más le ha pasado, amigo —dijo, poniéndose serio—. ¿Cuántos eran?

—¿Quiénes?

—Los que le dispararon.

Había cogido la cafetera y una taza, pero me detuve y me volví hacia él. —¿Cómo demonios sabe eso?

Fuentes encogió un hombro. —No creo, amigo, que se haga agujeros de bala en su propio sombrero... Por lo que pienso que alguien le ha estado disparando.

Me quité el sombrero. Una bala lo había traspasado en el lado izquierdo de la parte superior. Esa bala había pasado bien cerca... ¡demasiado cerca!

Escuetamente, expliqué a Fuentes los eventos del día y de la noche previa, como rastreé el ganado y como localicé la manada de terneros cuando me desvié del sendero.

Mascó un puro apagado y me escuchó. Por fin, dijo: —¿A qué distancia estaría? ¿Quiero decir, a qué distancia estaba él cuando le disparó?

No había pensado en eso, pero recordando el terreno

y la protección que había, dije: —A unas trescientas yardas.

—Le aconsejo, amigo, que no se vuelva a poner esa camisa en mucho tiempo. Montaba uno de los caballos de Stirrup-Iron, y lo soltaremos. A trescientas yardas no creo que le haya reconocido. Puede que ni le conozca siquiera. Así que no vuelva a montar ese caballo ni se ponga más esa camisa. ¿Tiene otras? Si no, puede usar una de las mías, aunque me temo que le quede bastante estrecha.

Lo que decía tenía mucho sentido, porque nadie era más vulnerable que un vaquero a caballo, rastreando ganado en el desierto y absorto en su trabajo... Y aguijonear vacas es un trabajo que requiere atención. Cuando un novillo lazado llega al fin de la soga, si tienes los dedos por medio, tendrás uno o dos dedos menos. Un tirón con la soga alrededor del pomo de la silla en un mal momento... Conozco muchos vaqueros que han perdido parte de los dedos.

Aunque podía ser que quien me disparó sabía exactamente a quién le estaba disparando. Si lo sabía, no había remedio posible. Si no, podríamos engañarle. No tenía ninguna gana de ser el blanco de un buen pistolero cuando estaba absorto en mi trabajo.

Mucho antes de que amaneciera ya habíamos enfilado. El país era inhóspito, y algunos de esos grandes y viejos novillos desaparecían como si fueran fantasmas. Los veíamos en los matorrales, pero cuando llegábamos allí ya se habían marchado.

Poco después de que saliera el sol, empezó a soplar el viento, y la arena nos entraba en los ojos. El ganado se había adentrado entre los matorrales más espesos, y tuvimos que esforzarnos por encontrarlos y sacarlos. Fue un día largo, brutal, y al final sólo habíamos conseguido tres reses de siete u ocho años, igual de amistosas que los tigres de Bengala. Se acercaban furtivamente por las barras y te enganchaban si te acercabas demasiado.

—Hoy he visto al Viejo Moteado —comentó Fuentes mientras llevábamos nuestros caballos hacia la cabaña—. Esperaba que hubiera muerto.

—¿El Viejo Moteado?

—Sí... uno enorme, amigo, de unas mil ochocientas libras. Tendrá unos nueve años, y unos cuernos afilados como agujas... y larguísimos... de este largo. —Abrió los brazos para mostrarme—. Me mató un caballo el año pasado, me rastreó y me obligó a refugiarme en un árbol hasta mucho después de que se pusiera el sol. Cuando escapé, encontró mi sendero y vino detrás de mí. Muy malo, amigo... ¡Tenga cuidado! ¡Es muy malo! Creo que mató a alguien.

—¿De Stirrup-Iron?

—De Spur —contestó Fuentes—, y me odia... Odia a todos los hombres. Tenga cuidado, amigo. Le matará. Irá detrás de usted. Nació odiando, nació para matar. Es como un búfalo de Cape, amigo, y uno malísimo.

Los había visto antes. Quizás no tan malos como éste, pero las reses de cuernos largos eran animales salvajes, criados entre la maleza en lugares solitarios, sin tenerle miedo a nada ni a nadie. Para los que sólo conocían el ganado doméstico, eran increíbles... como comparar un tigre de Bengala con un gato doméstico.

Comimos, nos desplomamos en las literas y dormimos como marmotas. La mañana estaba próxima y nos pesaban los músculos del cansancio.

Como si no tuviéramos problemas suficientes con los tipos que nos robaban el ganado, con una misteriosa muchacha de no se sabía dónde... y ahora esto: un novillo asesino.

CAPÍTULO 10

BEN ROPER SE acercó a la cabaña acompañado de seis caballos para meterlos en nuestro corral. —Me imaginé que les harían falta —dijo—. ¿Cómo está el café?

—Sírvase —le contesté.

Entramos dentro para protegernos del viento. Fuentes, que estaba arreglando una correa, levantó la vista. —¿Encontraron alguna res?

—Los terneros parecen haber desaparecido del territorio —contestó Ben, y yo le conté lo que había encontrado—. ¿Dice que están al sureste? —Frunció el cejo, mientras llenaba la taza—. Es un territorio inhóspito lleno de kiowas.

Me miró el sombrero. —Ése no era ningún kiowa —comentó—. Si lo hubiera sido, le habría seguido y habrían llegado muchos más. Siempre van en grupo.

—Las huellas que vi eran de caballos herrados.

—Esas son de hombre blanco —anunció Ben—. Que no quiere ser visto.

—El Moteado está por aquí —comentó Fuentes.

—Déjelo tranquilo —dijo Ben—. Joe me dijo que les dijera que si el Moteado se presenta, no vale la pena perder un caballo o reventarse una pierna.

—Me gustaría echarle el lazo —dije—. Sería algo donde agarrarse.

—Déjelo en paz. Sería como lazar a un oso.

—En California hacíamos eso —dijo Fuentes—. Cinco o seis de nosotros le echábamos dos o tres sogas, lo enganchábamos a un árbol y le poníamos a luchar contra un toro. Menuda pelea se formaba.

—Deje en paz al Moteado. —Ben se levantó y me miró—. ¿Quiere rastrear ese ganado?

—Cuando tenga tiempo. Tengo el presentimiento que no está muy lejos, y que el ladrón es alguien de por aquí.

—¿Balch?

Me encogí de hombros. —Lo único que sé de Balch es que es un tipo difícil, y que quiere apropiarse de todos los pastos.

Ben Roper se levantó. —Tengo que regresar. Estamos recogiendo reses, pero como dices, casi todas son mayores.

Partió hacia el rancho y Fuentes y yo nos subimos agotados a las monturas. Los dos llevábamos los Winchester, porque aunque a veces estorbaran, vendrían bien si aparecían los kiowas.

———

ATAJAMOS HACIA EL sur a través de una ancha llanura salpicada de mezquite, uña de gato y cactus, que hacían el recorrido interesante. Encontramos unas reses alteradas. —Alguien las ha molestado —dije a Fuentes—. Alguien ha venido a atrapar los terneros.

Varias veces vimos huellas… de jacas, y de un caballo con herraduras. Juntamos ocho o diez reses y las encaminamos hacia el rancho, junto a dos más, que se unieron voluntariamente. Me metí entre unas rocas para ver si había ganado en los barrancos en el fondo de un precipicio, y de repente llegué a una hondonada, protegida del viento por los tres costados por el precipicio y por los mezquites por el otro. Era un lugar pequeño y acogedor, y como suele ocurrir con lugares de ese tipo, eso mismo había pensado otras personas.

Había un riachuelo... con muy poco agua... y los residuos de una vieja hoguera. Cuando vi las cenizas, me detuve y paré mi caballo donde estaba, porque no quería dejar más huellas. Desde lo alto de la silla de montar, vi que alguien había puesto un montón de madera debajo del saliente de una roca para mantenerla seca. Quien hubiera estado aquí pensaba regresar.

—Se ha acomodado —dijo Fuentes, sonriéndome.

Continuamos adelante. Extraje un viejo novillo de los matorrales y un par de buenas vacas. Acorralamos el ganado, y estaba oscureciendo cuando llegamos a la cabaña.

Había un caballo ensillado atado a las barras del corral, y una luz encendida dentro de la cabaña.

Fuentes miró la divisa. Balch y Saddler. Desmontamos. —Voy a echar una ojeada —dije—. Vuelvo en seguida para ocuparme del caballo.

—Tenga cuidado.

Era Ingerman. Había atizado el fuego y preparado el café. Me miró por debajo de sus rubias cejas blanqueadas aún más por el sol. Llevaba un viejo sombrero gris echado hacia atrás, y tenía una taza de café en la mano.

—Trabajan hasta muy tarde —dijo—. Deben tener vista de gato para ver en la oscuridad.

—Nos falta mano de obra —le informé—. A todos nos toca trabajar duro.

Dio un sorbo al café. —Tómese una taza. Lo hago bien.

Agarré una taza del estante y la llené. Él me miró, entretenido. —Milo Talon —dijo—. Me ha tomado tiempo ubicarle.

Probé el café. —Está bueno. ¿Quiere trabajo de cocinero? No pagamos mucho, pero somos buena compañía.

—Es muy conocido por el Sendero —comentó, mirando su taza—. Me informan que es bastante hábil.

—Lo suficiente —contesté—. No busco problemas.

—Pero se ha ocupado de algunos tipos que sí los estaban buscando. —Dio otro sorbo al café—. ¿No le interesaría trabajar para nosotros? —Me miró duramente, tanteándome—. Puede no creérselo, pero alguien está atando una soga para los jinetes de Stirrup-Iron.

—Tardarán en usarla —dije despreocupadamente—. ¿Qué les está picando?

—Están perdiendo ganado... demasiadas reses.

Fuentes entró y nos miró a los dos. —Sabe hacer café —dije—. Tómese una taza.

—Perdiendo ganado —dije—. ¿Casi todos terneros? Ingerman asintió. —Alguien quiere hacerse rico dentro de tres o cuatro años. Balch se imagina que es Rossiter.

—No lo es —dije—. Nosotros también estamos perdiendo ganado. No tenemos ni una res de menos de tres años. ¿A qué ha venido, Ingerman?

—Primero, porque me acordé de quién es usted. Quiero que monte con nosotros —me sonrió abiertamente—. Le podría matar si tuviera que hacerlo, pero es un buen pistolero. Me podría llenar de plomo y preferiría que no fuera así. Le pagaremos más de lo que le pagan aquí, y tendrá mejores caballos para montar.

Se limpió la boca con la mano. —Y estará del lado de los buenos cuando empiecen a ahorcar a los responsables.

—¿Y Fuentes?

—Roger Balch no contrata mexicanos. Yo personalmente no tengo nada contra ellos.

—Olvídese. Yo monto para Stirrup-Iron. Dile a Balch que le conviene tener una charla conmigo antes de empezar a accionar esa soga. Si empiezan los ahorcamientos y el tiroteo, a los primeros que agarraremos serán a Balch y a Saddler, pero no hay ninguna necesidad de emprenderla a tiros. Algo está pasando aquí, pero nosotros no somos los responsables, y no creo que sean ustedes tampoco.

—¿Entonces quién es?

Me encogí de hombros. —Algún otro.

Se terminó el café. —Le he advertido. —Luego añadió—: Cuídese. Jory Benton quiere su pellejo.

—Su cuchillo no es lo suficientemente grande para arrebatárselo —dije—. Si vuelve a decir eso, aconséjele que se vaya a Laredo.

—¿Laredo? ¿Allí es donde entierra a sus muertos?

—No —contesté—, allí es donde aconsejo que se vayan a los que no quiero enterrar. Es un pueblo agradable, y le gustaría.

Cuando se marchó, Fuentes cortó unas lonchas de tocino y las puso en una sartén. —¿Qué opina, amigo?

—Opino que alguien les está robando las vacas, y que alguien nos está robando las nuestras, y que ese alguien quiere que nos matemos los unos a los otros. Pienso que alguien quiere las dos divisas y todo el pasto. Y mientras tanto está recogiendo todas las reses para su rancho, para cuando finalice el tiroteo.

FUENTES SE MARCHÓ temprano para trabajar a solas en un pequeño valle al norte. El viento se había disipado y me di un baño frío en el tanque de agua, me afeité y me vestí, consciente de que estaba divagando. Porque no paraba de pensar en el sendero y en Lisa.

¿Quién era? ¿Dónde y con quién vivía? No estaba enamorado de ella, pero era un enigma que me intrigaba. A lo mejor me parecía más a Barnabás de lo que yo creía. Él era el estudioso de la familia, pero compartíamos algunos rasgos en común.

Lo que me hizo cuestionarme adónde me dirigía. Barnabás parecía *saber*lo todo. Él había estudiado en Europa, viviendo parte del tiempo con unos familiares que teníamos en Francia. Yo me había contentado con el desierto y los senderos solitarios, pero me preguntaba si eso sería suficiente.

Ser un buen vaquero desgastaba y también te exigía mucho, y yo era demasiado inquieto para quedarme mucho tiempo en un sitio. No era tan buen vaquero como Fuentes o Ben Roper. Ellos sabían por instinto muchas cosas que yo nunca aprendería, y mis mejores cualidades eran mi inusitada fuerza, mi resistencia y mis conocimientos del ganado. Y sobre todo, mi disposición a trabajar todo lo que hiciera falta.

Quizás lo que me afectaba era que en Colorado habíamos tenido el Empty... la divisa MT que tenía más ganado, más agua y mejor pasto que todas estas divisas juntas.

Éste era buen territorio, y me gustaba. Pero cabalgando dos semanas llegaría en seguida a unas tierras que me pertenecían, y eso afectaba mi forma de pensar.

Rossiter sabía quién era yo, igual que Lisa, quienquiera que fuera ella, pero no quería que nadie más lo supiera. Henry Rossiter no era un parlanchín y por algún motivo pensé que Lisa tampoco lo era.

Para atraer la suerte puse una silla de montar sobre un caballo del color de ante, lo até al corral y, agarrando el rifle, subí a la loma más alta.

Uno puede galopar por mucho territorio, pero no lo conoces realmente hasta que no te subes en alto y observas bien el horizonte. Siempre hay zonas que te engañan respecto a su situación en relación a otras. Había aprendido eso cuando, de joven allá en el Empty, me sorprendí cuando vi por primera vez un mapa de la distribución de nuestro rancho.

Lo que ahora escudriñaba era ganado. Si divisaba algunas reses podría ahorrarme muchos recorridos a caballo. Ya había sacudido demasiados matorrales que prometían para estar seguro. También tenía mucho que pensar.

Había demasiadas cosas que me intranquilizaban. En primer lugar, a pesar de su ceguera, Henry Rossiter había sido un cuatrero y podía seguir siéndolo si alguien le ayudaba.

En segundo lugar estaba Lisa. ¿De dónde venía? ¿Quién era? Nadie en el baile y en la subasta de las cajas la conocía, y en el oeste nadie es desconocido por mucho tiempo.

De repente percibí un ligero movimiento y vi un enorme novillo salir de un barranco, seguido de otros. Miré, esperando, hasta que aparecieron seis. El novillo grande estaba delante, y estaban a una media milla de distancia. Se detuvieron para olfatear el aire, y continuaron hasta una hondonada que recordé haber visitado hacía unos días. Había pasto, pero no había agua.

Caminé hasta el corral y me subí a la grupa de mi caballo. El tiempo estaba cambiando. El aire no soplaba, pero había grandes nubarrones negros en el horizonte. ¿Llovería? Lo dudaba. En la parte oeste de Tejas es común ver nubes amontonadas inmóviles y a veces relámpagos, pero ni una gota de lluvia.

Salí cabalgando de la hondonada, y atravesé la ladera de la colina hasta los matorrales donde había visto el ganado. Hay ganado que es fácil de manejar. Los encaminas y aunque algunos intentan escaparse, la mayoría sigue adelante sin problemas. Pero hay otros que no puedes juntar por mucho que te lo propongas. No importa como intentes encaminarlos, deciden que no es por donde quieren ir. Con suerte, estas cabezas de ganado serían del primer tipo.

Cuanto más me iba acercando, más me intrigaba el novillo grande que les guiaba. Incluso a esta distancia parecía descomunal.

¿El Moteado? Quizás... y en ese caso no me interesaba en absoluto. Cuando una cuadrilla tiene prisa por recoger ganado, no hay necesidad de herir a un caballo, o a un hombre por intentar agarrar un novillo peligroso. No merecía la pena y, sin duda, ese era el motivo por el que el Moteado seguía libre hasta ahora... era demasiado peligroso para amarrarlo.

No me interesaba lo más mínimo.

Me acomodé en el barranco lleno de árboles a donde había visto dirigirse el ganado, y pronto vi algunos. Me quedé sentado encima del caballo un rato más, estudiando el panorama. No había señal del gigantesco novillo. Por un instante creí haber visto color detrás de un matorral, pero la luz del sol reflejada en el tronco de un árbol visto a través de los matorrales podría confundirse con un novillo. Me habían visto, pero no les molesté y no me hicieron ningún caso. Por fin, llevé mi caballo en ángulo hacia ellos con intención de subirlos por el barranco hasta la llanura que había detrás.

Una vieja vaca blanquísima de la llanura empezó a alejarse, y mi montura en seguida comprendió lo que estaba pasando. Él sabía lo que yo tenía en mente, y empujamos la vaca hacia el barranco. Nos encontramos a unas cuantas más, y todas enfilaron sin ningún problema. Enfilaron justo hasta la entrada del barranco antes de que una cortara hacia la izquierda, y otra hacia la derecha, y las siete cabezas que estaban juntas se esparcieron por todas partes, menos hacia donde quería que fueran.

Mi caballo salió disparado detrás de la primera y la atajamos y encaminamos hacia el barranco. Despacio empezamos de nuevo a acorralarlas, pero no iban a subir por ese barranco. Había otra res arroyo abajo, y cabía la posibilidad de que las pudiera encaminar a la llanura sin que se dieran cuenta, y comencé a empujarlas arroyo abajo, como el que no quiere.

No había recorrido ni cien yardas cuando algo espantó a la vieja vaca blanca, que salió a toda velocidad, seguida de todas las otras. Por fin las pude juntar de nuevo, pero mi pobre caballo estaba exhausto, igual que mi paciencia, pero logré juntarlas y encaminarlas hacia la llanura.

Había un lugar donde el arroyo se estrechaba entre

unos acantilados a cincuenta yardas de distancia; había muchas ramas caídas y algunos matorrales renegridos por algún fuego previo. A un lado había unos enormes álamos, una pacana y matorrales de sauce mezclados con uña de gato y espera-un-poco. Lo acababa de pasar cuando miré a la derecha, y allí estaba el Viejo Moteado.

Estaba parado entre espesos matorrales, con la cabeza baja, mirando derecho a mí. Se decía que pesaba mil ochocientas libras, pero quien hubiera dicho eso no lo había visto recientemente. Era aún más grande... y parado entre esos matorrales parecía tan grande como un elefante y lo más peligroso que había visto en toda mi vida.

No sé qué se apoderó de mí, pero le grité: —¡Hola, chaval! —Irguió la cabeza como si le hubieran pinchado con una aguja. Me miró directamente, poniendo los ojos en blanco. Tenía los cuernos afilados como púas.

Si me embestía entre esas ramas caídas, el lecho del arroyo seco y los matorrales, estaba perdido. Pero no lo hizo. Se quedó parado, fulminándome con la mirada. Volví la cabeza para vigilar el ganado. Y, por segunda vez, tuve la oportunidad de mi vida. Cuando volví la cabeza, hubo una llamarada, una conmoción y el eco de un tiro retumbando contra los acantilados.

Me tiré cuerpo a tierra, pegando un puntapié casi instintivo para liberarme de los estribos. Caí en el piso, di varias vueltas y sentí un dolor inmenso en la cabeza. Por un instante pensé que el novillo me había embestido. Escuché el golpear de los cascos de mi caballo alejándose, y me desmayé.

Cuando volví a abrir los ojos, pensé que me había

vuelto loco. Llovía y algo me estaba olfateando. Oí un resoplido cuando olió la sangre, y por el rabillo del ojo vi cerca de mi un casco blanco, enorme y lleno de cicatrices.

El Viejo Moteado estaba justo encima de mí. Me empujaba el costado con el hocico, intrigado, pero continuó lloviendo y gruñó profundamente y se alejó. Escuché sus pasos, le oí hacer una pausa, probablemente para mirar atrás, y después continuó. Dejé escapar el aire de mis pulmones.

Me habían pegado un tiro.

Un tiro que habían disparado desde las colinas, a una distancia de unas cien yardas.

No sabía cuánto tiempo había transcurrido.

Me quedé inmóvil. Podrían haber sido minutos, media hora, una hora. Intenté pensar cuánto tiempo habrían tardado las nubes que había visto en la distancia en llegar a donde estaba yo, pero la cabeza me latía de dolor y tenía la boca seca.

El pistolero podría seguir allí, esperando a ver si yo estaba vivo. Probablemente no se había acercado más debido al Viejo Moteado. Lo debió haber visto en seguida, y era probable que el novillo todavía estuviera cerca. Si me levantaba y me movía, podría dispararme. Si no, el Viejo Moteado podría embestirme, y en el estado que estaba sería imposible escaparme de él. Y todavía no sabía la gravedad de mi herida.

Comenzó a llover con más fuerza. Yo seguía inmóvil, medio consciente. De nuevo me debí haber desmayado, porque cuando volví a abrir los ojos, estaba empapado y diluviaba sobre mí.

Con un esfuerzo, me alcé del piso. La cabeza me estallaba y me dolía un costado, pero me levanté lo suficiente para mirar a mi alrededor y no vi más que barro, un chorro de agua en el arroyo seco, los árboles mojados y hojas que goteaban.

Los grandes álamos protegían de la lluvia. Me arrastré hasta uno, me senté apoyado contra el tronco y eché una mirada alrededor.

Cerca de mí se había caído otro álamo, y debajo tenía un enorme pedazo de corteza que se había desprendido del árbol. Otro pedazo de corteza, de unos seis o siete pies de largo, estaba encima del tronco.

Había perdido mi sombrero y supuse que fue cerca del lecho del arroyo. Me toqué el pelo mojado. Tenía un corte en el cuero cabelludo, pero no pensé que era una herida de bala. Lo más probable es que me hubiera golpeado la cabeza cuando me tiré del caballo, y tuviera una conmoción cerebral.

La única herida que localicé estaba en la cadera, por la parte donde me había alcanzado la bala, justo debajo del cinturón. Cuando me pegaron el tiro, mi cuerpo debió brincar y mi caballo ladeó, y me caí golpeándome con la cabeza al aterrizar. No había ninguna duda que había perdido sangre, porque tenía una mancha oscura de ese lado de los pantalones. A menudo una herida menos peligrosa sangra más profusamente que una más seria.

Estaba muerto de sed y las pocas gotas que podía coger con la boca abierta no eran suficientes. Estaba demasiado lejos del arroyo, y lo único que quería era descansar y quedarme quieto.

Ésta era la segunda vez que alguien intentaba matarme. ¿Jory Benton? Por algún motivo, lo dudé. Debía ser el mismo hombre que me había disparado antes, y que ahora esperaba furtivamente para matarme.

Podía volver.

Obviamente, era un perfeccionista. Había disparado desde un lugar protegido; era sin duda una emboscada. También había mostrado la habilidad de pegar en el blanco. Pero, en ambos casos, había tenido suerte sin haber hecho ningún esfuerzo. ¿Cuántas veces más podría tener suerte?

La lluvia caía a raudales. Al sur retumbó un trueno. De vez en cuando se veían los relámpagos. Ahora podía oír el arroyo correr. Estaba llenándose de agua.

Alargué la mano para buscar mi revólver. Lo tenía en el cinto. Mi cartuchera tenía sólo dos compartimentos vacíos.

Mi caballo había huido.

El lugar donde estaba no estaría a más de una milla, quizás milla y media de nuestra cabaña. Supuse que el enorme novillo que conducía la manada estaría a media milla, pero cuando llegué al arroyo, ya había trabajado un largo rato acorralando las reses, y después había intentado sacarlas del fondo del arroyo... no más de una milla y media. Sin embargo, no estaba en forma para caminar ni quería ser el blanco de un hombre con un rifle, que todavía podría estar por los alrededores.

Arrastrándome hasta el álamo muerto, agarré los dos pedazos de corteza. Me tendí en un pedazo en el suelo, coloqué el otro encima de mí y me quedé quieto. Al poco rato, me quedé dormido.

Esos dos pedazos de corteza me protegieron de la tierra y me cubrieron, como si hubiera estado dentro de un árbol. Sólo recuerdo que unas de las últimas cosas que pensé antes de quedarme dormido era que parecía un ataúd.

Cuando me vino ese pensamiento, casi di un brinco, pero estaba demasiado débil, demasiado cansado, y la cabeza me estallaba de dolor.

Si alguien viniera a buscarme ahora, estaba desvalido. Sólo tenía que acercarse y dispararme, y me dejaría como a un colador.

CAPÍTULO 11

POR FIN LOGRÉ concebir el sueño. Me desperté, dormí de nuevo, y me volví a despertar. Cuando intenté darme la vuelta, me entró agua por donde se juntaban los dos pedazos de corteza, así que darme la vuelta fue una peripecia.

Por fin, después de una noche de lluvia interminable, amaneció. Seguía lloviendo.

Abrí los ojos. Todo estaba empapado. Sentía punzadas en la cabeza, me dolía el costado y tenía calambres en los músculos. Estuve un buen rato inmóvil, escuchando caer la lluvia en la corteza del árbol y el sonido de la corriente del arroyo. Resultaba difícil creer que ayer había estado seco y vacío.

La cabaña... Tenía que regresar a la cabaña.

Levanté la corteza de árbol que me cubría e intenté sentarme, lo conseguí y, elevándome, me arrodillé sobre el fango. Esforzándome logré levantarme y tambaleándome me apoyé en el tronco de un árbol.

Me quedé allí un momento intentando desentumecerme las piernas. Busqué mi pistola... estaba en su sitio.

Necesitaba beber algo. Tenía mucha sed. Dando tumbos con la pierna herida, llegué hasta el arroyo, me tendí en la arena y bebí sin parar. Cuando levanté la cabeza, vi mi sombrero. Estaba sobre las ramas mojadas de unos matorrales de mezquite, próximos al arroyo. Lo agarré, le sacudí el agua y me lo coloqué.

Aferrándome a la rama de un árbol, miré sospechosamente alrededor. Había unas nubes grises bajas; los árboles y los matorrales chorreaban agua. Todo estaba oscuro y tenebroso, pero no vi movimiento, ni señal de vida. En un día así ni los animales salvajes ni los hombres estarían fuera.

Había perdido sangre, y me sentía débil, pero aquí no mejoraría. La salvación más cercana era la cabaña. Aunque estaba cerca, en mi estado, me quedaba muy lejos. Me preocupaba sobre todo la llanura abierta que tenía que cruzar para llegar allí. En esa llanura era el blanco perfecto de cualquier pistolero que, con toda tranquilidad y guarecido, tendría tiempo para pegarme un certero tiro.

Aferrándome a la rama, me doblé y recogí un palo que utilizaría de bastón. Respiré profundamente y empecé a caminar hacia la pendiente. Entonces comprendí lo que me esperaba. La pendiente que debía subir para salir del arroyo era empinada por todas partes, y por donde parecía más fácil era un barrizal resbaladizo.

Adelanté cincuenta pies para respirar hondo, para aliviar el dolor de cadera y el entumecimiento de la pierna, y para estudiar el panorama.

No podría subir a pie la pendiente. Tendría que arrastrarme.

Seguí adelante cojeando. En la base de la pendiente excavé con el bastón y cojeando comencé a caminar. Al tercer paso me resbalé y caí de golpe sobre el barro, gimiendo del dolor en la pierna. Después de estar tirado en el barro un buen rato, intenté inútilmente levantarme. Me hundí de nuevo y continué arrastrándome de manos y rodillas.

Por fin coroné la pendiente y llegué hasta la llanura. Había unos cuantos arbustos pastizales y después los llanos. En la distancia estaban las colinas y al otro lado la cabaña.

Un lugar seco, un fuego caluroso, comida caliente... una taza de café. Eso era en esos momentos mi idea del cielo.

Me quedé parado un rato, embarrado y empapado, vigilando los alrededores. No vi nada. Ni jinetes, ni ganaderos, ni el Moteado. Sin duda el Viejo Moteado estaría tan pancho entre los matorrales esperando que escampara. Es lo que confiaba que estuviera haciendo.

Di un paso con la sana pierna izquierda, arrastré la derecha con la ayuda del bastón y continué con la izquierda. Era lento, y era doloroso. La pierna me dolía y la herida de la cadera me sangraba otra vez. El dolor de cabeza se había convertido en unas fuertes y secas punzadas a las que me había acostumbrado.

Me caí dos veces y tuve que luchar por levantarme. Varias veces me quedé parado un rato soñando con atravesar la llanura. Pero no me sirvió de nada, y continué hacia delante con dificultad.

Por fin alcancé el sendero de la colina, que era plano. En la cumbre miré hacia abajo y vi la cabaña. En el corral había dos caballos... No había ganado en los corrales, ni salía humo de la chimenea.

¿Dónde estaba Fuentes?

Cerca de un arbusto de mezquite había una roca plana. Bajé hasta allí, estirando con mucho cuidado la pierna herida. Desde allí podía divisar la cabaña. Todo lo que quería estaba dentro, pero no quería morir en el intento.

Fuentes debería estar allí haciendo el fuego. ¿Pero y si no estaba él y había otra persona? ¿Y si el pistolero que había intentado matarme dos veces estaba allí?

Creería que yo estaba muerto, pero que si no lo estaba, necesitaría un caballo, y vendría seguro al lugar donde los caballos me esperaban. Había luchado y sufrido demasiado para que me llenaran el vientre de plomo al atravesar el umbral de la puerta.

Miré las ventanas un largo rato. A esa distancia no distinguía bien lo que pasaba dentro, pero esperaba detectar algún movimiento. No vi nada.

Esforzándome, me puse de pie y cojeé hasta el camino que conducía a la cabaña. Acercándome, saqué la correa del percusor, apoyé el bastón contra el muro y desenfundé la pistola.

Suavemente, con la mano izquierda, levanté el pestillo de la puerta. Con la punta del pie de la pierna herida, empujé hasta que abrí la puerta.

—¡Milo!

Me volví rápidamente. ¡El establo! ¡Se me había olvidado! Di la vuelta con la pistola y moví el percusor atrás.

Lo único que la salvó fue mi experiencia: nunca debes disparar a menos que veas tu objetivo.

¡Era Ann Timberly!

Me brotó un sudor en la frente, y bajé despacio la boca del revólver, empujando despacio el percusor hacia atrás.

—¿Qué demonios hace *aquí*? —pregunté, irritado porque podía haberla matado.

—Encontré su caballo, y recordé su silla de montar. Intenté regresar con él, pero la lluvia borró el sendero, y lo traje hasta aquí. Le estaba quitando la silla cuando le vi.

Me ayudó a entrar, enfundé la pistola y caí derrengado en la litera. Ella me miró fijamente, agitando la cabeza. —¿Qué demonios le ha pasado?

La explicación podía ser larga, y fui breve. —Alguien me disparó. Me caí y me hice esto —me toqué la cabeza—. Eso fue ayer... Creo.

—Haré un fuego —dijo y se volvió rápidamente hacia la chimenea—. Necesita comer algo.

—Primero tráigame el rifle.

—¿Cómo?

—Todavía está encima de mi caballo, ¿verdad? Mi rifle y las alforjas. Ann, alguien quiere matarme, y necesito ese rifle.

No perdió más tiempo hablando, y al momento estaba de vuelta con el rifle y las alforjas. En las alforjas tenía otras cincuenta rondas de munición.

Ella era rápida y eficaz. Era una niña rica, pero se había criado en un rancho y sabía lo que había que hacer. No tardó en preparar el fuego y el café y me dijo que me quitara la ropa mojada.

—¿Y qué me pongo? —pregunté irónicamente.

Ella sacudió la manta de la cama de Fuentes. —Esto —dijo—, y si le da vergüenza, a mi no me da ninguna.

Me costó quitarme la empapada camisa que tenía pegada a la espalda. Ella me ayudó.

—Bien —dijo crítica—, tiene buenos hombros. ¿De dónde ha sacado esos músculos?

—Luchando con los novillos, cortando con hachas —contesté—. He trabajado duro.

Afortunadamente, ella podía mirarme la cadera soltando la hebilla del cinturón y bajando el borde de los pantalones, que estaban tiesos de sangre. La herida tenía mal aspecto: un enorme cardenal en el hueso de la cadera y un tajo profundo donde se podía meter el dedo.

—Debería irse a su casa —dije, cuando me vendó la herida—. El comandante estará preocupado.

—Hace mucho tiempo que dejó de preocuparse por mí. Sé montar a caballo y disparar, y dejamos de pelearnos cuando cumplí los dieciséis años.

Aun así, no me gustaba que estuviera allí. La gente hablaba con o sin motivo, y la reputación de una mujer era importante. Mis argumentos no sirvieron para nada. Era una muchacha terca, con sus propias ideas, y entendí que el comandante debería de tener sus propios problemas.

Pero sabía montar y disparar, y era un enorme y abierto territorio donde una mujer estaba más segura que nadie.

Envuelto en la manta de Fuentes, me relajé en la cama mientras ella preparaba la comida con lo que encontró. Entretanto, hablamos de la situación.

—No se me ocurre quién puede querer matarme —comenté—, a menos que fuera el cuatrero que me vio rastrearle por el sendero.

—Es posible —asintió, aunque no parecía convencida.

—¿Piensa que Balch y Saddler están robando el ganado?

Pensó un instante y agitó la cabeza. —No sé. Mi padre tampoco. Hemos perdido muchas reses, pero no tantas como ustedes. Balch dice que ellos también han perdido terneros. No tiene sentido.

Ella se volvió para mirarme. —Milo, han hablado de usted. Más vale que se lo cuente. Hay gente que piensa que no hay vaquero que tenga el dinero que apostó usted por esa caja.

Me encogí de hombros. —Ahorré dinero cuando trabajé de guardia en Wells Fargo. También descubrí oro en una mina en el norte de Nuevo México.

—La mayoría de los vaqueros se lo habrían gastado.

Me encogí de hombros. —Quizás. No soy bebedor. Cargo una pistola, y mucha gente sabe que fui guarda de diligencia. Además, he viajado por el Sendero del Bandido de Canadá a México. Un hombre que pasea a caballo por ese territorio tiene que cuidarse.

—¿Es lo que va a hacer el resto de su vida? ¿Pasear de arriba abajo el país?

Sonriendo, sacudí la cabeza. —No, un día echaré raices en un rancho. Quizás lo haré. Barnabás dice que nací para eso. Me gustan la reses, las llanuras, todo eso.

Hice una pausa. —Le caería bien Barnabás —añadí—, ha viajado por Europa y sabe leer. También le gusta pensar. Quiere importar reses de cría de Europa y cruzarlas con nuestras reses de cuernos largos. Está convencido que las reses de cuernos largos tienen los días contados. Sobreviven bien en pastizales inhóspitos como estos, pero caminan demasiado y no tienen suficiente carne. Aunque —agregué— he visto algunas reses de cuernos largos bien robustas a pesar del pastizal.

Era agradable estar sentado hablando con Ann, pero me quedé dormido. Había perdido sangre, me sentía enfermo y estaba agotado de la caminata por el barrizal.

Cuando me desperté, reinaba el silencio y había unos tizones en la chimenea. Ann estaba dormida en la cama de Fuentes.

Oí un movimiento, y me levanté sobre un codo y vi a Fuentes sentado. Me sonrió y colocó un dedo sobre sus labios. Había dormido en el suelo enrollado en la manta.

Salió, y le oí lavarse cerca de la puerta. Siempre tiraba el agua de la cacerola sobre el piso para humedecer el polvo, aunque hoy, con lo que había llovido, no había necesidad. Entró y moviéndose sigilosamente, salvo por el tintineo de las enormes espuelas españolas que llevaba, hizo el café y avivó el fuego con más leña.

Aliviando mi cadera herida, me senté en la cama.

Ann había puesto mi rifle y mi pistola de seis balas en la cama a mi lado. Se había olvidado de cerrar la puerta, probablemente porque no esperaba quedarse dormida.

De repente se despertó. Miró fijamente a Fuentes y, cuando él bajó ligeramente la cabeza, ella sonrió.

—Me quedé dormida. Qué vergüenza. Podría haber entrado cualquiera.

—Estaba cansada, señorita. Lo mejor que pudo hacer fue dormir. Pero el comandante estará preocupado.

—Sí —admitió—, es la primera vez que paso la noche fuera de casa.

Estaba guapa, y en cuestión de minutos se había aseado, peinado y sustituido a Fuentes en la cocina.

—Fui a hablar con Hinge —él explicó—. Cuando le dije que usted no había regresado, se enfadó mucho. También andaba preocupado. Salí a buscarle, pero las huellas desparecieron con la lluvia.

Comimos y hablamos, y Ann se marchó. Durante la noche se me había quitado la fiebre, aunque aún me sentía exhausto. Sentí un escalofrío cuando comprendí que los dos nos habíamos quedado dormidos y que alguien quería matarme. Aunque Ann no llevara mucho tiempo dormida cuando llegó Fuentes.

Joe Hinge me vino a visitar. —Mejórese —me dijo después de que charlamos un rato—. Le vamos a necesitar. Tenemos que ir a las praderas del oeste, el territorio que Balch nos tiene prohibido visitar.

—Deme tres o cuatro días —dije.

—Le tomará más tiempo que eso —dijo—. Ha pasado las de Caín. —Abruptamente cambió el tema—. ¿Estaba al sureste las dos veces que le dispararon?

Cuando asentí, se quitó el sombrero y se rascó pensativamente la cabeza. —Hay cosas más claras que el agua. No puede ser Balch o Saddler... Roger, quizás. Jory Benton y Knuckles Vansen viajaban al norte.

Hizo una pausa. —Escuche, no es tan difícil averiguar quién le disparó en las llanuras. Todos los hombres que conocemos trabajan, y tienen que estar en sus puestos de trabajo. Averigüe quién faltó y habrá reducido la lista de posibles candidatos.

Hinge continuó: —Puedo responder por casi todos los trabajadores de Balch y del comandante. Sé donde estaban los nuestros, y casi todos los del comandante.

—¿Harley? —pregunté.

—¿Ése? No dispararía a nadie. No tiene motivo. Además, sólo viaja a nuestro rancho o a su casa. Debería estar en su casa cuando le dispararon y queda bastante lejos.

—¿Él es amigo de Balch? Lo pregunto porque no le conozco.

—¿Balch? —contestó Hinge—. ¡Claro que no! Tuvieron una pelea hace tiempo por un caballo, pero Harley es muy reservado. No quiere peleas con nadie. Hace su trabajo, cobra su dinero y cuida su hacienda.

Me preocupaba que no había ningún sospechoso excepto el cuatrero desconocido, y probablemente nadie le —o les— conociera por esta zona. Lo más factible era un individuo que vagaba por las colinas y cuatreaba el ganado cuando no había nadie.

Hinge se fue cabalgando con Fuentes, y yo me recosté en la cama. Ellos tenían que regresar, y yo todavía no podía montar.

Contemplé la luz del sol por la puerta abierta, y escuché las abejas zumbar alrededor de la casa y a un sinsonte cantar.

Reinaba el silencio y resultaba agradable. Era buen momento para pensar.

Detenidamente analicé los aspectos del problema.

Primero, decía Barnabás, tienes que identificar el problema. Un problema identificado es un problema medio resuelto.

Alguien me quería muerto.

¿Quién? ¿Y por qué?

CAPÍTULO 12

TANTO PENSAR NO me condujo a ninguna parte. Alguien me quería muerto. Eso era todo lo que sabía. Me quedé adormilado pensando en ello cuando, de repente, me desperté aterrado.

Estaba solo, herido y en la cama.

¡Y afuera había un hombre con un rifle que me perseguía!

Era suficiente para despertar a cualquiera.

Estaba convencido que o me creía muerto o todavía en el fondo de aquel arroyo. ¿Pero y si estaba equivocado? ¿Y si seguía allí en la maleza esperando una oportunidad para pegarme un tiro?

¿Y si hubiera visto marcharse a Fuentes y a Hinge? ¿Y si hubiera visto salir antes a Ann?

Entonces sabría que estaba solo.

Lo que no podía saber es que, aunque estaba débil por la pérdida de sangre y no podía montar a caballo, todavía podía y quería disparar.

Nadie vive mucho tiempo menospreciando al enemigo. Tienes que dar crédito al otro por ser tan listo, y quizás un poco más, que uno.

¿Y si supiera que estaba aquí y estuviera esperando a que me quedara dormido como casi había hecho? ¿Y si no tenía ningún plan para entrar a buscarme, pero que hubiera decidido esperar en las colinas a que saliera?

Aunque, estando yo enfermo en la cama, no podría esperar que saliera y fuera un blanco. A menos que algo me hiciera salir.

¡Un incendio!

Eso era una tontería. Me estaba imaginando las cosas. Sin duda, quien me había disparado estaba a muchas millas de distancia con el ganado robado. Me había herido, me había neutralizado y no podría rastrearlo por bastante tiempo. Si yo fuera el tipo de persona que se asusta fácilmente, él podría pensar que nunca lo intentaría.

El sueño que se había apoderado de mí había desaparecido. Ahora estaba bien despierto, y atemorizado. El problema era que no estaba en condiciones de moverme rápidamente, ni de pelear como fuese.

Con suerte podría salir de la cabaña y refugiarme entre la maleza. Pero sabía como eran las peleas entre la maleza. Un hombre tiene que estar listo para moverse, y si se mueve demasiado despacio, está muerto. También tiene que estar alerta, y yo me sentía confuso. ¿Podía pensar, de eso no había duda, pero podía pensar lo suficientemente rápido? ¿Reaccionaría con rapidez?

La puerta estaba abierta, y el aire era fresco y diáfano. Había dos ventanas, una a cada lado de la cabaña, pero sólo esa puerta. Las ventanas tenían la altura de un hombro de hombre. Cualquiera podría izarse y meterse por una, pero no era fácil y durante algunos minutos dejaría vulnerable a la persona. Y pasar a través de la ventana me arrancaría de seguro la costra que se había empezado a formar encima de la herida.

Aunque sólo era visible por una de las ventanas. La

cama estaba pegada a la pared y sólo se veía desde la puerta o desde una de las ventanas.

Todo estaba inmóvil. Me esforcé por detectar el ruido más ligero, pero no escuché nada.

Tenía una mano sobre el Winchester, pero la retiré y desenfundé el Colt. Necesitaba un arma con la que me pudiera mover rápidamente, fácilmente, para cubrir cualquier blanco.

Transcurrieron unos minutos... Nada.

Quien estuviera afuera... si es que alguien *estaba* allí fuera... podría estar esperando que me moviera.

Así que no me movería.

Pero me estaba comportando como un imbécil. Estaba asustándome como una muchacha sola en casa. No tenía ningún motivo para creer que alguien estaba detrás de mí —salvo en mi imaginación.

El problema era que era un blanco y no me gustaba la idea.

Ningún ruido, ningún movimiento.

Mi caballo estaba en el corral. Si escuchaba un ruido, probablemente era el caballo, pero no oí nada.

Me adormecí. A pesar de lo atemorizado y preocupado que estaba, me quedé dormido de pura debilidad.

Lo que me despertó fue un ruido. Era un ruido insignificante, quizás dentro de mi cabeza. Empuñando mi pistola, me erguí sobre un codo e intenté mirar a través de la puerta abierta, pero lo único que veía era la tierra que se secaba más allá de la puerta, una ladera en la distancia y la esquina del corral.

¿Qué había oído? ¿Había sido un paso? No... Un paso sonaba distinto. ¿Un caballo golpeando un comedero, u otra cosa? No.

Había sido un ruido seco parecido a un *plink*.

Podía haber sido cualquier cosa. El asa de la cafetera estaba apoyada contra la olla, y podía haberse levantado un poco, y ahora había chocado contra el costado de la olla al enfriarse el metal.

Podría haber sido eso, pero no creí que lo fuera. Me eché en la cama, y miré fijamente el techo. Alguien me quería muerto. Ese era el problema. Si lograba averiguar quién podría ser, podría averiguar el motivo, e incluso cómo intentaría matarme...

Estaba angustiado y al borde de un ataque de nervios sólo de pensar que alguien podría estar allí fuera.

El ruido... ¿Qué había sido? Cuidadosamente, ordené mentalmente todos los ruidos que conocía e intenté descubrir cuál había escuchado. De todos modos, no lo volví a escuchar de nuevo.

Había sido un ruido insignificante.

Pero no lograba tranquilizarme. Tenía los músculos tensos, los nervios a flor de piel. Algo iba mal... Algo estaba a punto de ocurrir. Me obligué a quedarme quieto, diciéndome que estaba siendo un tonto. Podría ver afuera de la puerta y todo estaba tranquilo, y el único caballo que podía ver ahora estaba tranquilamente comiéndose unos rastrojos de heno que había cerca del corral. Lo que necesitaba era descansar... mucho descanso. Tenía que tranquilizarme y relajarme.

Me puse de lado, mirando la pared.

Me quedé inmóvil un instante, tan petrificado que no podía mover.

Porque cuando me di la vuelta y miré la pared, me encontré con el cañón de una pistola metida a través de una apertura donde el material que llenaba las fisuras entre los troncos había sido quitado. Miré fijamente, y me tiré de la litera de un brinco que me recorrió un dolor de agonía a través de la cadera herida. Me desplomé sobre el suelo, con la explosión del tiro retumbando en mis oídos. Había humo en el cuarto y olor a madera chamuscada y lana, y me levanté de un salto empuñando mi pistola, brincando hasta la puerta.

Afuera mi caballo tenía la cabeza levantada y las orejas erguidas mientras miraba a mi derecha. Di la vuelta al poste de la puerta empuñando la pistola..., pero no vi nada.

La herida se me había vuelto a abrir y sentía la hemorragia bajarme por el costado, pero esperé, aferrándome a la puerta con la mano izquierda, y con la derecha empuñaba el arma, que estaba lista para disparar.

Nada...

Esperé varios minutos, y entonces me di la vuelta dejándome caer sobre una silla, de espaldas a la pared, mirando la litera.

Alguien había quitado la arcilla seca entre las juntas de los troncos con un palo o una hoja de cuchillo, y había metido el cañón de la pistola. Si me hubiera quedado echado donde estaba, ahora estaría muerto, porque esa bala me hubiera atravesado el cráneo.

Me levanté otra vez y me asomé por las ventanas, pero no había nada que ver.

Ese ruido que había escuchado probablemente fuera el barro seco que caía al piso golpeando contra una roca o algo parecido.

Quien hubiera intentado matarme había estado en

esta cabaña y sabía exactamente donde quedaba la cama y donde estaba mi cabeza encima de la almohada. Sabía exactamente el lugar donde debía quitar el yeso.

Quien fuera quería matarme *a mí*. No a un vaquero que rastreaba a un ladrón de caballos, sino *a mí* en particular.

Podría ser cualquiera de la cuadrilla de Balch y Saddler. Porque no había duda que mi presencia entre los jinetes de Stirrup-Iron les hacía más fuertes, y mi muerte debilitaría considerablemente a mi cuadrilla.

Cojeé a lo largo de la pared. Miré afuera... nada, nadie. Ahora debía tener mucho cuidado. No me atrevía a confiar en mi mismo en cualquier lugar sin tener mucho cuidado.

Impaciente, miré a mi alrededor. Tenía que salir de aquí. La cabaña era una trampa. Mientras estuviera aquí, estaba en manos del asesino, y tenía que marcharme. ¿Pero cómo podía escaparme de allí con él allí fuera? Él estaría, de eso estaba seguro, ocultándose afuera esperando una oportunidad.

En mi estado, moverme rápidamente era imposible. Tendría que llegar al corral, colocar la silla y la brida al caballo, bajar las barras del corral y montar y cabalgar fuera. Y con cada movimiento sería el blanco de una galería de tiro, esperando el disparo.

Al poco rato, tomé un pedazo corto y grueso de madera de la chimenea y lo puse delante del agujero en la pared. Entonces me eché en la cama de nuevo con un gran suspiro de alivio.

De veras estaba cansado. Me acomodé, exhausto. Toda mi vida había sido un solitario, pero en ese momento quería desesperadamente que viniera alguien, cualquiera. Alguien que pudiera velarme mientras dormía, aunque sólo fuera unos minutos.

Me esforcé por detectar el más mínimo ruido, pero sólo oí pájaros y los movimientos ágiles de mi caballo. Cerré los ojos...

De repente los abrí de par en par.

Si me dormía moriría.

Me di la vuelta y me levanté. Con mano temblorosa me serví una taza de café. Estaba frío, porque nadie había atizado el fuego y se estaba apagando. Saboreé el café tibio, algo que nunca me había gustado, y me arrodillé delante del fuego extrayendo unas pocas llamas de entre los carbones con unos pedazos de madera.

¿No vendría nadie amistoso?

Esperanzado, continué esperando el sonido de un jinete, y no oí nada. Me podía preparar algo para comer. Eso me mantendría despierto y ocupado. De nuevo volví a levantarme de la cama, y las manos me temblaban de debilidad. Saqué del armario un plato de estaño, un cuchillo, un tenedor y una cuchara.

En una olla cubierta, encontré un caldo frío que Ann me había preparado, y llevé la olla al fuego para calentarlo, revolviendo el caldo a medida que se calentaba. Otra vez miré por las ventanas, cuidándome de no mostrar la cabeza.

Lo que más necesitaba era descansar, pero descansar podía significar la muerte. Si hubiera tenido mi velocidad y agilidad habitual, habría salido fuera e intentado perseguir a quien estaba intentando matarme, pero mis movimientos eran demasiado lentos, estaba demasiado cansado y débil.

De repente, oí los cascos de un caballo. Se acercaba

un jinete. Agarré la pistola, me acerqué cautamente a la puerta y me asomé. Un instante más tarde aparecía un jinete.

Era Barby Ann.

Montó derecho hasta la puerta y desmontó, dejando caer las riendas.

Entró sin detenerse y paró cuando me vio empuñando la pistola. —¿Qué ocurre?

—Hace un rato alguien intentó pegarme un tiro a través de una grieta en la pared.

Cuando se la mostré, frunció el entrecejo. —¿Lo vio?

—No —contesté—, pero probablemente sea la misma persona que intentó matarme antes en dos ocasiones, y lo intentará de nuevo. Es mejor que no se quede.

—Joe Hinge me dijo que estaba usted herido. Debería regresar a la cama.

—¿*Esa* cama?

—Ya tapó el agujero, ¿por qué no? Ya no puede disparar a través de esa pared. Necesita descansar.

—Mire —dije—, ¿se quedaría aquí un par de horas? Necesito descansar como sea. Si usted se quedara, intentaré dormir.

—Claro que me quedaré. Acuéstese.

Me dio la espalda, salió por la puerta y llevó su caballo al pesebre del corral para abrevar.

Sentado al borde de la litera, la observé marcharse. Tenía buen tipo, y aunque estaba demasiado delgada, tenía un porte orgulloso. Me correspondía preguntarle por Roger Balch, pero no lo haría. No era tema de mi incumbencia. Yo era sólo un vaquero que trabajaba para su padre.

Ella ató su caballo a la verja, y regresó a la cabaña.

Cuando entró por la puerta, me miró sentado allí en la litera. —Más vale que se recueste —instruyó—. No puedo quedarme mucho tiempo.

Me acomodé en la litera y me desperecé suspirando del alivio. Despacio, sentí como cedía la tensión de mis músculos. Me dejé llevar por el sueño, hundiéndome en la cama, abandonándome al agotamiento absoluto que sentía.

Lo último que recordé fue a Barby Ann sentada en la puerta contemplando la tarde.

Estaba oscuro cuando abrí los ojos, pero antes de abrirlos oí el murmullo bajo de más de una voz. Danny Rolf y Fuentes estaban en el cuarto. No había señal de Barby Ann.

Fuentes me oyó mover. —Usted duerme —dijo, medio riendo—. Duerme profundamente, amigo.

—¿Donde está Barby Ann?

—Se fue cuando llegamos nosotros. Más bien, cuando llegó Danny. Yo entré después. Ha dormido bien. Hace dos horas que llegué.

Me quedé inmóvil unos instantes, y luego me incorporé. —¿Quiere comer? Tengo un buen estofado y unas tortillas. ¿Le gustan las tortillas?

—Seguro. Las comí durante meses en México.

—A mí no —dijo Danny—. ¡Prefiero los bollos calientes!

Fuentes señaló la chimenea. —Allí está. Hágalos.

Danny sonrió abiertamente. —Comeré tortillas. —Me miró—. Barby Ann dijo que le habían disparado.

Les indiqué el pedazo corto y grueso de madera de la chimenea que había puesto encima de la apertura, y les conté lo que había acontecido. Fuentes escuchó, pero no dijo nada.

—¡No montaré con usted! —dijo Danny—. Pueden confundirse de persona.

—¿Encontraron ganado? —pregunté.

—Hoy acorralamos dieciséis reses viejas. Pero conseguimos una vaquilla de dos años, casi del color del Viejo Moteado.

—¿Lo han visto?

—Está por aquí. Vimos sus huellas en el fondo. Me parece que se queda entre la maleza durante el día y se alimenta principalmente por la noche.

Hablamos de caballos, de ganado y de condiciones en los pastizales, de mujeres y cartas, de estilos de lazos, de jinetes que habíamos conocido, de novillos malos y vacas desobedientes. Y al rato me quedé otra vez dormido, soñando interminablemente con una criatura sin rostro, ni hombre ni mujer, que deseaba matarme.

Me desperté súbitamente empapado en sudor frío. Danny y Fuentes estaban dormidos, pero la noche estaba silenciosa y la puerta estaba abierta, dejando correr la fresca brisa.

Un caballo se movió por la esquina del corral, y empecé a darme la vuelta. Entonces, como si me hubiera caído encima un jarro de agua helada, entendí. *¡Ése no era ningún caballo!*

Había empezado a girar, y lo hice, tirándome de la cama al suelo. Por segunda vez ese día una bala estalló en la cama donde había estado minutos antes.

Fuentes dio un brinco desde el suelo empuñando su revolver. Rolf rodó contra la pared, buscando su rifle en la oscuridad. Yo estaba tirado en el suelo, con un dolor terrible en el costado y un codo amoratado que me daba ganas de maldecir, pero no lo hice. Era un momento cuando una sola palabra podría matarte.

De repente todo se quedó en silencio, y se escuchó alejarse el tronar de los cascos de un caballo que corría, y la noche se quedó inmóvil.

—Si yo fuera usted —dijo Danny—, me largaría.

—Quizás sea eso —dijo Fuentes—. Quizás quieren que se vaya. Quizás quieren que nos marchemos todos, empezando con usted.

Raspó un fósforo, encendió la lámpara y reemplazó el quinqué. Apunté la manta enrollada que había usado de almohada. Había un agujero perfecto de bala, preciso, redondo y perfecto, a pesar del material rizado.

—Él no quiere que me vaya —dije—, me quiere muerto.

CAPÍTULO 13

LA HACIENDA PRINCIPAL estaba bajo el caluroso sol cuando bajé por la cuesta paseando mi caballo. Fuentes y Danny me acompañaron, porque tres hombres pueden vigilar el territorio mejor que uno, y yo, todavía convaleciente, estaba agotado cuando llegamos al barracón.

Barby Ann salió al porche. —¿Qué ocurre, muchachos?

Danny subió al porche y se lo contó. Entretanto, Fuentes se cercioró que yo podía entrar sin problemas. —Creo, que estará mejor aquí. —El mexicano se sentó en cuclillas al lado de la puerta—. Joe y Ben Roper estarán por aquí.

—Me siento mejor —contesté—. Ya no tengo fiebre, pero estoy un poco cansado del viaje. Deme un par de días y trabajaré de nuevo.

—¿Se va a quedar?

—Alguien me disparó. Me gustaría encontrar a esa persona y ver si es capaz de hacerlo de frente. Si me voy, nunca sabré quién es.

Descansé dos días en el rancho. Al segundo día me fui a pasear para tomar un poco el sol, y a la hora de comer subí a la casa en lugar de que me trajeran la comida. No me gustaba quedarme en la cama, y estaba deseando subirme otra vez a una silla de montar. Había estado pensando, y tenía algunas ideas.

En la casa del rancho no había nadie excepto Barby Ann. Cuando me senté en la mesa, vino de la cocina.

—Me iba a acercar ahora mismo para ver como se sentía.

—Me siento demasiado bien para que tenga que caminar hasta allí abajo.

Trajo dos tazas y la cafetera, y regresó a la cocina a buscar la comida. Todavía estaba en la cocina cuando escuché a alguien acercarse. Solté la correa de mi pistola de seis balas. Seguro que era Rossiter, pero después de que te han disparado un par de veces, te vuelves temeroso.

Rossiter traspasó la puerta, deteniéndose abruptamente. —¿Barby? ¿Barby Ann? ¿Estás aquí?

—Soy yo —contesté—. Milo Talon.

—¿Ah? —Estiró la mano, buscando una silla. Me levanté de un salto y por la mano le llevé a un sitio cerca de mí ante la mesa—. Talon. ¿Es el que tiene problemas?

—Me han disparado, si eso es a lo que se refiere.

—¿Quién? ¿Quién fue? ¿Alguno de la cuadrilla de Balch?

Barby Ann entró desde la cocina, mirando rápidamente de su padre a mí. —Papá, ¿quieres un café?

—Sí, por favor.

Barby Ann titubeó. —Papá, dispararon e hirieron a Milo.

—¿Herido? ¡Eso no me lo dijo! ¿Está usted bien, muchacho? ¿Puede montar?

—Regresaré al trabajo en un par de días —dije cautelosamente. Algo en su forma de expresarse me irritó, pero no estaba seguro de qué. De todos modos tenía que recordar que, debido a mi propia fatiga, me irritaba más fácilmente.

Nos bebimos el café y hablamos mientras Barby Ann puso la comida en la mesa. —Hijo, espero que no nos deje por este motivo. A Barby Ann y a mí, nos gustaría que se quedara en la estancia.

—Terminaré el rodeo. Entonces me largaré.

—Oí que pujó por la caja de una muchacha en la fiesta. Pagó una buena suma. —Hizo una pausa—. ¿Quién es ella?

—De hecho, ni lo sé. Nunca me dijo su nombre entero, y tampoco me dejó que la acompañara todo el camino hasta su hacienda.

Rossiter frunció el ceño mientras golpeaba la mesa con los dedos. —Es difícil de creer. Por aquí todos nos conocemos. —Torció la cabeza hacia Barby Ann—. ¿No es verdad, cariño?

—Papá, nadie la conocía. He oído comentarios. Nadie tiene la más mínima idea de dónde viene o quién es. Era... bueno, era muy guapa también.

Al cabo de un rato Rossiter se marchó al cuarto de al lado. Yo estaba sentado tomándome el café, medio dormido. Pero seguía recordando esos disparos. Quienquiera que hizo ese agujero entre las maderas de la pared de la cabaña sabía donde escarbar. Tal vez no fuera sorprendente, porque muchos vaqueros de paso por allí usaban la cabaña para pasar la noche. Las posibilidades de que cualquier jinete a cincuenta millas del Concho Norte conociera el lugar eran buenas.

—¿Cómo va el rodeo? —pregunté a Barby Ann.

—Bien... Hemos reunido casi cuatrocientas cabezas.

—¿Ha visto a Roger últimamente?

Ella se sonrojó, y apretó los labios. —¡Eso no le incumbe!

—Tiene razón. No es de mi incumbencia. —Me

levanté despacio y con mucho cuidado de la mesa—. Sólo quería conversar. Me iré a echar un rato.

—Haga eso. —Habló altanera. Sin duda lo que le había preguntado la había molestado, y tenía toda la razón. No tenía ningún derecho a hacer preguntas de índole personal, aunque me preguntaba si Henry Rossiter sabía que su hija estaba viéndose con Roger Balch.

Los siguientes dos días los pasé durmiendo y descansando. Me volvió el apetito y me resultaba más fácil caminar. Al tercer día, conseguí que Danny ensillara mi caballo, pues todavía no me sentía capaz de colocarle la silla de montar al caballo por miedo a que se me abriera la herida. Monté hasta donde estaba recogida la manada.

Harley estaba allí empuñando el rifle. Era un rifle muy bueno, y bien cuidado.

—Buen puñado —comenté.

—No está mal —dijo escueto—. Los suficientes para acarrear.

Se marchó para vigilar una vaca grande que estaba acercándose demasiado a las colinas. Había buen pasto, y estaban cerca del agua y ninguno se quería marchar muy lejos. Vi a otro jinete, que pensé era Danny Rolf, en el otro lado.

Estaba contento de estar de nuevo sobre la silla de montar, y montaba mi propio caballo con su paso fácil. Harley no parecía estar con ganas de conversar, así que me alejé hacia adelante alrededor de la manada hasta el borde de las colinas. Aun así, montaba con cuidado.

Cuando me alejé de la manada y me dirigía hacia el rancho, vi a Joe Hinge que bajaba una cuesta al oeste con unas cuantas reses. Cuando se iban aproximando, me acerqué a ellos y le ayudé a acarrearlos hasta la manada principal. Con una o dos excepciones todos tenían el hierro Spur.

Joe se puso a mi lado y se quitó el sombrero para secarse el sudor de la frente. A pesar del aire frío, estaba sudando. Y no me sorprendía. —¿Cómo se siente? —me preguntó.

—Más o menos. Necesito un día más.

—Efectivamente..., pero me hace falta. —Me miró—. ¿Puede ir a trabajar al oeste?

—Cuando quiera —contesté casualmente.

Decidí no contarle un presentimiento que tenía.

—Estupendo. Pero cuídese.

Al rato me dirigí al barracón, y cuando llegué le quité la silla a mi caballo. Hacer las cosas rutinarias da tiempo a un hombre a pensar, y estaba pensando muchas cosas.

Alguien me quería muerto... ¿Por qué?

Al día siguiente dormí, holgazaneé y me enfadé conmigo mismo por no estar de vuelta en el trabajo. A la mañana siguiente ensillé el caballo bayo de crin y cola negra, un buen caballo para lazar.

La cabaña estaba vacía, pero había una nota en un tablón de madera escrita con carbón de leña: CUIDADO CON EL MOTEADO.

Bien, tendría cuidado. No tenía intención de enredarme con ese si podía evitarlo.

Trabajé todo el día por el banco y por un par de arroyos poco profundos, y junté ocho cabezas. Al rato descubrí una docena encima de la colina y los empecé a conducir hacia el rancho.

A mediodía estaba cerca de la cabaña y monté allí para cambiar los caballos. Fuentes acababa de llegar. Los dos cambiamos las sillas de montar. Yo elegí un color de polvo de acero que nunca había montado, y nos fuimos dentro a tomar un café.

Fuentes estaba callado. De repente habló. —Balch... Vino por aquí. Le he visto un par de veces. Pero se esconde.

—¿Balch? ¿Él solo?

—Sí.

Eso era algo que me daba que pensar, porque en este área casi no había ningún ganado suyo. Los pocos que encontrábamos los mandábamos a donde estábamos juntando el resto. Porque después los separaríamos durante el rodeo, como era normal.

No me gustaban las incógnitas. Me habían contratado para ocuparme de reses, y eso era lo que iba a hacer, pero no quería que nadie me matara, sobre todo si no sabía el motivo. Balch era una apisonadora que arrollaba todo lo que se le pusiera por delante, y Saddler tres cuartos de lo mismo. El problema de Roger Balch es que tenía que demostrar a todos lo duro que era. El comandante parecía capaz de cuidarse de si mismo. En cuanto a Henry Rossiter... ¿qué podía hacer un hombre ciego?

Rossiter tenía unos empleados fieles, y Joe Hinge era un buen ganadero.

—Tómeselo con calma —sugirió Fuentes—. Parece cansado.

Me encogí de hombros. —¿Qué demonios? No puedo dejar que lo haga usted todo.

Cuando salimos fuera, Fuentes me previno: —No

ate nada con el gris acero. Es uno de los caballos más rápidos del rancho, y un buen caballo de corte, pero muy asustadizo con la soga.

Nos separamos y me fui rumbo al sureste, cabalgando precisamente a donde había tenido el problema. Lo que demuestra mi poca inteligencia. Pero había buena selección de ganado. Encontré media docena de reses justo al principio, las domé y las empecé a conducir de regreso. Me extendí un poco más y localicé unas cuantas más y las llevé hasta un buen pastizal camino al rancho.

Di varias vueltas buscando alguna señal. No había rastro de ningún caballo. De repente, descubrí unas cabezas de ganado, y les estaba dando la vuelta cuando oí un crujido entre los matorrales. El caballo gris empezó a agitarse y a mover los ojos. No había duda, allí estaba el Viejo Moteado parado, mirándome.

No tenía nada contra él. De hecho, probablemente me había salvado la vida hacía poco. Así que le saludé con la mano y me empecé a distanciar de él. Cuando me volví para mirarle, todavía estaba allí. Tenía la cabeza levantada y seguía mirándome.

La verdad es que le había cogido cariño al viejo. Era duro y mezquino, y cualquier día podía matar a un vaquero o incluso a mí. Pero era salvaje, libre y belicoso, y eso me gustaba. Y había gobernado durante mucho tiempo esa parte del territorio.

No hay animal más feroz que una res de cuernos largos que haya corrido salvaje por las llanuras o la maleza. Atacan todo lo que camine, incluso un oso. Aun así, la mayoría de los jinetes en este territorio querían echarle el lazo. Era un desafío verlo allí. Un desafío, porque sabías que cuando echaras el lazo al Moteado te habías montado en un ciclón, y tendrías que ganar o si no acabarías malherido o muerto. Si le das una soga a un vaquero, tarde o temprano, se la echaría a cualquier cosa que corra suelta. Lazaría lobos, coyotes, leones montañeses y osos... Conocí uno que lazó hasta un águila.

Pero por mi parte, el Viejo Moteado podía vivir su vida sin problemas, a menos que él los empezara.

Siempre había esa posibilidad.

Superando una cuesta, frené. Abajo, en la hondonada que tenía delante, un hombre de espaldas había lazado un novillo y estaba arrodillado a su lado.

Su caballo nos miró, con las orejas levantadas, pero el extraño estaba demasiado ocupado con lo que estaba haciendo para percatarse de nosotros.

¿Marcando con un hierro? No veía el fuego.

Despacio caminé mi caballo ladera abajo mientras desenfundaba el Winchester.

El novillo estaba muerto. El hombre le había degollado, y ahora le estaba cortando un pedazo de piel del lomo. Conocía ese novillo. Era uno de los que habíamos sacado de los matorrales el primer día que regresé al trabajo.

—¿Es una fiesta privada —pregunté—, o puede entrar cualquiera?

Él se volvió rápidamente, su mano acercándose a la pistola. Era Balch.

CAPÍTULO 14

EL ROSTRO SE le puso aún más rojo, pero en seguida palideció. —Mire —dijo—, esto no es lo que parece.

—Quite la mano de la pistola y hablaremos —afirmé tranquilamente. Con mucho cuidado retiró la pistola y bajó la mano.

—Me parece —dije— que usted ha matado uno de nuestros novillos en nuestro territorio. Yo he visto ahorcar hombres por menos.

Toda su tirantez y severidad había desaparecido. Me tanteó cuidadosamente. —Talon, esto tiene mal aspecto, muy malo. Lo peor es que *es* su novillo y lleva mi marca.

—¿Su marca? —me sobresalté. A decir verdad, había visto ese novillo por los alrededores, pero no me había fijado en la marca, algo que hace un vaquero como parte normal de su trabajo. Pero a éste lo había empujado entre otro ganado, y por algún motivo no me había fijado.

—¿*Nuestro* novillo? ¿Con *su* marca? —repetí.

—Talon, esta marca tiene dos o tres años de antigüedad. Y aunque no se lo crea, no soy ningún cuatrero. Quiero agarrar todas las vacas que pueda, pero *honestamente*. No robaría las de nadie.

Hizo una pausa. —Rossiter puede creer otra cosa, y ustedes también, pero es la verdad. Nunca robé una res de nadie menos para comer en la llanura, algo que hacemos todos cuando estamos fuera de casa.

Continuó: —Hace un par de años vi este novillo seguir a una de sus vacas. Eso suele pasar cuando un ternero pierde joven a su madre y se prende de alguna vaca que tenga cerca. Pero no le di mucha importancia hasta que hace tiempo observé otra cosa. Me picó la curiosidad.

Balch me mostró un pedazo de piel que había cortado del lomo del novillo. Cuando han manipulado una marca, herrando otra encima, se ve normal desde fuera, pero si se mira por el otro lado de la piel se ve todo lo que ha acontecido.

—Ha sido bien modificada —acordé—. Nuestra divisa a la suya. Suficiente evidencia para colgar a alguien, Balch.

Asintió. —Talon, juro por lo más sagrado que yo no lo hice, y respondo también de mis muchachos. Admitiré que últimamente he contratado unos cuantos matones, pero los muchachos que trabajaban para mí hace dos años —la mayoría de los cuales siguen conmigo— son de plena confianza.

Balch hizo otra pausa. —¿Y por qué estoy inspeccionando la marca de un novillo que al parecer es mío? Talon, aquí está pasando algo. No sé lo que es, o el por qué, pero alguien ha estado herrando equivocadamente las reses. Alguien ha marcado con hierro su ganado para que parezca el mío, y viceversa.

No me gustaba Balch. Era un tipo áspero y duro que si podía te arrollaba, pero en ese momento le creí.

—Parece que alguien está intentando avivar la enemistad entre nosotros —dije—. Alguien quiere que nos enfrentemos.

—Estoy totalmente de acuerdo.

—Tal vez alguien quiera heredar este territorio y todo el ganado que quede, alguien que cree disponer de mucho tiempo.

—Quizás..., ¿pero quién?

Aunque parecía insólito, en ese momento pensé en Lisa. No me gustan los secretos ni las incógnitas, sobre todo cuando afectan mi vida o mi trabajo. Y ahora teníamos dos.

¿Podrían resolverse ambos de la misma manera?

¿Quién era Lisa? ¿Dónde vivía su familia? ¿Dónde estaba su estancia?

Cualquiera pensaría que en un territorio tan amplio y abierto como este, sería difícil conocer a todos. Pero una comunidad ranchera es muy unida y se sabe todo lo de los demás, o eso piensan. Un forastero en seguida llama la atención y nadie se queda tranquilo hasta que no han averiguado quién es y de dónde viene. A pesar de lo cual nadie sabía nada de Lisa.

Eso podía significar dos cosas: que Lisa acababa de llegar al territorio y que vivía en un lugar remoto.

¿Quién más quedaba?

El comandante... ni pensarlo. Tenía todo lo que quería, vivía como le daba la gana y era el hombre más importante de la comarca en su propia mente y en la de otros.

—Pensemos un poco más —dije, después de un rato—. Balch, que todo esto quede entre nosotros. Si se le ocurre alguna idea, hágamela saber.

Instintivamente, sin casi pensarlo, le conté que me habían disparado. Que alguien me perseguía.

—¿Por qué usted? —dijo confundido.

—Algunos de nuestros muchachos pensaron que

era alguien de su cuadrilla. Al parecer la gente comentaba que soy buen pistolero, y ellos se imaginaban que uno de su cuadrilla quería quitarme de en medio.

—No... lo dudo. —Me miró—. Talon, mis muchachos no le temen ni a usted, ni a nadie. Se ofrecieron a provocarle, y a provocar una confrontación, pero me opuse a ello. Talon, si alguien le disparó, no fue ninguno de nuestra cuadrilla.

—De acuerdo —contesté—. Impida problemas en su cuadrilla y yo intentaré impedirlos en la nuestra. Entretanto, no digamos más y veamos qué ocurre. Cuando se den cuenta que no vamos a pelear, quienquiera que sea puede hacer algo más drástico.

Balch levantó la mano. —De acuerdo, Talon. Cabalgaré pensando en eso.

Se marchó de la hondonada y, como no me gusta desperdiciar las cosas, fui hasta abajo y corté unos bistecs antes de regresar a la cabaña.

Ahora tenía que hablar con Joe Hinge. Afortunadamente, ninguno de la cuadrilla de Stirrup-Iron era buscapleitos. No debería haber ningún problema con Balch y Saddler.

De vuelta al nuevo corral que habían construido en los matorrales mientras me estaba recuperando, me puse a pensar en la situación. Pero no llegué a ninguna conclusión.

———

JOE HINGE, FUENTES y Harley habían hecho un buen trabajo. Utilizando un amplio claro entre los matorrales, habían cercado las aperturas y construido un corral para sostener las reses hasta que pudiera llevarlas hasta el rancho. Era un trabajo primitivo, pero era todo lo que necesitábamos. Había una docena de lugares por los que se podrían escapar las vacas si los conocieran, pero no las íbamos a dejar allí suficiente tiempo para que los descubrieran o para que comprendieran que estaban acorraladas.

Fuentes apareció con unas reses, y las juntamos y metimos dentro del corral. Cuando habíamos colocado la barra en la primitiva verja, le conté mi conversación con Balch.

—No diga nada a nadie —advertí—. Pero verá ese novillo y entenderá. Algo huele mal, y quiero saber qué es.

Movió el puro entre sus blancos dientes y me miró divertido. —¿No piensa que yo soy el ladrón, ¿eh? ¿No piensa que yo fui quien robó las vacas?

—Pues —dije—, yo de eso no sé nada. Pero me apostaría cualquier cosa que usted no robaría las vacas del hombre para el que trabaja. —Sonreí abiertamente—. A decir verdad, no pienso que pueda robar ninguna res. Y no quiero que le dispare a nadie sin motivo.

Miró la punta del puro. —Tenga cuidado, amigo. Me da la impresión que algo va a pasar pronto. Creo que si estos ladrones averiguan lo que usted sabe, intentarán matarlo.

—Ya lo han intentado —dije.

Cabalgamos de regreso a la cabaña, despojamos a los caballos de los aparejos y nos fuimos a lavar a la cabaña. Me estaba poniendo la camisa cuando apareció un caballo al galope por la pendiente.

Era Ann.

Fuentes estaba parado en la jamba de la puerta con un Winchester en mano.

Ella le miró rápidamente. —¿Se están fortificando? ¿Qué pasa?

—Nada —dije—. Y no queremos que nos pase nada.

—Papá quiere verlo —me informó—. Le invita a cenar.

—Lo siento —contesté—. Pero no tengo otra cosa que ponerme que la ropa de trabajo.

—No importa. —Miró a Tony—. Lo siento, pero Papá quiere hablar a solas con Milo.

Fuentes se encogió de hombros. —Los dos no nos podemos ir, pero si va él, que se quede toda la noche. Todavía está convaleciente, señorita. Aunque trabaje, en mi opinión todavía está débil.

—¿Quién está débil? —dije molesto—. ¡Puedo tumbarle cuando quiera!

Me sonrió abiertamente. —Quizás, amigo. Pero no creo que un largo paseo a la intemperie le siente bien, ¿eh?

Entendí la indirecta y tenía razón. Pero no era el único. —El aire nocturno tampoco es bueno para usted —dije—. Me inquieta dejarlo solo. Los espíritus pueden raptarlo.

—¿A mí? —parecía sorprendido.

—Incluso a usted. A los espíritus se les ocurren ideas descabelladas. Podrían pensar que sabe tanto de ellos como yo.

—Por favor, dejen de decir tonterías —dijo Ann impacientemente—. Hablan como si fueran niños.

—Este tipo es un guasón —dijo Fuentes—. Pero a veces tiene sentido lo que dice.

Por suerte, tenía una camisa limpia en la cabaña. No tardé nada en vestirme, y como acababa de lavarme y peinarme, salimos raudos de allí. Afortunadamente, ella tenía ganas de llegar al rancho e iba a toda velocidad. Cabalgamos rápidamente, cosa que me agradó, porque un hombre cabalgando a toda velocidad es mal blanco.

No sabía qué esperar, pero lo que encontré fue inesperado. La casa del comandante era grande, blanca y elegante, con cuatro columnas blancas al frente, y un balcón entre las dos a cada lado de la puerta. En el porche había un columpio, sillas, una mesa y tres peldaños de subida.

Dudé un instante. —¿Está segura que me quiere ver aquí y no en el barracón?

—Estoy segura.

Entramos, y el comandante miró alrededor de la silla grande en que estaba sentado, quitándose las gafas.

—¡Entre, entre, hijo! —Se puso en pie—. Siento haber tenido que enviar a Ann para recogerle, pero ella tenía el caballo ensillado.

—Es un placer, señor.

Me volvió a mirar con un gesto de extrañeza. Señaló una silla enfrente de la suya. —¿Quiere beber algo? ¿Un güisqui, quizás?

—Prefiero un jerez... a menos que tenga Madeira.

Me volvió a mirar, y entonces habló al chino que acababa de entrar. —Fong, coñac para mí, y un Madeira para el señor. —Me volvió a mirar—. ¿Algún tipo en particular?

—Boal o Rainwater... cualquiera de los dos.

El comandante Timberly sacudió las cenizas de su pipa y la chupó pensativamente. Me miró varias veces bajo sus pobladas cejas. Empezó a llenar la pipa de tabaco. —Joven, no le acabo de situar.

—¿No?

—Trabaja de vaquero para uno de mis vecinos, y por lo que oigo, es buen pistolero. Pero tiene los modales de un caballero.

Le sonreí. —Señor, los modales no importa quien los tenga, igual que la ropa. Los modales pueden adquirirse como puede comprarse la ropa.

—Sí, sí, claro. Pero hay un cierto estilo, señor, algo especial. Cualquiera reconoce a un señor.

—No he notado que eso le importe al ganado, señor, mientras uno tenga un buen caballo y sepa echar el lazo. No creo que les importe si un hombre tiene modales... Y hoy en día todo tipo de personas viene al oeste.

—Sí, tiene razón. —El comandante Timberly prendió la pipa—. Tengo entendido que le dispararon.

—Más que eso, señor. Me pegaron un tiro.

—¿Sospecha quién lo hizo?

—No, señor.

—Talon, necesito ayuda. En particular a alguien que sepa manejar un revólver. Tengo el mal presentimiento de que esta comarca se encamina hacia una guerra... No sé por qué, ni cómo, ni cuándo... No sé quién la empezará, pero quiero ganar. —Aspiró fuerte la pipa—. Por supuesto, pienso ganar.

—¿Señor, qué espera ganar?

—Paz... Seguridad. Aunque sólo sea por un tiempo.

—Claro, señor. ¿Son cosas que no duran mucho. —Hice una pausa—. Si quiere contratarme de pistolero, no pierda el tiempo. Soy un vaquero, eso es todo.

—¿Es ese el motivo por el que lo contrató Rossiter? —dijo escueto, mostrando su irritación.

—Sospecho que fui contratado porque Joe Hinge dijo que necesitaba ayuda. No sabía que yo supiera usar un arma. No suelo anunciarlo. Además, no veo la necesidad de problemas aquí. Estoy convencido que no hay ninguna situación que usted, Balch, Saddler y Henry Rossiter no puedan solucionar entre ustedes mismos. Si va a la guerra, se lo pondrá en bandeja a quien está animando todo esto.

Se quedó callado. Fumó, y me preguntó suavemente: —¿Quién es esa persona?

—No lo sé.

—¿Y quién puede ser sino uno de nosotros tres? No somos más.

El Madeira estaba bueno. Puse el vaso sobre la mesa y dije, sin creerlo: —¿Supongamos que sea un extraño? Alguien que actúa protegido por la distancia y que provoca situaciones que despiertan sus sospechas.

Agité la mano alrededor. —Comandante, varios cientos de miles de acres de pasto están en juego. —De repente, cambié el tema—: ¿Cómo le está yendo en la junta de ganado?

Me miró rápidamente. —Así, así... ¿Y a usted?

—Igual. —Hice una breve pausa—. ¿Y sus terneros?

Colocó el vaso de un golpe sobre la mesa. —¿Qué quiere decir con eso, jovenzuelo? ¿Qué sabe de mi ganado?

—Nada en absoluto, pero sospecho que pierde muchas reses. Sospecho que no está encontrando muchas reses de menos de tres años.

Me fulminó con la mirada. —¡Tiene razón, maldita sea! ¿Pero cómo sabe eso?

—Porque a nosotros nos pasa lo mismo y también

a Balch y Saddler. —Alcé mi vaso—. No hemos encontrado demasiados menores de cuatro años.

Puso el vaso sobre la mesa y se limpió la boca con el frente de la mano. —¡Es una maldición! ¡Repito que es una maldición! —Señaló a su alrededor—. Vivo bien, joven. Me gusta vivir bien. Pero cuesta dinero, maldita sea. Cuesta mucho dinero, y necesito todas las reses que pueda conseguir. Créame, no diría esto a nadie, pero usted es un caballero. No me importa cual sea su trabajo, es un señor, y sé que puedo hablarle con confianza.

Hizo una pausa. —¡Necesito reses de reproducción! Debo dinero. Mucho dinero. La gente cree que soy un hombre rico, y si mi ganado está allí fuera, lo soy. Pero si no lo están, y parece que no están allí, perderé todo esto. Todo lo que tengo. Y si me falla y va contando lo que le he dicho, le llamaré mentiroso, señor, y lo retaré, aunque sea usted un pistolero.

—Puede estar seguro que no hablaré. ¿Su hija sabe algo?

—¿Ann? ¡Claro que no! Las mujeres no tienen cabeza para los negocios, señor. Ni tienen porqué tenerla. Las mujeres tienen belleza, gracia y estilo, y por eso las amamos y trabajamos para ellas. Incluso un hombre pobre busca esas cualidades en una mujer, y en sus ojos su esposa debe tenerlos. Ann no sabe nada de esto, ni lo sabrá.

—¿Y si algo le pasara a usted? ¿Qué haría? ¿Cómo se arreglaría?

El comandante Timberly ondeó la mano. —No ocurrirá nada. —Se levantó de repente—. ¿Balch y Rossiter han perdido también terneros? Eso cambia las cosas. A menos que... —hizo una pausa y volvió a mirarme— cualquiera de ellos esté robándose a sí mismo para aparentar ser inocente. Si lo que asumimos es verdad, muchacho, llevan robando ganado muchos años, con mucho cuidado para que su desaparición no se note.

Mis pensamientos giraban alrededor de lo que había dicho de que las mujeres no entienden de negocios. Debería haber conocido a mi madre. Em Talon medía casi seis pies, una mujer montañesa alta y huesuda. De joven había sido guapa como cualquier mujer joven, aunque dudo que hubiera sido lo que se dice bonita o atractiva... imponente quizás.

Incluso mientras mi padre vivió, ella operaba el rancho. Buena juez de reses y de hombres, era una auténtica Sackett, que era su apellido de soltera. Era una mujer fuerte, capaz de caminar hombro a hombro con un hombre fuerte, como había sido Papá. Pero él era constructor, y ranchero sólo a medias.

El comandante Timberly y yo hablamos por mucho rato, y cuando llegó la hora de acostarse, me dijo:

—Joven, si se entera de alguna otra cosa, venga rápidamente a contármelo. Si tiene que tomar medidas para detener el robo de reses, lo apoyaré.

—Esa es precisamente la cuestión, señor. No debe detenerse.

—¿No debe detenerse? ¿Es usted tonto?

—No, señor. Primero debemos averiguar lo que están haciendo con el ganado. Creo que los están deteniendo en algún lugar oculto, a bastante distancia de aquí. Si presionamos ahora a los cuatreros, se escaparán con la manada e irán a México. Y ése será el final de todo.

—Déjelo en mis manos, comandante. Creo que

tengo una idea. Si desea ponerse en contacto conmigo de nuevo, estoy en la cabaña. Si no estuviera allí, hable con Fuentes.

—¿El mexicano?

—Es el mejor vaquero de Stirrup-Iron, comandante, y un hombre de fiar.

—Claro. No quise decir ninguna ofensa. Conozco bien a Fuentes, y puede venir a trabajar para mí cuando quiera.

Cuando estaba desayunando a la mañana siguiente, no vi al comandante, pero Ann apareció.

Entró, lozana y atractiva con un vestido de guinga almidonado color azul y blanco y con un pañuelo azul en el cuello.

—Papá y usted hablaron mucho tiempo —dijo de buen humor—. ¿Le pidió mi mano?

—De hecho —dije—, hablamos de ganado. No nos dio tiempo a hablar de usted.

—¿Quiere decir que él no le dio su pequeño sermón sobre que las mujeres no saben nada de negocios? Me sorprende. Siempre disfruta con ese tema. Es querido, pero un poco tonto. Yo sé más sobre el negocio de este rancho que él... y desde que tengo doce años. Mamá me dijo que tendría que cuidarlo.

Me reí entre dientes. —¿Él sabe eso?

—¡Espero que no! Se disgustaría muchísimo. Pero sabe mucho de ganado y de caballos, Milo. Puede ganar dinero, pero sabe gastarlo... demasiado bien. Aun así, si no fuera por las reses que hemos perdido, estaríamos bien económicamente.

—¿Muchas?

—Más de la mitad de los terneros... y unas de las mejores reses de seis años.

¿Más de la mitad? Balch y Rossiter habían perdido casi *todas*. ¿Era eso una pista? De hecho, las reses del comandante eran mejores que las de Stirrup-Iron o Balch y Saddler. Había traído un par de excelentes toros sementales, y estaba engendrando muchos terneros, ¿entonces por qué sólo la mitad o un poco más?

Tenía que pensar en todo esto, pero cuando me fui esa mañana, aparté la idea en mi mente. Las primeras millas me llevaron a una amplia pradera donde nadie podía acercarme dentro de dos millas a la redonda sin que yo les viera. Había ganado esparcido con el hierro de Stirrup-Iron, y los empecé a empujar delante de mí. Pero a medida que iba acercándome a las colinas empecé a protegerme.

Ese tipo de colinas engañan, y es fácil ocultarse entre ellas sin que te descubran. Había acortado para ir a buscar una vaca que quería irse a las montañas cuando vi las huellas frescas, claramente definidas, de un rápido caballo de paso fino.

Las huellas se dirigían a las colinas de mi izquierda, así que recorrí con la vista las verdes crestas, pero no vi nada que llamara la atención. El caballo gris se movió por voluntad propia para mover un novillo a la derecha, y yo me quedé quieto en mi lugar.

De repente, pegué un alarido y empecé a movilizar el ganado hacia el barranco, pero cuando los tenía encaminados, giré el caballo y subí al galope la cuesta a mi izquierda.

El gris coronó la cresta al tiempo que una bala silbó por el lado de mi oreja, y entonces vi un movimiento, alguien que saltaba encima de la silla de montar, y un caballo que salía a todo galope.

El gris era buen corredor, y le gustaba galopar. A pesar de la dificultad de la cuesta, salió disparado sin que dijera palabra. Desenfundé el rifle, apunté a lo que se movía delante, y apreté el gatillo.

Fallé el tiro.

A esa distancia y con el blanco meneándose, hubiera sido un milagro si hubiera acertado, pero de repente el jinete fustigó su caballo... ¡y desapareció!

El jinete estaba a unas doscientas yardas, y cuando alcancé el lugar y vi la estrecha senda que bajaba a un valle lleno de árboles, él ya había desparecido. Bajé, y luego me detuve.

Frente a mí tenía media milla de espesos matorrales que terminaban en unas colinas quebradas. Olía a polvo, nada más. El hombre que perseguía podía estar en cualquier parte, quizás esperándome para matarme. Sin embargo, nunca había estado tan cerca y...

Las huellas... La tierra era polvorienta, pero encontré parte de una huella y, tomando esa dirección, más adelante otra. Pronto llegué a un denso bosquecillo de cactus y mezquite.

Otra huella, una rama de mezquite quebrada, hojas que volvían a su lugar después de que algo había abierto paso por ellas. Seguí cuidadosamente, mirando atentamente a mi izquierda y derecha. Pero, después de estar buscando una hora, no encontré nada.

Quien me había vuelto a disparar se había escapado otra vez. Tenía el mal presentimiento que se me había acabado la suerte. Después de todo, ¿cuántas veces podía fallar el tiro?

Desde luego no había tenido muchas oportunidades

buenas, pero la suerte me había salvado el pellejo, y tal suerte no dura. Las probabilidades estaban en mi contra.

Bajé por el arroyo y cabalgué detrás del ganado que había traspasado una pequeña arboleda y había empezado a desplegarse por el pastizal. Una vez más los junté y encaminé hacia adelante, y recogí dos cabezas más.

Fuentes se había ido cuando entré, pero Danny Rolf estaba allí.

Estaba sentado en la mesa con una taza de café en la mano, aunque me dio la repentina impresión que no llevaba allí mucho tiempo.

Me dio la impresión que me miró con aspecto culpable. Puso la taza sobre la mesa y me dijo: —Hola. Me preguntaba dónde estaba.

CAPÍTULO 15

GARRÉ UNA TAZA y fui a la cafetera y la llené. Mis ojos captaron un pedazo de barro, todavía húmedo, cerca de la chimenea. Lo miré, ahora alerto y alarmado.

¿Barro? ¿Dónde había barro alrededor de aquí? Miré, a través de la puerta, al abrevadero. No se había desbordado, y la tierra de alrededor estaba seca.

Enderezándome, di un sorbo de café, aprovechando la oportunidad para mirarle las botas a Danny Rolf.

Tenían barro.

Me desplomé en una silla enfrente de la mesa, y miré otra vez por la puerta. Había atado su caballo en el extremo más lejano del corral, una cosa curiosa en sí. Algo que haría alguien que quisiera acercarse a la cabaña inadvertido, aunque no furtivamente.

—¿Hubo suerte?

—¿Eh? —Se sobresaltó, preocupado por algo—. ¿Suerte? Oh, no. Encontré unas reses, pero se están poniendo nerviosas. Es difícil acorralarlas ahora que están resabiadas.

Me miraba el sombrero. —Tiene ese sombrero muy estropeado. Se debería comprar uno nuevo.

—Eso estaba pensando, pero donde puedo comprármelo queda un poco lejos. No hay muchos comercios a este lado de San Antonio.

Me miró de repente. —¿San Antonio? Es la dirección equivocada. Hay lugares al norte de aquí... no quedan tan lejos.

No hablamos mucho. Cada uno estaba absorto en sus propios pensamientos. La ropa de Danny tenía polvo —menos en las botas. Había estado trabajando o montando... ¿Pero dónde?

—Danny —dije—, tenemos que tranquilizarnos y olvidarnos de la cuadrilla de Balch y Saddler.

—¿Qué quiere decir? —Me echó una dura mirada.

—Ellos también han perdido reses. Puede que haya alguien a quien le interesa que haya problemas entre nosotros para aprovecharse.

—Ah, no lo creo —se mofó—. ¿Entonces para que están contratando pistoleros? Sabe bien que el maldito Balch arrollaría a cualquiera que se le pusiera por delante. Y en cuanto a ese hijo suyo...

—Tómeselo con calma. No tenemos pruebas, Danny. Sólo aversión y sospechas.

—No lleva mucho tiempo por aquí. Ya verá. —Hizo una pausa—. ¿Ha estado trabajando por el sur?

—Un poco, pero principalmente al este.

—Joe Hinge dijo que le necesitaba en el otro lado. Va a empezar a separar nuestro ganado del de Balch y Saddler. Si es muy bueno con ese revólver, será el lugar ideal para usted.

—No necesita acabar a tiros.

Me miraba cuidadosamente, despacio. —Ese Ingerman, es un esbirro. Y Jory Benton... he escuchado que le tiene ganas.

Parecía estar intentando irritarme, pero yo le sonreí abiertamente y dije: —Ingerman es duro... no conozco a Benton, pero Ingerman es un luchador. Es duro y peligroso, y si te enredas con él, tienes que estar preparado para una batalla campal. Tiene sueldo de pistolero, y se lo gana.

—¿Asustado?

—No, Danny, no lo estoy, pero me cuido. No voy por ahí medio engreído. Cuando un hombre dispara a otro, más le vale tener un buen motivo, algo de lo que esté bien seguro. Un arma no es un juguete. No es una cosa para llevar exhibiendo o presumiendo. Cuando empuñas un revólver, puedes morir.

—Suena como si estuviera asustado.

—No. Sueno como lo que soy, un hombre cauto que no quiere matar a nadie sin motivo. Cuando un hombre agarra una pistola, está asumiendo una responsabilidad. Tiene un arma peligrosa, y más vale que tenga temple y discreción.

—No sé lo que significa eso.

—Tener buen juicio, Danny. El otro tipo que lleva una pistola también tiene una familia, un hogar, esperanzas, sueños y ambiciones. Si es humano, debe pensar en eso. Nadie que esté en su sano juicio elimina una vida humana a la ligera.

Se levantó y se estiró. El barro en las botas se le estaba secando. Se las había manchado cerca de aquí, ¿pero dónde? Había otros aljibes... los manantiales que Fuentes me había mostrado y un par que habíamos descubierto, pero quedaban al este. El arroyo también quedaba allí.

—¿Ha visto al Viejo Moteado? —le pregunté de repente.

—¿El Viejo Moteado? No. Espero no verlo nunca.

—Pues, apártese del arroyo —dije sin querer—. Por allí le vi la última vez.

—¿Qué arroyo? —dijo agresivamente—. ¿Quién dice que he estado en un arroyo? —Me miró fijamente y sospechoso. Tenía el rostro sonrojado y con aspecto de culpable.

—Nadie, Danny. Lo decía sólo porque allí es donde está el Moteado. Joe Hinge no quiere que nos reviente a ninguno de nosotros.

Caminó hasta la puerta. —Más vale que regrese. —Se demoró como si quisiera decir algo y por fin preguntó—: La muchacha de quien compró la caja. ¿Le gusta?

—¿Lisa? No. Parecía estar sola, y yo no conocía a mucha gente, por eso pujé por su caja.

—Gastó mucho dinero —acusó—. ¿Dónde consiguió esa clase de dinero?

—Lo ahorré. No bebo, Danny, y soy ahorrativo. Me gusta gastarme el dinero que ahorro en ropa y en caballos.

—Le trajo mucha atención y problemas a ella —dijo—. Eso es lo que pienso.

—Lo dudo, pero si lo hice no fue a propósito.

Todavía estaba allí. —¿Dónde dijo que vivía?

—No me dijo.

Pensó que le mentía. Podía verlo en su cara, y de repente me dio la corazonada que Danny había estado pensando en ella. Ann Timberly estaba fuera de su alcance, igual que China Benn. Barby Ann sólo pensaba en Roger Balch, y Danny era joven, y tenía sus propios sueños, y aquí había una muchacha que podía encajar en ellos. Si me tenía manía, que era posible, ésta podía ser la razón.

—Si no me lo dijo, es porque no quería que lo

supiera. Me dio la impresión que no quería que lo supiera nadie. Sus motivos tendrá.

—¿Me está insinuando que no es buena persona? —Me miró fijamente, con cierta agresividad que parecía querer llevar más allá.

—No, Danny. Parecía una buena chica, pero algo la tenía asustada. Me dijo que nadie sabía que estaba allí y que tenía que irse en seguida.

Conversamos un rato más de mil temas, y al rato se marchó. Caminé hasta donde había atado su caballo. Había pedazos de barro seco que se habían caído de los cascos de su caballo.

Si viniera de lejos, el barro habría desaparecido antes de haber llegado. Lo cual quería decir que el barro lo había recogido cerca de aquí... ¿pero dónde?

Estaba avivando el fuego para cocinar algo cuando llegó Fuentes. Quitó los arreos al caballo, observó las huellas que Danny había dejado y miró hacia la cabaña.

Yo estaba parado en la puerta, y le dije: —Era Danny. Tenía algo en mente, pero no me dijo lo que era. Vio a Hinge y quiere que vayamos para allá. Va a trabajar en el oeste, en la cumbre de la roca. Se huele que habrá problemas.

Al rato añadí: —No creo que vaya a haberlos. Balch se quedará entre bastidores.

—¿Y Roger?

Pues, ¿qué pasa con él? Pensé en Roger, y en esas dos pistolas que tenía y en su necesidad de demostrar lo importante que era. Yo había montado con varios hombres bajos en varias ocasiones, y algunos eran los mejores vaqueros que conocí en mi vida... Buenos tipos. El ser bajo no era lo que empujaba a Roger a probarse. Estaba como envenenado; algo peligroso parecía manipularle.

Fuentes cambió el tema. —Hoy encontré varias lombrices. Más vale que revisemos todas las reses que vayamos trayendo.

—Danny quiere trabajar por esta parte del pastizal.

Fuentes se volvió para mirarme. —¿Le dijo por qué?

—No, pero creo que es por Lisa. La muchacha de la caja que gané en la fiesta.

Fuentes sonrió abiertamente. —¿Por qué no? Él es joven, ella es bonita.

Así era, pero por algo la idea me preocupaba. Danny era joven e impresionable, y Lisa estaba asustada de lo que había hecho. Se había escapado para ir a la cena donde se subastarían las cajas, y eso implicaba que alguien en su casa no quería que ella fuera.

¿La madre? ¿El padre? ¿U otra persona? ¿Y porqué motivo?

No era lógico que una familia pudiera llevar mucho tiempo en esta comarca y fueran completamente desconocidos. O sea que lo más probable es que no llevaran aquí demasiado tiempo.

Estarían viviendo lejos de todo, lo que no significaba demasiado porque casi todo el mundo por aquí vivía lejos.

Pero tendrían que montar a caballo. Recordé su ropa. Parecía de buena calidad, sencilla, un poco raída, pero limpia y bien planchada y puesta a punto por una mano hacendosa.

Aun cuando Lisa había estado aquí poco rato, era obvio que no quería que la descubrieran... ¿Por sus propias razones? ¿O porque alguien no la quería fuera de casa?

—Tony —hice una pausa—, no quiero salir de aquí.

Se encogió de hombros. —Joe nos necesita. Espera tener problemas con Balch.

—No habrá ninguno.

—¿Piensa, amigo, que debido a su charla, él no dirá nada?

—Sí, lo pienso... Pero Dios sabe que puedo estar equivocado.

Empaquetamos todos los aparejos que teníamos en el lugar y ensillamos dos caballos frescos, pero todavía no tenía deseos de irme. Lo que quería era tener tiempo para montar al sureste. En la Meseta de Edwards había muchos cañones donde el ganado podía esconderse.

De repente, empecé a preguntarme: ¿cuántas cabezas habían robado? Le pregunté a Fuentes.

—Quinientas... o el doble. Dese cuenta que quién esté cuatreando roba de tres ranchos, y lleva haciéndolo tres años.

—Tendrá que pensar en los indios.

—Sí... O quizás no, amigo. Quizás sean sus amigos, ¿no cree?

—O ha encontrado algún escondite donde ellos no buscan.

Fuentes negó con la cabeza. —¿El apache no busca? Un apache miraría dentro de las verjas del infierno, amigo. Igual haría un kiowa o un comanche.

Cabalgamos hacia delante sin hablar. Los rodeos organizados eran una novedad en este territorio. Normalmente un hombre, con dos o tres vecinos, haría su junta, ordenarían las divisas y los llevarían por el sendero. Cuando llegaban al fin, vendían el ganado que tenían, manteniendo una cuenta de las divisas de su territorio, y cuando llegaban a casa se arreglaban entre ellos.

Las reses sin divisa se herraban con el hierro que llevaba su madre —si es que estaba cerca. Y si el ranchero era honrado. Si no, herraría cualquiera ganado perdidocon su propia marca. Con frecuencia había muchas reses buenas sin marca... mavericks... que herraban como querían los que habían organizado la junta o el encargado.

Hace años, al este de Tejas, un hombre llamado Maverick compró unas cabezas de ganado, pero no se molestó en contarlas o marcarlas con el hierro. Después, cuando una res aparecía por la llanura sin marca, alguien exclamaba: —Oh, ésa es una de Maverick! De allí viene el nombre de las reses sin marca.

Todo estaba tranquilo cuando llegamos al rancho. Habíamos traído pocas reses, porque queríamos seguir derecho, y las que llevamos las dejamos con otras en el llano.

Joe Hinge estaba en el barracón cuando entramos. Nos miró sorprendido. —No les esperaba, muchachos. ¿Qué pasa?

—¿Usted no le dijo a Danny que nos quería ver? ¿Nos dijo que estaba listo para ir al oeste detrás de esas reses?

—Sí claro, a punto estoy, pero... no envié a Danny a buscarles a ustedes, ni a nadie más. Pensé que a principios de la semana...

Fuentes y yo nos miramos. —Danny dijo que nos necesitaba —comentó Fuentes—. Debe haber entendido mal.

Ben Roper entró. —¿Han vuelto a ver al Viejo Moteado?

—Está allí. Si lo quiere, es suyo. Tiene unos cuantos amigos esparcidos por la maleza, tan malos e intratables como él.

Irritado, caminé hasta la entrada. ¿En qué andaba Danny? Escuché a Fuentes hablar con Hinge, pero estaba tan ensimismado en mis propios pensamientos como un perro con un hueso. Nos había intentado confundir... o así parecía... para tener el campo abierto. Yo me había querido quedar allí unos cuantos días más.

Maldije pensando en el paseo que había planeado hacer al sureste. Quería encontrar el ganado perdido, y tenía una corazonada. Ahora tardaría días, quizás semanas, antes de poder llegar allí.

Ben Roper salió, enrollando un cigarrillo. —¿Qué ocurre?

Se lo conté.

—Me extraña de Danny —dijo—. Es un buen muchacho. Trabaja bien y duro. Pero quizás tiene razón sobre la muchacha. No para de hablar de ella desde el día del baile. —Me sonrió—. No hay forma de predecir lo que hará un macho joven cuando tiene algo en mente.

Encendió el cigarro. —De todos modos, comerá bien. Barby Ann también está molesta, y cuando ella está disgustada, cocina.

Miró quemarse el cigarro. —Vino ese Roger Balch... Estuvo un rato en la casa. Desde entonces está disgustada.

—¿A qué distancia queda San Antonio? —pregunté, cambiando el tema.

—Nunca he ido allí desde aquí —dijo dubitativo—. Quizás a unas cien millas. Podrían ser más. —Me miró—. ¿Se va a largar? ¡Maldita sea, le necesitamos!

—Estaba sólo pensando.

Me puse en cuclillas, y con una piedra dibujé en la arena el contorno del levantamiento rocoso, tal como me lo imaginaba... al oeste de nosotros.

San Antonio era la ciudad más cercana, pero estaba muy lejos, a varios días a caballo.

Nos separaba el desierto, la llanura y algunas colinas. Había arroyos, con suficiente agua aun cuando un hombre no tuviera claro dónde había otros manantiales. Pero conducir los terneros por esa ruta, tan jóvenes como eran, parecía imposible. Se perderían la mitad.

Dondequiera que estuviera ese ganado, estaba entre aquí y allá, y apostaría que no estaba a más de veinte millas, por el territorio de los kiowa. Necesitaban agua... Los terneros beben mucho mientras crecen... Y necesitaría a alguien para vigilar los terneros... a menos que dispusiera de mucha agua y pasto.

Miré lo que había dibujado, pero no era bastante. No me decía nada. Había varios espacios que tenía que rellenar. Necesitaba hablar con alguien que conociera el país, alguien que no se preguntara por qué yo lo quería saber. Alguien a quien pudiera sacarle la información sin que se diera cuenta.

Me puse de pie y me ajusté el cinto. Estaba volviendo al barracón cuando me llamaron desde la casa.

—Parece que le buscan —dijo Ben Roper.

Barby Ann estaba en los peldaños y caminé hacia ella. Ben entró en el barracón.

Ella estaba pálida y tensa. Los ojos le brillaban

demasiado y las manos le temblaban ligeramente. —Talon —dijo—, ¿quiere ganarse quinientos dólares?

Sobresaltado, la miré fijamente.

—Dije quinientos dólares —repitió—. Es más de lo que ganaría en un año, incluso como pistolero de Balch y Saddler.

—Es mucho dinero —aseguré—. ¿Qué tengo que hacer?

Ella me miró fijamente, apretando los labios. En ese instante estaba fea. —Matar a un hombre —dijo—. Matar a Roger Balch.

CAPÍTULO 16

ME QUEDÉ ALLÍ parado. Barby Ann no parecía ser la misma. Tenía la cara tirante y tal odio en su cara como nunca había visto en ningún hombre, y menos en una mujer.

—¡Mátelo! —ordenó—, ¡y le pagaré quinientos dólares!

—Me ha confundido —contesté—. No soy un asesino a sueldo.

—¡Usted es un pistolero! Todos lo sabemos. ¡Ya ha matado! —protestó.

—He usado mi revólver en defensa propia y en defensa de la propiedad. Nunca me han contratado para este trabajo y nunca lo harán. Se equivoca conmigo. Además —añadí suavemente—, ahora mismo está enfadada, pero no lo quiere ver muerto. No creo que quiera matar a nadie.

—¡Ya me gustaría! —Sus ojos fulguraban de indignación—. ¡Me gustaría verlo muerto en el suelo! ¡Le pisaría la cara!

—Lo siento, señorita.

—¡Condenado! ¡Es un maldito cobarde! ¡Le tiene miedo a él! ¡Asustado! ¡Como él dice, todos están atemorizados de él!

—No es así, señorita. Pero es que ninguno de nosotros tiene motivo para atacar a Roger Balch. No creo que tenga muchos amigos, pero eso no es una razón para matarlo.

—¡Le tiene miedo! —repitió desdeñosa—. ¡Todos están atemorizados!

—Tendrá que excusarme, señorita. —Retrocedí—. Pero no soy un asesino.

Me maldijo, entonces se volvió y entró en la casa. Cuando me vio entrar, Fuentes se acercó a la puerta del barracón. —¿Qué fue eso? —preguntó curioso.

Se lo conté.

Me miró pensativamente, y se encogió de hombros. —Supongo que le dijo que habían terminado. O que se iba a casar con Ann Timberly.

—¿Casarse con *quién*? —dije dándome la vuelta.

—Le ha estado haciendo la corte, yendo a visitarla, sacándola a pasear... Todo el mundo lo sabe. Supongo que Barby Ann se enteró y le retó.

Joe Hinge había estado escuchando. —Lo superará —dijo sin darle importancia.

—Creo que no —dije inmediatamente—. Más vale que nos preparemos. De la forma que se siente, si no consigue a alguien que lo asesine, lo hará ella misma.

Saqué mi mochila de debajo de la litera y saqué una camisa que necesitaba arreglar y empecé a remendarla. Todos los vaqueros llevan aguja e hilo, pero era una camisa de ante, y la cosía con un hilo de cuero.

Hinge se quedó mirándome. —¡Demonios! —exclamó—. ¡Parece un sastre!

—¿Yo? Aprendí observando a Mamá —contesté—. Era muy hacendosa.

Me miró pensativamente. —¿De dónde es, Talon? Nunca nos lo ha dicho.

Era una pregunta que raramente se hacía en el oeste. Así que le contesté: —Es verdad, nunca se lo he dicho.

Se sonrojó y empezó a levantarse y, sin inmutarme, le contesté: —Del norte... de Colorado.

—Buen territorio —comentó, y salió fuera.

Fuentes estaba tumbado en la litera. Ahora se levantó y se tiró de las botas. —Tengo un mal presentimiento —dijo—. Me siento como un novillo de cuernos musgosos cuando se avecina una tormenta.

Le miré, entonces saqué el cuchillo y corté el hilo de cuero, lo amarré y tiré con fuerza. —Yo también —asentí.

Ben Roper entró en el patio a caballo y desmontó, quitando los arreos al caballo. Deshizo el lazo de la soga, le dio una vuelta e hizo un lazo nuevo. —¿Adónde cree que va? —pregunté a Tony.

—Él también lo siente —dijo Fuentes—, y se está preparando.

Barby Ann salió de la casa y llamó a Ben. —Me olvidé. Harley quiere que uno de ustedes le sustituya. Tiene que irse a su hacienda.

Fuentes se empezó a levantar, pero le hice un gesto para que se sentara. —Iré yo.

Afuera le dije a Ben: —Ya que tiene ese lazo en la mano, agarre uno para mí. Ese capón gris será suficiente. Sustituiré a Harley.

—Pero si acaba de volver —protestó.

—¿Y quién no? —Le sonreí abiertamente—. Tengo que salir de este barracón. Me siento ahogado.

Echó una lazada al gris, que se tranquilizó cuando sintió la soga. Era un buen caballo, uno al que nunca había montado, pero lo había visto por aquí. Le coloqué mi silla de montar y apreté las cinchas.

Ben estaba cerca enrollando la soga. Continuaba mirándome, y por fin dijo: —Joe me dice que se peleó con Barby Ann. Que ella quería que matara a Roger Balch.

—Así es.

—¿Cuánto le ofreció?

—Quinientos.

—¡Caramba! —me miró—. ¡Debe de estar muy enfadada!

—Lo suficiente para hacerlo ella misma. —Miré alrededor y no vi a nadie—. ¿Me pregunto si su padre sabe?

Ben Roper terminó de enrollar la soga. —A ése no se le escapa una —comentó—. Nadie lo pensaría, pero parece que lo sabe todo.

———

CUANDO LLEGUÉ, HARLEY me estaba esperando con la manada. —Ha tardado bastante —dijo.

—Ella me lo acaba de decir. —No me gustó mucho su actitud.

Sin decir más, giró su caballo y se fue, no hacia el rancho sino en dirección sur, donde supongo vivía. Paseé mi caballo alrededor de la manada, juntándolos un poco. Estaban bien cebados y abrevados, y se estaban preparando para pernoctar, a pesar de que todavía era la tarde. Un poco más tarde vendría otro muchacho a ayudarme, pero el ganado estaba tranquilo, disfrutando de su entorno. Normalmente por la mañana se iban a pastar césped fresco y después los acercábamos para que el rancho y las colinas ayudaran a acorralarlos.

Mientras daba la vuelta al ganado con mi caballo intentaba descubrir los inquietos y los alborotadores. Siempre había unos cuantos listos para saltar y escaparse.

Estar montado en un caballo vigilando la manada por la noche te da tiempo para soñar. Era la hora del crepúsculo. El sol se había puesto, pero todavía no reinaba la oscuridad. En el firmamento se veían unas estrellas que anunciaban las muchas que quedaban por llegar. Más tarde el ganado solía inquietarse, pero ahora, con la tranquilidad que les rodeaba, estaban echados o parados rumiando y dejando pasar el tiempo. Incluso los pocos terneros nacidos desde que los teníamos cautivos se habían tranquilizado.

Giré mi caballo gris y monté por la ladera de la colina desde donde podía ver la manada entera. Enrosqué una pierna alrededor del cuerno de la silla de montar, empujé mi sombrero hacia atrás y me puse a pensar.

Primero en Ann... Era una chica de armas tomar, fogosa y vital. Y me había ayudado cuando me hirieron de bala.

A pesar de sentir cierta tirantez y de tener cuidado de cómo llevaba el cinturón, tenía la herida mucho mejor. Había perdido sangre, pero la herida se había cerrado, y a menos que me peleara con algún novillo se quedaría así. Me cansaba rápido y así estaría hasta que me volviera la fuerza, pero en este amplio territorio de llanuras el aire era fresco y limpio y las heridas sanaban rápidamente.

Después de pensar en Ann, China Benn me vino a la

mente... Habíamos bailado juntos. Fue un momento mágico.

Recordé la caja que gané en la fiesta, y a Lisa. No sentía ningún amor por ella, pero el misterio de quién era y dónde vivía me preocupaba.

Ella tenía prisa por regresar a casa, lo que indicaba un padre o un marido estricto... aunque había negado estar casada.

Cuando cayó la noche, Ben Roper cabalgó hacia mí. —Tómese un café. Le espera una noche bien larga —me aconsejó.

—Bien —dije, pero me quedé sentado sobre el caballo. —¿Conoce el territorio al sur de aquí?

—Bastante. Quiero decir, al sur y al este. Solíamos cabalgar hasta San Antonio de vez en cuando. Si íbamos una cuadrilla de cuatro o cinco, era bastante seguro. Aunque Rossiter me dijo que había tenido noticias de que los apaches habían hecho incursiones por esa zona.

—¿Hay colonos?

Negó con la cabeza. —No, a menos que estén escondidos. Oh, hay algunos alemanes cerca de Fredericksburg..., pero sólo conducen reses por allí abajo muy de vez en cuando.

—¿Apareció Danny?

—Creo que está en la cabaña. —Me miró—. ¿Está listo para enfrentarse a Ingerman y a su cuadrilla?

—No habrá ningún problema.

Ben Roper dio vueltas a su sombrero con las manos, y se lo puso en la cabeza. Había notado que era una costumbre que tenía cuando estaba pensando. —Bien —dijo dudoso—, pero allí estaré y armado.

—¿Ben? Es usted un buen hombre, Ben. No hay

ninguna otra persona que quisiera tener detrás de mí. Creo que esta vez intentarán buscar una salida fácil que les permita salvar las apariencias, pero debemos estar listos para tener problemas con Jory. Si son tan inteligentes como espero, lo tendrán en alguna otra parte. Es rápido con el gatillo, y está deseando demostrar que es un muchacho grande ahora.

—Estoy de acuerdo —Ben volvió su caballo—. Tómese un café —dijo. Giré el caballo y me dirigí medio galopando al rancho.

En el rancho todo estaba en silencio. Las estrellas brillaban en el firmamento, y otras estaban apareciendo. Había una luz en el barracón, y dos cuartos en la casa del rancho tenían encendidas las luces. Conduje mi caballo hasta el corral, lacé y ensillé mi caballo nocturno, lo até en el corral y me fui caminando al barracón.

Joe Hinge leía el periódico, y Fuentes estaba dormido.

—¿Se presentó Danny? —pregunté.

—Supongo que estará en la cabaña —contestó Hinge—. ¿Cómo está el ganado?

—Tranquilo. Ben está con ellos.

Saqué varios cartuchos de un par de alforjas y los metí en el cinturón. Hinge soltó el periódico y se quitó las gafas que usaba para leer.

—¿No anticipa problemas en el oeste?

—Tuve una conversación con Balch. Si nos lo tomamos con calma, ellos también lo harán. Será una situación delicada... sobre todo con Jory Benton.

—En tres o cuatro días habrá terminado.

—¿Joe? Lleva bastante tiempo por aquí. ¿Qué queda al sureste de aquí?

—San Antonio —sonrió—, pero queda lejos... diría que más o menos a unas cien millas.

—Me refería en el territorio de los kiowas.

—Eso es lo que hay allí. Kiowas, comanches y hasta apaches. Es un sendero donde hacen incursiones cuando vienen a caballo de México o del Panhandle. Los comanches se suelen esconder por el Panhandle. Me lo han contado.

—Quise decir más cerca.

—Nada que yo sepa. Hay unos aljibes buenos, pero la gente los evita por miedo a los kiowas.

Me quedé por un rato, preguntándome por Danny y pensando en Lisa... ¿De dónde infiernos era? ¿Y a dónde se fue?

Todo estaba oscuro cuando salí fuera. Mi caballo se volvió para mirarme, pero enfilé hasta la casa y entré.

La cocina estaba iluminada con una lámpara de carbón y aceite, y la mesa, cubierta con un mantel de cuadros azules y blancos, estaba dispuesta para el desayuno. Agarré la cafetera y una taza y me senté en la mesa. En el aparador había buñuelos. Cogí unos cuantos y me senté a contemplar el mantel, pero no lo veía. Pensaba en el territorio al sureste de aquí en dirección a la Meseta de Edwards. Había suficientes cañones y barrancos para esconder varios ejércitos. Era un territorio inhóspito con suficiente agua si sabías donde buscarla..., pero nadie montaba hasta allí por los kiowas.

¿Habría alguna conexión entre Lisa y el cuatrero? No me gustó pensarlo, pero era una posibilidad que no podía descartar. ¿Y quién me había disparado? ¿Alguien que me conocía? ¿O un desconocido?

Poco a poco pensé en los nombres y las caras de mis conocidos. Pero no llegué a ninguna conclusión.

Escuché un débil movimiento en el cuarto de al lado, y apareció una sombra en la entrada de la puerta. Era Rossiter.

—¿Joe? —dijo inquisitivo.

—Es Talon —contesté—. Ben me acaba de sustituir para que me tome un café.

—¡Ah! —Caminó a la mesa y, extendiendo una mano, buscó la esquina—. Escuché que tuvieron problemas.

—Nada que no pueda manejar —contesté, con cierto desparpajo que no sentía—. Me han disparado, pero él no siempre podrá escaparse.

—¿Y usted? Él no va a fallar siempre.

—Si pasa eso, está Barnabás —dije—, y la cuadrilla de los Sackett.

—¡Sackett! ¿Qué tiene que ver con ellos?

—¿No lo sabe? Mamá es una Sackett. Era una montañesa, que vivía en Tennessee hasta que Papá la descubrió allí.

—¡Maldita sea! Debería haberlo sospechado. No —de repente se puso pensativo—, no tenía idea. —Tamborileó los dedos en la mesa mientras yo me bebía el café—. ¿Quiere decir que vendría toda la cuadrilla si los necesitara?

—Eso creo. Aunque todos pensamos que podemos lidiar con lo que se nos viene encima. Sólo cuando estamos en desventaja numérica se junta el clan... o cuando nos dejan en una cañada agujereados a tiros. Quienquiera que intenta matarme no sabe las que se le vendría encima si lo logra. Yo soy uno, pero si llegan siete u ocho Sackett y Talon al territorio, encontrarán al responsable.

—Si es que hay alguien.

Los buñuelos y el café estaban deliciosos, pero Rossiter se quedó sentado allí después de comer, obviamente con algo en la mente.

—¿Ha hablado con Barby Ann?

—De vez en cuando —contesté.

—Es una excelente muchacha. Ahora mismo está muy disgustada por algo, pero no me quiere decir el motivo. —Dirigió su cara hacia mí—. ¿Es algo entre ustedes dos?

—No, señor, no lo es.

—No sería mal partido. Es una excelente muchacha, Talon, y no hay mejor cocinera o pastelera en todo el territorio. Será una buena esposa.

Me empecé a intranquilizar. No me gustaba la dirección que tomaba esta conversación. Agarré el último buñuelo, le di un bocado y tomé un sorbo de café. Me levanté apresuradamente. —Tengo que marcharme. Ben me está esperando.

—De acuerdo —parecía irritado—, pero recuerde lo que le he dicho.

Me terminé el café y salí por la puerta, deteniéndome un momento para acabarme el último buñuelo. Cuando estaba fuera en la oscuridad, escuché la voz de Barby Ann, y sonaba igual de irritada como el otro día.

—¿Papá? ¿Qué estás haciendo? ¿Quieres casarme con ese vaquero inútil?

—Nada de eso. Pero pensé...

—Pues no piense. Cuando me quiera casar escogeré a mi propio marido. Para que te enteres, ya tengo uno.

—¿*Qué* tienes ya? ¿Te has casado?

—No, Papá. Pero estoy enamorada. Voy a casarme con Roger Balch.

—¿Roger *Balch*? —Su voz subió de tono—. Creía que su padre le quería casar con esa muchacha, la Timberly.

Su voz sonó fría y maléfica. —Eso cambiará, Papá. Créeme, eso cambiará.

—¿Roger Balch? —Sonaba pensativo—. Bien, Barby, no se me había ocurrido. Roger Balch... ¡por todos los demonios!

———

DE REGRESO A la manada vi a Ben Roper alejarse después de haberle dado las gracias, y después cabalgué alrededor de las reses. La mayoría estaban tumbadas, descansando hasta la medianoche.

Seguía recordando la charla que no pude evitar escuchar. Nadie había dicho nada malo en especial, pero me chocaba el tono que me pareció detectar en sus voces.

Habría jurado que Roger Balch había terminado con ella, y ese era el motivo por el que ella me había pedido que lo matara. Ahora había cambiado de opinión e iba a casarse con él.

¿Qué significaba eso?

Conducir la manada por la noche es perfecto para pensar. Todo está tranquilo y las vacas son buena compañía. Te quedas sentado en el caballo, y dejas que el hábito natural de tu mente escuche y note cualquier cosa mala con la manada, y entonces dejas que los pensamientos vayan donde quieran.

Barby Ann, enfurecida, quería que yo matara a

Roger Balch. ¿Y ahora le decía a su padre que se iba a casar con él?

¿Una farsa? ¿O un cambio de opinión? O... y el pensamiento me dejó helado... ¿había pensado en la muerte para otro?

Como Ann Timberly.

CAPÍTULO 17

JOE HINGE ESTABA sentado en su caballo y nos miraba. Estábamos Ben Roper, Tony Fuentes y yo, todos a caballo y listos para salir, pero todavía no había amanecido.

—Tómenselo con calma —aconsejó Joe—. No acarreen el ganado. Saquen de los matorrales a los que tengan la divisa de Stirrup-Iron o Spur y tráiganlos aquí. Eviten a Jory Benton y a los de su cuadrilla. Quizás trate de provocarles. Talon piensa que no nos molestarán, y espero que tenga razón, pero no se separen mucho. Tres tiros rápidos, y se juntan.

—¿Dónde?

—Justo donde nos encontramos con Talon la primer vez. Allí mismo. Pero si no tienen más remedio, cobíjense y luchen. Todos son mayorcitos y saben lo que tienen que hacer. No se compliquen mucho la vida y salgan como puedan. No queremos problemas si los podemos evitar. En primer lugar, no tiene sentido; en segundo, estamos en desventaja numérica y en armas.

Hizo una pausa. —No es que no sepamos luchar. Sabemos. He cabalgado con Jeb Stuart. Fuentes creció peleando y Ben estuvo en la Sexta Caballería. Si fuera menester, podemos demostrar de lo que somos capaces.

Miré a Ben. —¿Sexta Caballería? ¿Conoce a un

muchacho altiricón de Tennessee llamado William Tell Sackett?

Se rió. —Me hacía sonreír. ¡Directo de las montañas y sin idea de nada, pero sabía disparar!

—Es primo mío.

Ben Roper me miró. —Maldita sea. ¿Es primo de Tell? Creí que Talon era un nombre francés.

—Lo es. Mi mamá era una Sackett.

Salimos cabalgando en silencio. Estábamos a unas millas del territorio de Balch y Saddler, pero sus jinetes podían estar en cualquier lugar y esperábamos verlos primero.

Era un pastizal de hierba baja con áreas esparcidas de mezquite. Vimos algunas cabezas, la mayoría era de Balch y Saddler.

Estábamos subiendo un barranco cuando vimos a tres jinetes que cabalgaban en nuestra dirección. Eran Ingerman, Jory Benton y Roger Balch.

—¡Cabalguen tranquilos! —advirtió Hinge, agregando irritado—: ¡Vaya suerte encontrarnos con ese impetuoso joven!

Nos paramos y les dejamos que se acercaran a nosotros. Detuve mi caballo a un lado, y Fuentes hizo lo mismo.

Roger estaba de primero. —¿Dónde infiernos van ustedes? —exigió.

—Juntando ganado —contestó Hinge—. Buscamos cualquier res que tenga la marca Stirrup-Iron o Spur.

—¡Ya les dijeron que por aquí no había ninguno! —dijo Roger—. ¡Ahora den la vuelta y salgan de aquí!

—Hace un par de semanas —dije calmado— vi

ganado de Stirrup-Iron y de Spur por esta zona. Ésos son los únicos que queremos, ninguno más.

Se dio la vuelta. —Supongo que es usted Talon. He oído hablar de usted. —Continuó mirándome—. ¡En la fiesta! ¡Fue usted el que compró la caja!

—Así es —contesté.

—Bien —dijo—, ahora váyanse o los echaremos de aquí.

—Si fuera usted —dije tranquilamente—, primero consultaría con su papá. La última vez que hablé con él, no le importaba que nosotros acorraláramos nuestro ganado.

—¡Fuera, he dicho! —Entonces pareció entender lo que le había dicho—. ¿Habló con Papá? ¿Cuándo fue esto?

—Hace unos días, al este de aquí. Nos entendimos muy bien. Charlamos amistosamente. Sinceramente no creo que le guste tener problemas sin necesidad.

Jory Benton nos interrumpió bruscamente. —Demonios, Rog, déjamelo a mí. Ya basta de tanta habladera. ¿Pensé que dijiste que nos los íbamos a echar?

Hinge habló tranquilamente. —No hay necesidad de enfrentarse. Todo lo que pretendemos es sacar nuestro ganado de su territorio, la misma manera que sus muchachos querrán sacar el suyo del nuestro.

—A menos que quiera hacer un intercambio —sugirió Roper—. Ustedes se quedan con lo que es nuestro, y nosotros con lo que es suyo.

—¡Al infierno con eso! —afirmó Roger—. ¿Cómo averiguamos cuántas cabezas tienen?

—De la misma manera que nosotros sabemos cuántas tienen ustedes —dijo Roper.

Jory Benton se estaba yendo a un lado. Estaba tenso y con ganas de probar su valentía. —Rog, ya les dijiste que se fueran. Ahora ¡hagamos que se vayan!

Roger Balch estaba indeciso. La mención de que su padre había hablado conmigo lo perturbó. Era arrogante y buscapleitos, pero no quería problemas con su padre.

No sé qué podría haber pasado. Mi pistola estaba dentro de la pistolera y el rifle dentro de la funda. Jory Benton y Roger capturaban mi atención cuando Ingerman habló. —Un momento. Aquí viene Balch.

No le quité la vista a Benton, pero escuchaba que se aproximaban varios caballos.

Balch se acercó acompañado de dos jinetes. —Papá, este tipo dice que han llegado a un acuerdo. Que pueden recoger ganado.

Balch me miró. —¿Qué más te dijo?

—Nada más.

Balch dio una vuelta con el caballo. —Recojan su ganado —ordenó—, pero no intranquilicen el mío. No quiero que se espanten.

—Gracias —contesté, y cabalgué justo delante de Benton.

—Hasta la próxima —espetó.

—Cuando quiera —contesté.

———

EL VIENTO SOPLABA fuerte y estaba refrescando. Continuamos adelante, localizamos reses de Stirrup-Iron y montamos entre el mezquite para juntar el ganado.

Nos separamos y trabajamos concienzudamente

por varias millas cuadradas de desierto. Vimos mucho ganado de Balch y Saddler, pero al anochecer habíamos juntado treinta y siete cabezas de Spur y nueve de Stirrup-Iron. Las introdujimos en un cañón y preparamos una hoguera. Hacía mucho frío y el viento del norte de Tejas soplaba con ganas.

Trabajamos esa zona del territorio durante tres fríos y miserables días. Nos subimos los cuellos y nos protegimos el rostro con los pañuelos. Joe, que no tenía correa en el sombrero, se ató el pañuelo al sombrero para que no se le volara.

Había bastante madera de mezquite en el cañón, y cuando caía la noche la recogíamos para avivar la hoguera. En otro tiempo, alguien había limpiado de árboles casi un acre, probablemente para construirse una casa, y los leños estaban amontonados por doquier.

Al tercer día, Balch vino a caballo acompañado de Ingerman. Examinó el ganado. —Voy a contarlos —informó.

Yo estaba en la hoguera, calentándome las manos. —Adelante —le animé.

No necesitó mucho tiempo para examinar la manada. La atravesó y le dio vueltas con el caballo unas cuantas veces, y luego se acercó a la hoguera. —Hay café —dije—. Pero estamos cortos de comida.

—¿Le mando algo? —ofreció.

—No, tenemos suficiente. Nos vamos a marchar cuando amanezca.

—Han hecho una buena recogida. —Me miró—. Pero no hay terneros.

—No. —Estaba sentado en cuclillas cerca del

fuego—. Balch, me voy a tomar unos días y me voy a ir a explorar el sureste...

—Perderá la cabellera. El año pasado perdí un jinete por allí... era un buen tipo. Se llamaba Tom Witt. Según dijo, iba a buscar ganado salvaje. No lo volvimos a ver, pero apareció su caballo con la silla empapada de sangre. Llovió y no pudimos encontrar su sendero.

—Balch —dije—, tiene buenos pistoleros. Ingerman es bueno... uno de los mejores..., pero alguien tiene que controlar a Benton.

—Rog se ocupará de eso.

Di un sorbo al café sin contestarle. Me miraba como esperando algo, pero yo no tenía más que decir.

—No se meta donde no le llaman, Talon Benton es buen muchacho, aunque sea un tanto impetuoso.

Tiré al suelo los restos del café y me levanté. —Va armado, y cuando un hombre se coloca un revólver en la cintura, asume responsabilidad por sus actos. Quiero que entienda que su problema es de Benton, y no tiene que ser de Balch.

—Trabaja para mí.

—Pues póngale la rienda —dije con énfasis—. Si usted no hubiera llegado en ese momento, habría alguien muerto. O hasta varios. Usted tiene un hijo del que se enorgullece.

—Rog sabe lo que hace. —Balch me miró—. Talon, déjelo en paz. Le hará añicos. Aunque es bajo, es rápido y fuerte.

—De acuerdo —contesté.

Se puso de pie y se subió a la grupa del caballo. Se volvió como si quisiera decir algo, pero salió al galope. Era un hombre duro, pero solitario. Creía que el mundo lo había rodeado de un muro, y luchaba constantemente para abrirse camino, sin comprender que el muro era de su propia construcción.

De madrugada emprendimos viaje con el ganado. Teníamos casi doscientas cabezas, sobre todo de Spur.

Cuando ascendimos a las cumbres, llovía y hacía mucho frío. Aunque pareciera estar a nivel del suelo, sabía que no era así. Había cañones con cientos de pies de profundidad. En algunos habría ganado.

Hinge no era estúpido. —Talon, usted y Fuentes trabajen los cañones más cercanos, acárreenlos territorio abajo, o si hay manera, tráiganlos para aquí. Ben y yo nos quedaremos por aquí. —Y luego agregó—: Pueden tratar de espantar las reses para que huyan en tropel, y queremos estar cerca.

No se me había ocurrido pensar eso, pero Roger Balch o Jory Benton eran capaces de cualquier cosa sólo por jorobar.

Cabalgamos por la llanura hasta que el cañón más cercano dividía la tierra en dos. No había ninguna advertencia. Montábamos y de repente nos topamos con una grieta de varios cientos de yardas. En el fondo había una verde pradera, mezquites, álamos y mucho ganado.

Miramos desde el borde y localizamos la empinada senda que habían utilizado las reses. Con mi caballo casi de cuclillas, nos deslizamos hacia abajo y nos aproximamos al ganado.

En las rocas había algo escrito en indio, y quería tiempo para mirar a mi alrededor. Fuentes contempló la escritura y me miró.

—Antigua —dijo—. Muy antigua.

—¿Entiende lo que dice?

Se encogió de hombros. —Un poco... —Me miró—. Mi abuela era comanche, pero ese no es su idioma; es algo más antiguo.

Descubrió un novillo con la divisa de Stirrup-Iron y lo empezó a empujar. El novillo no quería moverse, y se me puso de frente. Tenía unos cuernos afilados como agujas, pero monté derecho a él, y en seguida se dio por vencido y dio la vuelta, agitando la cola de indignación. En el cañón había muchas reses, y cuando salimos por el otro extremo a tres millas de distancia, habíamos juntado treinta cabezas de ganado grande y bien cebado.

Salimos a un llano sembrado con mezquite. Había varias reses, y mientras Fuentes juntaba y movía las que teníamos, yo me acerqué para mirarles la divisa. Eran reses de Balch y Saddler y del comandante. Me arrimé a una de cuatro años y la conduje hacia la manada. Mi caballo sabía trabajar bien. Era un buen caballo de corte que conocía el ganado y me facilitaba el trabajo. En la grupa de ese caballo, sólo tenía que quedarme sentado y sentirme orgulloso.

Pero había algo que no me gustaba. Estábamos a cinco millas de Hinge y Roper, pero deberíamos trabajar todos juntos.

Empujé unas reses y me reuní con el ganado nuestro.

—¿Sabe cómo subir? —pregunté.

Fuentes apuntó hacia lo que parecía un muro interminable en la mesa. —¿Ve ese sitio blanco de rocas? Detrás de eso hay un sendero bastante fácil.

Encaminamos las reses, y mientras él las mantenía en movimiento, di varias vueltas inspeccionando marcas, pero no encontré ninguna res nuestra. Inesperadamente, y medio oculto por unos mezquites, encontré un fuego. Soltaba una espiral de humo, pero los carbones estaban negros; sólo las esquinas resplandecían.

Cerca, la tierra estaba revuelta y reconocí las señales. Alguien había marcado con hierro un novillo. La sangre había salpicado al castrarlo, y la tierra estaba batida por las sacudidas de los cascos.

Iba a darme la vuelta cuando vi algo más: el lugar donde alguien había puesto un rifle con dos puntas en la culata, apoyado contra una horcadura del mezquite.

Tony no estaba lejos, y le llamé. Se acercó, y le enseñé lo que había descubierto, incluida la marca que dejó el rifle.

—Tony, quiero ver esa divisa —le dije.

Asintió, y dejamos la manada mientras cabalgamos alrededor comprobando todas las marcas, buscando una que estuviera recién hecha. No vimos ninguna. Tony se puso a mi lado y se quitó el sombrero, sacudiéndolo para secarlo. —Es un tipo listo, Milo. Lo ahuyentó... lejos de donde lo herró.

Yo había pensado exactamente lo mismo y había buscado huellas, pero no vi ninguna.

Continuamos adelante con el ganado. ¿Sería el cuatrero el tipo que había herrado la res? ¿Un simple vaquero que herraba la res con la marca de su patrón? El animal que había herrado no era un ternero, sino un animal maduro... ¿Quizás un toro que estaba creando problemas?

Lo que más quería era ir a rastrearlo, pero Hinge y Roper estaban en la mesa cuidando el ganado, y teníamos más para llevarles, así que di la vuelta y continué. Entretanto intentaba recordar si había visto a alguien con ese tipo de rifle.

En aquella época había una gran variedad de rifles, y recordaba haber visto cuatro o cinco con esos ganchos en un extremo de la culata, colocados de tal forma que se ajustaban contra el hombro. Había un modelo de Sharps y otro de Ballard de esas características. Y también algunos rifles de la marca James Brown Kentucky.

—¿Conoce a alguien que tenga un rifle así? —pregunté a Tony.

Fuentes negó con la cabeza. —No que recuerde, amigo. He visto esos rifles, pero no por aquí.

Conducíamos el ganado para subir la mesa cuando oímos un tiro.

Era agudo y distintivo en el aire de la tarde, un estadillo y un eco estrellándose contra las paredes de roca.

Dejando la manada, salté con mi caballo por encima y corrí hasta el margen. Cuando llegué a la loma, vi nuestra manada algo esparcida, escuché el golpear de cascos y vi un caballo alejarse en la distancia y resonar un alarido salvaje.

Escuché un segundo tiro, de cerca, y vi a Joe Hinge yacer en el piso. Intentó levantarse, pero se desplomó.

Roper, rifle en mano, se acercó corriendo. Miré al jinete fugaz, y cabalgué hasta el ganado y desmonté de la silla de montar.

Joe Hinge miró arriba, hacia mí. —¡Jory Benton! ¡Maldita sea, nunca fui rápido con la pistola!

CAPÍTULO 18

—**B**EN, ¿QUÉ HA pasado?

Me miró fijamente, con el rostro sonrojado de enojo y vergüenza. —¡Maldita sea! Me fui hasta aquellas rocas. No pensaba estar allí más de unos minutos, pero ese inmundo coyote debía estar en su madriguera vigilando.

Ben agitó la cabeza. —Tan pronto como estaba fuera de la vista se aproximó. Escuché el ruido de un caballo y pensé que era usted o Fuentes. Lo siguiente fue el tiroteo. Lo único que le escuché decir fue: "¡Si están amedrentados, yo no! Les voy a dar una lección!" Y disparó.

—¿Era Benton?

—Era su voz. Cuando volví lo único que le pude ver fue la espalda, pero montaba ese caballo con una mancha blanca en la frente que cabalgaba cuando lo vimos anteriormente. Le pegué un tiro, pero estaba demasiado lejos e iba a mucha velocidad.

Fuentes estaba de rodillas al lado de Hinge, taponando el orifico de bala y tranquilizándole. Que Fuentes sabía hacer curas saltaba a la vista.

—Ben, necesitamos un carro. ¿Quiere ir a por él?

—Sí. —Roper fue a buscar su caballo, que estaba cerca—. Maldita sea, no lo debería haber dejado solo. Maldita sea, yo...

—Tranquilo, Ben. Hinge ya es mayorcito. Es el jefe. No necesita guardaespaldas.

—¡Lo mataré! —dijo Roper violentamente.

—No se encare con él, Ben. No vale la pena. Jory es rápido... si lo persigue, recuérdelo. Demasiado rápido para su propio bien... No piensa. Si se enfrentan a tiros, intente acertar a la primera. Para él lo más importante es desenfundar primero. Pero siete veces de diez su primer tiro pega en el polvo delante del blanco. De todas formas, asegúrese que no le dispare el segundo tiro.

—¡Que se vaya al infierno!

—Deje que pase el tiempo, Ben. Los tipos de ese talante no viven muchos años. ¿Qué pasa con ese carro?

Cuando se marchó Ben, trasladamos con cuidado a Joe a un lugar llano más bajo que la pradera, y con pedazos de la piedra de la mesa construí un muro para protegerlo del viento. Lo tapamos con la manta de la silla de montar, y nos pusimos a esperar.

—Ese tipo es un impetuoso, maldito sea —dijo Fuentes alterado—. Va a acabar con la vida de muchos si reacciona así.

—Asegurémonos que Joe no sea uno de ellos —dije, examinando el horizonte.

A menos que me equivocara, Jory Benton regresaría rápidamente para jactarse de lo que había hecho. Había desenfundado antes que Joe Hinge y lo había matado... ¡Bien, Joe sobreviviría! ¡Tenía que hacerlo! Pero el rancho quedaba lejos —y aún más en carro. Maldije amargamente.

Tenía un presentimiento de lo que iba a pasar. Jory

regresaría y contaría su hazaña. Y si Balch era inteligente, despediría a Benton al instante. Pero podría ser que algunos de su cuadrilla quisieran terminar lo que él había empezado antes de que nosotros pudiéramos vengarnos. Por ese motivo, me había quedado con Hinge y Fuentes en lugar de ir a buscar el carro.

Me fui donde mi caballo y desenfundé el Winchester. Tony me echó una mirada, pero no dijo nada. Ni falta que hacía. Sabía tan bien como yo lo que podía pasar, al igual, pienso, que Ben Roper.

Recogí un poco de leña y construí una hoguera para calentarnos durante la noche, mirando de vez en cuando por el borde al cañón abajo. Si estuviéramos allí...

Cualquier lugar menos donde estábamos: la cumbre de la mesa con pocos lugares donde ocultarse y resguardarse.

Joe abrió los ojos y miró alrededor, e intentó levantarse. —Tranquilo, Joe —dijo Fuentes—. Le pegaron un buen tiro.

—¿Viviré?

—¡Pues claro que sí! —dije rotundamente—. Pero no se altere. —Luego añadí—: ¿Joe? ¿Está de animo para que le movamos? Hemos encargado un carro, pero creo que deberíamos bajar al cañón.

Él me miró. —¿Piensa que regresarán? Jory fue quien me disparó. Maldita sea, muchachos, el condenado no me dio una oportunidad. Cabalgó hasta donde estaba y dijo que si ellos no lo hacían, lo haría él, y me disparó sin más.

Continuamos escuchándolo. —¡Demonios, sé disparar, pero nunca fui un matón. Me disparó, y entonces apareció Ben por allí y Benton se escapó gritando. Nunca me imaginé que me dispararía. Se acercó a caballo y... —La voz se le quebró y cerró lo ojos. De repente los abrió—. ¿Tienen algo de beber? Estoy muerto de sed.

Fuentes recogió su cantimplora y la sostuvo mientras Joe bebía. Joe terminó y cerró lentamente los ojos. Al instante, los abrió. —Estoy listo para que me trasladen, muchachos, no me gusta estar aquí tampoco.

Allí abajo había agua y combustible y podíamos resguardarnos si empezaba a llover. Y también podíamos mantenerlo caliente, pero arriba en la mesa, con el viento que hacía, no sería fácil mantener el fuego.

Acercamos su caballo y lo alzamos en la silla. Joe era un vaquero típico. Había pasado más años encima de un bronco que a pie, y se agarró de la silla con ambas manos mientras llevábamos el caballo abajo del precipicio.

Mirándolo, vi que estaba pálido. Pero apretó los labios y no se quejó. Cuando bajamos, lo único que se escuchaba era el ruido de los cascos del caballo sobre la roca y el crujir de las sillas de montar. Fuentes iba delante y yo justo detrás.

Cerca de una alameda que había visto, y entre los sauces, le construimos un lecho de ramas y hojas de sauce. Sabiendo que el carro no llegaría sino hasta la madrugada, colocamos una cubierta encima de él. Estacamos los caballos, y recogimos combustible para el fuego.

Hinge estaba callado, a veces dormido, tal vez inconsciente, y otras veces medio delirante. No paraba de mencionar a una tal "Mary" de la que nunca había oído hablar antes.

—Cuando amanezca me iré un par de días —dije—.

Voy a recoger nuestras reses y llevarlas por ese camino para encaminarlas hacia la hacienda.

—Sí. —Fuentes me daba la impresión que había estado pensando lo mismo—. Si llega el carro, podemos ir a recogerlos.

Fuentes durmió y yo hice guardia, dandole de beber a Hinge de vez en cuando, acomodándolo en el lecho y secándole el sudor de la frente o de los labios con un pañuelo.

Hinge era un tipo bueno, demasiado bueno para acabar de esta manera por un jovenzuelo buscapleitos impetuoso. Mentalmente, rastreé la ruta de Ben Roper hacia el rancho, visualizándolo e intentando deducir cuándo llegaría y cuánto tardaría en regresar. Habíamos hecho la hoguera en una hondonada rodeada de rocas, y dejamos que se apagara el carbón, pero lo mantuvimos caliente. A Joe le vendría bien si despertaba y lo sentía.

A medianoche, desperté a Fuentes de un puntapié. Abrió los ojos en seguida.

—Me voy a dormir —dije—, despiérteme sobre las tres.

—Vale —asintió—. ¿Cree que vendrán, amigo?

Me encogí de hombros. —Pensemos que sí, aunque no estoy seguro. De esa manera estaremos listos.

Me quedé despierto un rato, escuchando. En el arroyo había una rana y en los álamos un búho.

ME DESPERTÓ UN toque en el hombro. —Todo está tranquilo. Joe está dormido.

Sacudí las botas por si se hubiera metido dentro alguna araña, lagarto o serpiente. Me las puse y golpeé con ellas el suelo para ajustármelas. Fuentes se tumbó y me acerqué al enfermo. Estaba de lado respirando laboriosamente. Tenía los labios agrietados y secos.

Caminé hasta la hoguera y agregué unas ramas. Me senté apoyado en un viejo álamo e intenté poner orden a mis ideas.

Ni Balch ni nosotros éramos los ladrones. Dudaba que lo fuera el comandante... ¿pero y Saddler? Nunca había confiado en él, nunca me gustó, pero eso no quería decir que fuera un ladrón.

¿Un desconocido? ¿Tendría ese tal desconocido algo que ver con Lisa?

¿Qué hacer?

Primero, intentaría localizar a Lisa, estudiar la situación y acaso eliminarla como sospechosa.

Quizás lo próximo sería explorar el territorio de la Meseta de Edwards.

De vez en cuando me levantaba y daba una vuelta escuchando. Me detuve donde los caballos y les hablé suavemente. La noche estaba muy callada, y muy oscura.

Me puse a pensar en Ann Timberly y en China Benn. Era raro encontrar a dos muchachas tan bonitas en una comarca. Aunque, pensándolo bien, no era tan extraño en Tejas, donde las muchachas bonitas aparecen en los lugares más inesperados.

Regresé a la pequeña hoguera, agregué unas ramitas y regresé a las sombras del borde del campamento, sin mirar el fuego para no dañarme la visión nocturna. El viento revolvió las hojas, una rama crujió al rozar contra otra y en la distancia, debajo de los sauces, algo cayó con un sonido liviano cuando golpeó la húmeda tierra.

Escuché inquieto. De repente, cambié de postura. No me quería quedar de pie demasiado tiempo en un sitio. Me sentía incómodo. Todo estaba mojado e inmóvil..., pero algo parecía estar esperando.

Pensé en el pistolero desconocido que me había disparado. ¿Qué pasaría si viniera ahora, cuando estaba obligado a quedarme en este lugar cuidando al herido?

Algo sonaba en la distancia... El retumbar de unos cascos... Un jinete en la noche.

¿Quién sería?

De nuevo el viento agitó las hojas. Se acercaba un jinete. Regresé al borde de la oscuridad y de la luz de la hoguera y susurré:

—¿Tony?

Se despertó inmediatamente. Un suave resplandor embargaba su rostro, y abrió los ojos.

—Se acerca un jinete.

Dio un brinco y salió de la cama, e igual de rápido, se cobijó en las sombras y vi el fuego reflejarse en el cañón del rifle. Ese mexicano se movía como un gato.

El jinete subía a través de los conjuntos de mezquite, y casi podía oír las vueltas que daba el caballo tratando de evitarlas..., pero siempre avanzaba. Éste no era un jinete principiante; era alguien que venía *aquí*, a este preciso lugar.

De repente, el caballo estaba más cerca, aminoró su trote, pero seguía. Sonó una voz en la oscuridad.

—¿Milo?

—¡Acérquese! —grité.

Era Ann Timberly.

CAPÍTULO 19

ME MIRÓ FIJAMENTE, estupefacta. —Pero...
¡me dijeron que usted estaba herido!

—A mí no. Jory Benton le pegó un tiro a Joe Hinge.

—¿Dónde está? Se bajó con las alforjas antes de
que pudiera ofrecerle una mano para ayudarla. Antes
de que pudiera contestar, lo encontró con los ojos y
fue rápidamente a su lado y le abrió la camisa.

—Necesito agua caliente, y más luz.

—No tenemos donde calentarla —protesté.

Ella me miró como hastiada. —Tony tiene una cantimplora. Cuélguela encima del fuego y se calentará
rápidamente. Y no me mire así. He curado muchas
heridas. ¡Parece olvidarse que me crié en un campamento del ejército!

—No lo sabía. —Tony le quitó el forro a la cantimplora, y ayudándose de un palo, la sostuvo encima del
fuego. Yo rompí unas ramas y avivé la llama.

—¿Cómo llegó hasta aquí? —pregunté.

—A caballo, estúpido. Se acercan con un carro,
pero supuse que tardarían bastante tiempo. Así que
me adelanté para ver cómo podía ayudar.

Me hablaba mientras limpiaba la herida lo mejor
que podía con un antiséptico y un trapo, después de
bañarla con agua.

No nos hacíamos ilusiones. Ella podía saber como
curar una herida de bala u de otro tipo, pero ni los

propios médicos sabían demasiado, y tampoco había ningún hospital por allí cerca. Sobrevivir era una cuestión de descanso y constitución, sobre todo lo último. Aunque había visto muchas veces sobrevivir a tipos con unas heridas muy serias.

Tony había agarrado su caballo, le había dado un paseo y ahora le estaba almohazando. Ese caballo llevaba mucho tiempo cabalgando duro. Viéndole a ella agachada cerca de la hoguera, no pude por menos de maravillarme. No había titubeado, y había venido tan rápido como la podía traer un caballo.

Y sobre eso le pregunté. —Cambié de caballo dos veces —dijo—, en el campamento de Stirrup-Iron y en el campamento indio.

El pelo se me puso de punta. —¿El campamento indio? ¿Dónde?

—Aproximadamente veinte millas al este. Un puñado de kiowas.

—¿Los *kiowas* le dieron un caballo?

—¿Por qué no? Necesitaba uno. En cuanto llegué a su campamento les informé que había un hombre herido y necesitaba un caballo y que llevaba medicinas en las bolsas. No me preguntaron más, sólo me cambiaron el caballo y la silla de montar y me despidieron.

—¡Santo cielo! ¡Qué atrevimiento!

—¿Pues, qué podía hacer? Necesitaba el caballo y ellos tenían muchos, así que me dirigí derecho a ellos.

—¿Iban con mujeres?

—No, iban solos. Eran guerreros. —Me miró y sonrió—. Los sobresalté, supongo, y me dieron el caballo sin problema... Quizás fue la bolsa de las medicinas.

—Debió ser su desfachatez. No hay nada que un

indio respete más, y pensarían que usted tenía algo de magia.

Miré a Fuentes, quien se encogió de hombros y meneó la cabeza. ¿Qué se podía hacer con una muchacha así?

No obstante, nos sentimos aliviados. Ninguno de nosotros sabía muy bien cómo curar una herida, aunque Fuentes era mejor que yo. No llevábamos nada para hacer una cura, y yo no conocía las plantas medicinales que había por allí y que un indio podría haber utilizado.

Al rato, Ann se acercó a donde yo estaba parado. En el este brillaba una tenue luz gris, y juntos contemplamos el oscuro perfil de las colinas resaltar con la creciente luz.

—Pensé que era usted —dijo—. Me dio miedo.

—Me alegro que viniera. Pero no debería haberlo hecho. Tuvo mucha suerte con esos indios. Si ellos la hubieran visto primero, la historia sería otra.

—¿Jory le disparó? —preguntó.

Le conté lo que había pasado. —Ahora que está usted aquí, Fuentes y yo montaremos hasta la mesa y juntaremos el ganado de nuevo. No creo que se hayan ido muy lejos.

—¿Qué va a pasar ahora?

Esa pregunta no me había llevado a ninguna parte, y había pensado mucho desde que Jory disparó. Sólo nos quedaba esperar y ver qué pasaba.

—No sé —contesté.

Podía ser un enfrentamiento a tiros, y sabía como eso terminaba. Empezaría con un par de tiros y acabaría convirtiéndose en una guerra a tiros donde nadie estaría a salvo, ni siquiera los desconocidos de paso, porque si no estaban del lado del pistolero debían ser del otro.

Se me ocurrió algo que no había pensado antes. —Monté del noroeste —dije—, y no tenía ninguna razón para pensar en ello. ¿Pero dónde consiguen suministros? Estamos muy lejos de todo.

—San Antonio —contestó—. Nos juntamos. Su cuadrilla, la nuestra y la de Balch y Saddler. Cada uno envía dos o tres carros y varios chóferes y un par de escoltas. A veces los soldados del Fuerte Concho nos acompañan para protegernos.

—¿Y si no fuera a San Antonio?

—No hay muchas opciones. Hay una estación de diligencia, llamada Ben Ficklin's, que vende suministros. Queda a aproximadamente cuatro millas a este lado del fuerte. Hay otro lugar a la orilla del río, enfrente del fuerte, que se llama Over-the-River. Allí hay un colmado, varias cantinas y unas cuantas casas de citas. Los muchachos me dicen que es un lugar muy violento.

Si alguien estaba al sur de nosotros, la gente de Lisa, quiénes fueran, conseguirían los suministros en uno de esos dos lugares. Era posible, aunque poco probable, que fueran hasta San Antonio a solas, atravesando territorio kiowa y apache. Incluso llegar a Ben Ficklin's o a Over-the-River sería difícil. Pero, de repente, entendí que era un recorrido que tenía que hacer.

Cuando aclaró, Tony y yo salimos del campamento y nos dirigimos hacia las montanas. Nuestras reses ya habían encontrado cómo llegar al arroyo para beber agua, pero no podíamos esperar a que llegaran las otras.

Estaban algo dispersas, pero dimos una gran vuelta y las juntamos. Muchas de ellas ya estaban acostumbradas a que las guiáramos e iban hacia el agua. De vez en cuando algún rebelde intentaba alejarse sólo para fastidiar, pero los conducíamos a la manada y los encaminábamos hacia la meseta y los esparcíamos a lo largo del arroyo para que abrevaran.

El día estaba terminando cuando logramos bajarlas a todas. Tony cabalgó cerca de mí, enroscó una pierna en la perilla y sacó los elementos necesarios para hacerse un cigarro. Echó su sombrero hacia atrás y dijo:

—¿Gusta de usted?

—¿Quién?

Parecía molesto. —Ann Timberly. La señorita.

—¿Esa? Lo dudo.

—Seguro que sí. Lo sé. Si quiere saber sobre el amor, pregúnteme. ¡Me he enamorado una docena de veces!

—¿Enamorado?

—Claro. Las mujeres están para que las amen, y no puedo permitir que pierdan el tiempo anhelando la llegada del príncipe azul. Es mi deber, ¿me comprende?

—Qué mala suerte —dije—, ya veo cómo sufre.

—Claro. Los mexicanos nacemos para sufrir. Nuestros corazones están acostumbrados. Un mexicano nunca está tan contento como cuando está triste... triste por una señorita, cualquiera que sea. Es bueno tener el corazón partido, amigo. Es mejor tener el corazón partido y cantar que conquistar a la muchacha y tener que mantenerla. No puedo concebir amar sólo a una. ¿Cómo puedo ser tan cruel con las otras? Todas merecen mi atención, y entonces...

—¿Entonces?

—Me largo, amigo. Cabalgo hacia el ocaso, y la muchacha me anhela... una temporada. Después encuentra a otro. Alguien que es un necio. Se queda con ella, y ella se desilusiona y siempre me recuerda... quien fue lo suficiente inteligente para irse antes de que ella se diera cuenta que no era ningún héroe, sino otro hombre cualquiera. ¿Así siempre soy un héroe para ella, ¿lo entiende?

Resoplé, mirando una res de cuatro años parecida al Viejo Moteado.

—Somos hombres, amigo. No somos dioses, pero cualquiera puede ser un dios o un héroe para una mujer si no se queda mucho tiempo. Porque si no, ve que es un tipo normal que se levanta por la mañana y se pone los pantalones, una pierna primero y la otra después, como cualquier hombre. Le ve enojado y sin afeitar, o con la vista nublada de cansancio o demasiado alcohol. ¿Y yo? ¡Ah, amigo! ¡Ella siempre me recuerda! ¡Siempre bien afeitado! ¡Siempre aseado! Siempre montado en un bello caballo, jugando con los bigotes.

—Eso es lo que *ella* recuerda —dije—. ¿Y usted?

—De eso se trata. Yo también guardo un buen recuerdo de una muchacha bonita que abandoné antes de que me aburriera. Para mí siempre será joven, alegre, encantadora, animada.

—Ningún recuerdo le mantendrá caliente en una noche fría, o le traerá el café caliente cuando llegue empapado por la lluvia —dije.

—Claro. Tiene razón, amigo. Y sufro por eso. ¡Pero piense en todos los corazones que he satisfecho! ¡Piense en todos los sueños!

—¿Satisfizo algún corazón alrededor de Ben Ficklin's?

Cuando me miró de nuevo, ya no mostraba sus blanquísimos dientes. —¿Ben Ficklin's? ¿Ha estado usted allí?

—No... por eso quería enterarme... Y de Over-the-River también.

—Over-the-River, amigo, es un sitio inhóspito. Ahora lo llaman Santa Ángela, por la cuñada de DeWitt, que es monja.

—Estoy pensando hacerme un viaje hasta Over-the-River y hasta Ben Ficklin's. Podría ser interesante averiguar quién va allí, y qué está pasando en los alrededores.

—Principalmente soldados de Concho. Y unos cuantos forasteros.

Recogimos un par de novillos de Balch y Saddler que se querían juntar a nuestro ganado y llevamos las reses nuestras hacia el campamento. Cuando lo tuvimos a la vista, vimos el carro, los caballos desenganchados, y Ben Roper que estaba de pie al lado de la hoguera masticando un bollo. Cerca Barby Ann hablaba con Ann.

Barby Ann me miró de reojo sin ningún cariño, y me ignoró. Roper me miró y se encogió de hombros.

—¿Cómo va la junta en el rancho? —pregunté.

—Regular. Llevamos un puñado y estamos listos para herrarlos cuando vengan a ayudarnos.

—Nos va a faltar gente —contesté—. Joe no podrá trabajar durante una temporada y sólo quedamos usted, Fuentes, Danny y yo.

Roper me echo una ojeada. —¿No se enteraron que Danny nunca regresó? —Hizo una pausa—. Monté hasta la cabaña para traer de vuelta las reses que él había recogido, y no estaba allí. La chimenea estaba sin encender... llevaba así varios días, y nadie le había dado de comer a los caballos.

Dio un puntapié en la arena. —Vi su sendero. Montaba en esa grulla que le gusta. Le rastreé hacia el sur siete u ocho millas, y regresé. Parecía como si tuviera claro a donde iba, o eso pensaba.

De repente, Roper maldijo. —No me gusta nada, Talon. Creo que corrió la misma suerte que Joe Hinge. Sospecho que alguien lo ha matado.

CAPÍTULO 20

CUANDO AMANECIÓ, Y el sol resplandecía sobre la firme tierra, Joe seguía igual. Le habían pegado un buen tiro, había perdido sangre y el paseo agotador en el carro no le había ayudado. Pero era de buena constitución, y ese tipo de hombre no muere fácilmente.

No necesitábamos un capataz que nos recordara nuestras obligaciones. Teníamos que llevar el ganado a pastar y vigilarlos todo el día, y la manada había crecido. Un hombre no era suficiente para cuidarlos, aunque en la madrugada, cuando el pasto estaba empapado de rocío y se habían hartado de agua, no había de qué preocuparse.

Durante la noche Danny no había regresado, y mirábamos la litera vacía sin hacer ningún comentario. Todos habíamos encontrado literas vacías alguna mañana; a veces regresaba el caballo con la silla de montar ensangrentada, a veces ni eso.

Nuestra vida era dura y la vivíamos en una tierra inhóspita, y no había tiempo para lamentarse porque el trabajo tenía que hacerse.

Habría uno menos para trabajar y para sentarse ante la mesa, y un caballo menos para ensillar por las mañanas.

Ben Roper estaba enrollándose la soga cuando llegué al corral y eché un lazo al caballo blanquecino que últimamente prefería. Me miró cuando crucé con el caballo por la verja.

—¿Piensa que está tratando de conquistar a esa Lisa?

Tenía las manos puestas encima del caballo y cavilé lo que preguntaba. —Ahora no —repuse—, pero es probable que fuera el motivo de su viaje al sur. Quizás sabía donde vivía, o fue a averiguarlo. Pero pienso que se encontró algo que no esperaba.

—Qué niño tan tonto —dijo Ben irritado.

—Sí —dije—, pero todos hemos sido estúpidos en alguna ocasión. Él no tenía la exclusiva, y añoraba tener una muchacha. La última vez que estuvo en la cabaña —continué—, tenía barro fresco en las botas, y había barro en los cascos de su caballo. Me dio que pensar. —Eso era todo lo que iba a decir.

Ben lo meditó. —Se pudo embarrar en muchos sitios. En Lacy Creek quizás, o... al este. El Colorado está muy al este.

—¿El Colorado?

Asintió. —En Tejas también tenemos uno.

—El ganado robado —dije— parecía dirigirse al sureste. ¿Cree que sabía algo?

Se encogió de hombros. —Pudo haberse largado en busca de esa chica y se topó con algo.

—¿Conoce a alguien que tenga un rifle con ganchos en la culata?

Ben reflexionó y agitó la cabeza. —Los he visto acoplados a un Sharps, y a algunos rifles de Kentucky. Sí, ya sé. —Empezó a ensillar su caballo—. También vi esas señales.

—Ben, tenemos que agarrar al cuatrero. Nos está

robando los terneros. Dejemos algunos de cebo, y sigámosle.

—Tal vez —Roper parecía dudar. Sólo quedamos usted, Fuentes y yo, y hay trabajo para seis personas —y eso si evitamos una guerra a tiros.

—Barby Ann nos echará una mano. Quiero decir, nos ayudará, pero necesitaremos más gente.

Ensillamos los caballos y regresamos al barracón. Joe se había mudado al rancho, donde Barby Ann podría atenderlo cuando nosotros estuviéramos fuera.

Metí un par de cartuchos en el Winchester y lo llevé a la silla de montar. Coloqué las alforjas y puse el Winchester en el portafusil. Estábamos matando tiempo. Sabíamos que había trabajo que hacer, pero esperábamos como si fuera a pasar algo.

Por fin, monté el bronco y me fui a donde estaba el ganado. Fuentes se despidió y se fue a la hacienda a desayunar. Había demasiado ganado para un jinete, pero estaban ocupados pastando. Monté alrededor, recogiendo unas reses que se habían desviado. Después subí al monte para contemplar el panorama.

Lejos, hacia el oeste, había una niebla azul que ocultaba la cúspide de la roca y también distinguía la silueta oscura de las colinas en el horizonte... a unas veinte millas de distancia.

También se veía una línea verde donde estaba Lacy Creek, y donde el Viejo Moteado solía cobijarse. Era mejor territorio para ovejas que para ganado. Yo era montañés y no odiaba las ovejas como casi todos los ganaderos.

Bert Harley debía haber regresado. Pero no vi ningún movimiento por allí. Era un territorio inmenso.

Hacia el este se divisaba una línea que podría ser un brazo del Concho... No conocía este territorio demasiado bien, y tenía que adivinar lo que no conocía... lo cual podía ser peligroso.

Ben cabalgó hasta donde yo estaba. —Rossiter quiere que empecemos a herrar en cuanto podamos. Quiere sacar la manada del territorio antes de que se separen y se vaya todo al infierno.

—De acuerdo. —Apunté la loma de una colina al sur en el horizonte—. ¿Qué es eso?

—Creo que Flattop. Esta mañana el aire está despejado.

—¿Conoce la hacienda de Harley?

—No. Bert nunca ha invitado a nadie. Le gusta estar solo. Ya le conoce. Es buen tipo, pero es introvertido y poco sociable. No sé dónde vive exactamente. La gente vive en esta comarca desde hace sólo cuatro o cinco años, y nadie la conoce bien.

Ben continuó. —Marcy exploró todo esto, pero no sé dónde fue. Creo que al norte, pero no estoy seguro. La gente ha ido instalándose gradualmente, pero los indios mataron a mucha gente y algunos colonos se dieron por vencidos después de unos años de sequía.

Se detuvo para examinar el paisaje. —Se comenta que hay seis ranchos en la Cuenca, como lo llamamos nosotros. La hacienda del comandante, Balch y Saddler, Spur, Stirrup-Iron, la finca de Bert Harley, y un poco más al sureste hay una cuadrilla de mexicanos... se llaman López. No sabemos mucho de ellos. Se ocupan de sus propios asuntos y la mayoría de su pastizal está al sur.

Ben hizo una pausa. —Nunca he visto a López. Ya

estaba aquí antes de que llegáramos nosotros, pero he oído que es un buen tipo.

Se alejó interceptando el paso de un par de reses que se escapaban de la manada.

Herrar tanto ganado iba a ser mucho trabajo para tres hombres, aunque Barby Ann ayudara. Tardaríamos y sería mucho trabajo. Para mí, aunque nunca evité el trabajo, no tenía muchas ganas de acometer éste.

Bert Harley apareció a media mañana, y me fui al rancho. Fuentes estaba allí. Había estado en la cabaña.

—¿Amigo? ¿Esa camisa que llevaba cuando le dispararon? ¿La roja de cuadros?

—¿Y qué?

—¿La trajo consigo? ¿La trajo aquí?

—De hecho, la lavé y cuando se secó, la doblé y la metí debajo de la almohada en mi litera. ¿Por qué lo pregunta?

—Eso pensé que había hecho. La he visto allí un par de veces..., pero ha desaparecido.

Le miré, preguntándome qué era lo que pretendía, y de repente lo vi todo claro. —¿Cree que Danny se puso mi camisa?

—Mire... —dijo, enseñándome una camisa azul sucia que era de Danny—. Iba de conquista, ¿no? Vio su camisa, y pensó que a usted no le importaría, y cambió su camisa sucia por la suya limpia de cuadros rojos y blancos.

Ben Roper, que estaba escuchando, se acercó. —¿Piensa que alguien lo confundió con usted?

—Bueno, yo le pisaba los talones a alguien. No sé

qué caballo montaba ese día, pero creo que era gris. ¿Si él llevaba mi camisa y montaba una grulla... a poca distancia?

Eso es todo lo que se dijo en ese momento.

Cuando amaneció empezamos a herrar. Fuentes era el mejor con la soga, así que Ben y yo le cambiamos lazar por herrar. Siendo sólo tres tardamos bastante, aunque Tony nunca falló una lazada y trabajamos todo el día. Era un trabajo abrasador, polvoriento, y casi todo el ganado que herramos era viejo y más resabiado de lo normal.

A mediodía Fuentes de repente proclamó: —¡Se acercan jinetes!

Ben se dio media vuelta, miró por el sendero, caminó hasta su caballo y sacó el Winchester de la funda. Yo me quedé parado esperando. Herrando o no, siempre cargaba mi pistola por si había complicaciones.

Era Balch acompañado de Vansen y Klaus. Ingerman no estaba con ellos.

Balch se me acercó y me miró de arriba a abajo.

—Si están herrando, quiero que vigile mi representante.

—Por supuesto —contesté—. Estamos herrando. Que venga ya.

—Vansen se quedará —dijo.

—Ni hablar —contesté—. Usted dejará a un ganadero, no a un pistolero.

—¡Dejaré a quien me dé la real gana! —replicó Balch bruscamente.

Hacía calor, todo estaba polvoriento y estaba cansado. Hacía poco habíamos herrado una res de cinco años que nos había dado problemas, y no tenía ganas de hablar tonterías.

—Balch, la persona que mande tiene que ser ganadero. Así podrá echarnos una mano cuando lo necesitemos. No tenemos tiempo para gorrones. Cada cabeza que tenemos en este montón pertenece a Stirrup-Iron o a Spur, pero el ganadero que envíes puede comprobar lo que quiera cuando le apetezca. Pero preferiría que usted se quedara. Quiero a un hombre que conozca el ganado y las divisas.

—¿Piensa que no sé nada? —dijo Vansen belicosamente.

—Esto es ganado —dije duramente—, no son naipes ni botellas.

Apretó los labios y por un instante pensé que iba a retarme, pero Balch alargó una mano para detenerlo.

—¿Buscando problemas, Talon? —preguntó fríamente.

—Ya hemos tenido problemas —contesté brevemente—. Benton le disparó a Joe Hinge, ¿o no lo sabía? Si tiene que haber algún jinete de su cuadrilla aquí, será usted o enviará a alguien que sea ganadero, no a un pistolero.

Vansen desmontó y se despojó del cinturón. —Dijo que no quería un pistolero. Bien, ya no estoy armado. ¿Quiere despojarse de las suyas?

Miré a Roper, que empuñaba el Winchester. —De acuerdo —contesté—. Me quité el cinto y se lo entregué a Fuentes, y Vansen lanzó un puñetazo.

Por algo lo llamaban Knuckles. Se suponía que era un pugilista. En el barracón se comentaba que le había pegado a muchos hombres. No sé donde los encontró.

Me lanzó el primer puñetazo cuando estaba de costado, pero oí su bota sobre la gruesa arena, y cuando se movió, le interpuse un brazo. Me lanzó un derechazo al rostro, con mi costado derecho hacia él. Mi brazo bloqueó su golpe parcialmente. Entonces le di un revés con el puño que lo dejó tambaleante. Dándome la vuelta mientras él intentaba ponerse derecho, me adelanté propinándole un izquierdazo en plena cara. Me agaché evitando un palmetazo con la derecha y le pegué en la barriga con la derecha.

Se desplomó con un gruñido, y di un paso atrás, más cerca de Fuentes y mi pistola, que colgaba del pomo de su silla de montar.

—Llévese el muchacho a casa —dije a Balch—. No es buen luchador.

Vansen, medio recuperado, arremetió contra mí y yo le pegué con la derecha bajo la barbilla. Se desplomó en el polvo sobre las rodillas y después se golpeó en la cara.

—Cámbiele también el nombre —dije—. Llámelo Vansen, Abierto a Todo, a partir de ahora.

La cara de Balch estaba rígida de enojo. Por un instante pensé que iba a bajarse del caballo para ocuparse de mí él mismo, y eso no sería buen negocio. Sospechaba que Balch era un luchador de primera... Y ya me habían advertido que era el mejor pistolero de toda su cuadrilla.

—Enviaré a un ganadero —dijo fríamente.

—Envíelo, y será bienvenido. Aquí trabajamos con vacas. —Hice una pausa—. Otra cosa... ¿Todavía trabaja Jory Benton para usted?

—No... Ya no. Ese tiroteo fue su propia idea. Y si todavía sigue por aquí, también es su idea.

Agarré mi cinto y me lo abroché delante. Ellos habían dado media vuelta listos para partir, pero esperaban a que Vansen se arrastrara a la silla de montar, y dije: —¿Balch?

Se volvió, sus ojos todavía llenos de enojo.

—Balch, usted no es ningún estúpido. No permita que las provocaciones nos hagan hacer algo de lo que ambos nos arrepintaremos. Como dije anteriormente, alguien nos está robando el ganado, y a ese alguien le vendría muy bien que acabáramos a tiros. No hay que ser muy inteligente para apretar un gatillo, pero si salimos victoriosos de ésta, será porque somos lo suficientemente inteligentes como para no empezar el tiroteo.

Se dio media vuelta y se fue cabalgando, pero era listo y retendría lo que le acababa de decir.

Cuando se fueron, Ben Roper me miró y agitó la cabeza. —No sabía que supiera pelear así —dijo—. Cuando le pegó con la derecha, pensé que lo había matado.

—Venga —dije—, herremos algunas vacas.

Nadie más vino, y trabajamos con el ganado durante los siguientes tres días sin interrupción. Era un trabajo duro, abrasador e intenso, pero ninguno de nosotros conocía otro, y nos entregamos en cuerpo y alma para hacerlo. Marcamos con hierro las reses y las llevábamos hasta un pequeño valle cercano, donde las dejábamos bajo la atenta mirada de Harley.

Por la mañana nos levantábamos y salíamos del rancho antes del alba. Y cada noche, después de cenar, no perdíamos el tiempo. Estábamos demasiado cansados para jugar a las cartas o incluso para hablar. El ganado del que nos ocupábamos no eran terneros, sino reses grandes sin divisa que habían corrido salvajes por el llano.

Nos tomamos el domingo libre y nos dedicamos a holgazanear. Pero yo holgazaneaba de otra manera.

—Me voy a dar un paseo —dije a Barby Ann.

Ella sólo me miró. Desde que me había negado a aceptar los quinientos dólares para matar a Roger Balch, casi no me hablaba.

Fuentes y Ben Roper estaban allí.

—Sé que tenemos que trabajar —dije—, y dudo estar de vuelta de madrugada.

—¿Adónde va?

—A buscar a Danny —contesté.

Nos hacía falta tener ayuda y había ganado que juntar, pero algo me carcomía, preocupándome. Si estaba muerto, lo cual era probable, era una cosa. ¿Pero y si estaba malherido? ¿Tirado en alguna parte agonizando?

Danny no significaba nada para mí excepto que era un ser humano y montábamos para la misma divisa. Además, sabía que los otros también pensaban en él.

Ensillé mi propio caballo pardo y me fui cuando el sol estaba alto. Subiendo el cerro, me calé el sombrero para protegerme la vista y observar el territorio.

Había llovido, y el sendero habría desaparecido. Pero montaba la grulla y había llevado camisa de cuadros blancos y rojos.

Y probablemente había ido a buscar a Lisa, que vivía en alguna parte al sureste... O eso suponíamos.

Al sureste estaba el territorio de los kiowas, de los comanches y por donde cabalgaban los lipans.

Incluso los carros de suministro de los ranchos sólo lo cruzaban con escolta armada. Y allí me dirigía... solo.

CAPÍTULO 21

CABALGUÉ EN SOLITARIO por un territorio de espacios infinitos. En la distancia el horizonte se unía al borde de las llanuras. Pero sabía, de haber montado semejantes distancias anteriormente, que no había borde ni fin, sólo un horizonte interminable y una distancia profunda.

Había antílopes, rebaños de búfalos de las inmensas manadas que antaño habían poblado las llanuras, desplazándose como un inmenso mar negro.

Mi pardo cabalgaba con las orejas paradas, porque era tan nómada y aficionado a la silla de montar como yo, siempre buscaba el más allá, ávido de nuevos senderos y retos.

No seguía un sendero concreto, porque la lluvia los había borrado todos. Montaba dejándome conducir por el instinto y dando iniciativa al caballo. El pardo había sido salvaje y rastreaba el sendero tan bien como un galgo, y con la cautela de un lobo. En algún lugar al sureste estaba el ganado robado, y aunque sus huellas habían desaparecido, sus heces quedaban.

Además, la tierra se extiende de cierta manera, y el jinete y la manada van por donde pueden. Un jinete nunca subirá una cuesta a menos que quiera mirar el horizonte, y una manada nunca lo hará. El ganado, como el búfalo, busca el camino más fácil, y lo encuentra mejor que un topógrafo.

La manada iría alrededor de las colinas, por desfiladeros poco profundos, por los barrancos más fáciles. Por eso tenía que seguir ese camino. El único inconveniente era que los indios también cabalgarían por este sendero hasta que estuvieran cerca de su presa; aunque de vez en cuando un indio subiría a un cerro para ojear el panorama.

Era un territorio lleno de espejismo, e igual que un espejismo, parecía mostrarte el horizonte, también te podía descubrir a los hombres. Si un hombre estaba acostumbrado a los espejismos, podía sacarles buen provecho. Los indios eran quienes mejor los conocían de cabalgar por este territorio salvaje al norte de México.

Las cumbres de López quedaban al sureste, y las mantuve allí, usándolas como mi punto de referencia para mantener el curso. Cabalgué hasta el fondo de un arroyo y me paré debajo de unos nogales a escuchar.

El viento sólo revolvía las hojas de vez en cuando. Escuché el murmullo del agua, que fluía mejor por las últimas lluvias. Me dirigí hacia el este buscando huellas, parándome de vez en cuando para escuchar y mirar a mi alrededor. Todo estaba en silencio.

Había huellas de antílope, ciervo y de jabalís salvajes, que nunca había visto tan al noroeste. Aunque podían llevar allí tiempo, porque desconocía este territorio.

Había huellas de ganado y una huella enorme, bastante reciente, del Viejo Moteado. Yo había aprendido a reconocer sus huellas.

Estaba seguro que el ganado robado había atravesado este arroyo. La lluvia había borrado otras huellas, pero por donde habían pasado por el barro aún quedarían algunas. Era probable que Danny Rolf hubiera pasado por aquí en busca de Lisa. Acaso también ella pasó por aquí, a menos que hubiera intentado despistarme. Cuando la dejé en el arroyo, podría haberse encaminado al este o al oeste.

¿Al oeste? Quizás, pero no estaba seguro. Cuanto más al oeste cabalgaba uno, más salvaje se volvía el territorio. Y había menos agua. Era territorio abierto también, y cerca de los Pecos todo era árido.

Lo más probable era que hubiera ido al este o al sur..., pero ¿y los indios?

¿Y dónde, pensé de repente, estaba la hacienda de Bert Harley?

La parada de la diligencia de Ben Ficklin's estaría por lo menos a cuarenta millas.

La hacienda de Harley no estaría a más de diez millas del rancho Stirrup-Iron, así que debería estar a lo largo de este arroyo, o en algún barranco cercano. Pero eso no era lo que estaba buscando.

De repente, a cincuenta yardas... vi al Viejo Moteado.

Levantó la cabeza para mirarme. Con la cabeza en alto así, yo hubiera podido pararme debajo de sus cuernos, era así de enorme. Y estaba en buena forma también.

Por un instante el pardo y yo nos quedamos inmóviles mirándolo. Entonces orienté mi caballo en otra dirección y le saludé con la mano. —Tranquilo, muchacho, nadie va a acorralarte —dije. Le di la vuelta, y no me quitó los ojos de encima. Cuando me alejé, de repente giró y me miró como si fuera un felino.

El arroyo fluía silencioso cerca del sendero. Cabalgué sorteando las pacanas, los nogales y los robles; el mezquite quedaba apartado del agua.

Me detuve, de repente, a media milla de donde encontré al Viejo Moteado.

Por aquí el rastro de numerosas reses cruzaba el arroyo en dirección sur. Las huellas eran de hacía varios días; también había otras de paseos anteriores medio borradas por los elementos. Siguiendo adelante, el pardo se ahuyentó y vi una cascabel cruzarse por nuestro camino. Se detuvo con la cabeza levantada y me miró con cara de pocos amigos. Mediría cinco pies y era del ancho de mi muñeca.

—Apártate de mi camino —le grité—, y yo me apartaré del tuyo. —Di la vuelta con el pardo y crucé el arroyo. El agua le llegaba a las corvas. Siguiendo las huellas del ganado, atravesé las plantas de mezquite y salí a la llanura.

Allí me detuve. Las cimas de López quedaban al sureste. En el sur había otra cima más próxima aún más alta. Aquí las llamaban montañas, pero en Colorado no serían tales. Sin embargo, era un territorio abrupto.

La cima al sur estaría a veinticinco millas, pero a cinco o seis millas se distinguía algo verde, que podían ser árboles cercanos a un arroyo. El problema era que una vez que llegara a la llanura, cualquiera que estuviera vigilando podría verme. Había algunas hondonadas, pero menos de las que hubiera querido.

Rastreando los bancos del arroyo de nuevo, no encontré huellas de caballos herrados. Quien fuera manejando el ganado tendría que ir a caballo… ¡a menos que montara un potro indio!

Era algo que debía considerar.

Pensé que quien fuera debía haber volado, porque no había huellas de ningún tipo de caballo, herrado o no.

Confundido, continué mirando el terreno... Ni huella de caballo, pero el ganado raramente se junta así a menos que lo conduzcan. Normalmente caminarían en fila india.

De pronto se me ocurrió algo más. Me habían informado que había seis ranchos por aquí, pero no sabía de ninguna granja... ¿De dónde entonces era China Benn?

El herrero de Balch y Saddler la había traído al baile... ¿Sería familia de uno de ellos? No me había dado esa impresión.

Pensando en China, me vino a la mente Ann Timberly. ¡Vaya muchacha! Era bella, decidida, rápida, segura y siempre estaba donde la necesitaran, dispuesta a hacer lo que fuese. ¡Incluso pegarme con el látigo! Me carcajeé, y el pardo puso las orejas en alto, sorprendido.

Las huellas del ganado que iban al sur marcaban mi sendero. De vez en cuando había la huella de un casco. Además había un camino por donde habían pasado muchas cabezas de ganado.

Me cobijé a la sombra de un acantilado, a unos veinte pies de alto, para pensar la situación de manera más detallada. De ahora en adelante estaría en territorio enemigo, no sólo en territorio de ladrones de ganado.

Al sur, probablemente cerca de las cimas de López, estaba el Medio Concho. Ese era un territorio infernal, y sería arriesgado cabalgar por aquí.

En cuanto a Danny: o estaba muerto o se había largado del territorio, y no tenía sentido añadir mi esqueleto al suyo en las llanuras del Concho.

Mi montura empezó a moverse, cansada de estar quieta. No habíamos recorrido más de cincuenta yardas cuando un ancho barracón atravesaba el que cabalgábamos; venía del nordeste y vi las huellas antes de llegar al comienzo.

Dos jinetes...

Confundido, estudié el sendero.

Uno iba siempre de primero y el otro le seguía detrás, de lado. Las huellas eran de la noche anterior, porque se distinguían las diminutas huellas de los insectos que habían arrastrado tierra al pasar por las huellas por la noche.

Cautelosamente, miré alrededor... No vi nada. Más huellas. Reconocí la pisada larga y firme del primer caballo: el jinete desconocido... y probablemente el pistolero que había intentado quitarme el cuero cabelludo... Las huellas en algunos sitios estaban bien definidas; eran de un caballo recién herrado.

Al trote continué analizando las huellas, intentando entender lo que me estaba perturbando. Habrían podido montar hombro a hombro en varios lugares, pero no lo hicieron.

Ambos caballos estaban herrados... de repente se me ocurrió. ¡Tiraban del segundo caballo!

Era una suposición, pero encajaba. ¡Tiraban de un caballo! Además, por el rastro, sabía que había un jinete encima de la silla de montar del caballo conducido.

Necesitaba huellas visibles del segundo caballo. Las conseguí cuando pasaron por la tierra humeda cercana a un arroyo...

Encogí la respiración y me detuve.

No había duda... Eran las huellas del caballo de Ann Timberly.

En aquellos tiempos la gente sabía interpretar las huellas. Los vaqueros, rancheros, indios o representantes de la ley descifraban las huellas de hombre o caballo como los habitantes del este leían una firma. Las huellas se quedaban archivadas en la memoria para usar en el futuro como referencia.

Yo había seguido a Ann Timberly al rancho de su papá y sabía como trotaba su caballo y las huellas que dejaba.

Ann Timberly iba sobre un caballo del que tiraba, estaba seguro, el cuatrero.

Ella siempre cabalgaba por el territorio. Debió haberlo descubierto, rastreado sus huellas, y la habría agarrado cuando la vio acercarse. Era una buena conjetura, pero el hecho era que la había cogido.

Este tipo llevaba robando ganado tres o cuatro años y se preparaba para algo. Ahora le había identificado, y el plan se le vendría abajo si Ann se escapaba y lo denunciaba.

Por consiguiente, no podía dejarla escapar. Tendría que matarla.

¿Por qué no la había matado ya? ¿No quería que encontraran su cuerpo? Sin duda. Matar una mujer, sobre todo si es la hija del comandante, daría mucho que hablar. Todos los jinetes saldrían a buscar al asesino.

La sacaría del territorio y la mataría, eso tenía más sentido. Aunque podría tener otros planes.

Ya no había duda. Tenía que continuar siguiéndolos. Es más, tenía que mantenerme vivo para salvar la vida a Ann, y no sería nada fácil.

Ese sendero era de ayer tarde, posiblemente cuando

ya oscurecía. Ellos habían acampado... Pronto encontraría su campamento. Podrían seguir allí, pero lo dudaba. Este tipo se iría lejos bien rápido.

Desenfundé el Winchester.

Fuimos galopando tranquilamente por el profundo barranco, alerta a cualquier problema.

Quizás descubriría su campamento. Ahora estaba a siete u ocho millas del arroyo donde había visto las huellas del Viejo Moteado, y a doce o quince millas de la cabaña.

Saliendo de la llanura, seguí las huellas al galope, y al entrar en un barranco poco profundo, de repente se me ocurrió algo. Descabalgué y amontoné varias piedras planas para señalizar el camino. Si algo me pasaba, el comandante y sus muchachos necesitarían saber por dónde había ido.

Introduciéndome en otro barranco cubierto de mezquite, olí humo. Con el rifle en mano, franqueé el mezquite con el caballo hasta que vi el humo... eran vestigios de un fuego agonizante, debajo de unas viejas pacanas.

Una pequeña hoguera... Vi donde ataron los caballos y donde había dormido ella entre dos árboles. Él había descansado a quince o veinte pies de distancia, cerca de los caballos. Observé las impresiones de sus tacones y las marcas de sus espuelas por donde se había acostado... había hojas secas alrededor. Él había tomado la precaución de partir ramas secas y esparcirlas alrededor de ella. Si intentaba escapar por la noche, el ruido la delataría.

Era astuto. Eso ya lo sabía. Quien fuera era un llanero que sabía como moverse por este salvaje territorio.

Había hecho café... había posos cerca del fuego. Cuando se fueron, el rocío había desaparecido del pasto.

Habían salido retrasados, pero no importaba porque el día había transcurrido cuando encontré su campamento. Seguí adelante para aprovechar la poca luz del día que quedara. Antes de que oscureciera del todo, había cubierto cinco millas en dirección sur.

No conocía bien este territorio. Pero en los barracones se charla, y algunos muchachos habían estado por aquí un par de veces. Suponía que yo ahora estaba en el Kiowa Creek, y unas millas más adelante fluía en el Medio Concho.

Este tipo no parecía tener prisa. Primero, estaba seguro que nadie le seguía. Segundo, éste era su territorio y lo conocía bien. Y, también, me daba la impresión que estaba pensando qué hacer.

Cuando Ann Timberly lo encontró, se hundieron sus aspiraciones. Durante casi cuatro años, había hecho lo que había querido, robando el ganado y escondiéndolo por fuera. Hacía tiempo que no había habido rodeo, y pasó tiempo antes de que alguien comprendiera lo que estaba pasando.

Ahora, al borde del éxito, esta muchacha lo había descubierto. Quizás no era un asesino... al menos de mujeres. Quizás se lo estaba pensando, buscando la manera de escaparse.

Las estrellas brillaban cuando paré y me desmonté del pardo. Había un prado con pacanas y nogales, y una cantidad de matorrales variados. Dejé que abrevara el caballo y lo estaqué en el pasto. Me acosté entre un par de árboles caídos. Sentado allí, escuchando a mi caballo comer pasto, me comí un par de bollos y un poco de carne fría que había traído del Stirrup-Iron. La última cosa que quería era sentarme, pero a estas alturas Ann y el hombre que la tenía prisionera ya habrían llegado a su destino..., pero algo me intrigaba.

No había más huellas de ganado.

Persiguiendo a Ann y a su secuestrador, me había olvidado completamente del ganado. En alguna parte los senderos se habían divergido. Pero ése ya no era el problema.

Cubierto con un poncho y una ruana, intenté dormir. Con el cansancio que tenía, no tardé mucho en hacerlo. Y preparado para cabalgar, abrí los ojos al amanecer.

Traje el caballo, lo abrevé, ensillé y deseé tener un poco de café. Empezaba a clarear cuando el pardo y yo partimos. Empuñaba el Winchester, y tenía cartuchos de repuesto en los bolsillos.

Todo lo que me rodeaba era verde y apacible. Su sendero era sólo un par de huellas, una rama verde rota, césped marcado por un casco.

De repente, el sendero se apartaba del arroyo unas cien yardas haciendo un círculo enorme para luego regresar al arroyo...

¿Por qué?

Me detuve y miré hacia atrás.

Había un sendero viejo a lo largo del arroyo que se usaba regularmente, de modo que ¿por qué alejarse súbitamente de él? ¿Era una trampa? ¿O qué?

Monté, dando otra vez la vuelta, y me asomé entre los árboles y los matorrales intentando ver lo que había allí. No vi nada. De vuelta en el arroyo donde ellos habían apartado, paseé mi caballo despacio a lo largo del viejo sendero. De repente, el pardo se paró.

Era Danny Rolf.

Su cuerpo yacía a una docena de pies del sendero, y le habían disparado en la espalda. La bala parecía haberle traspasado la espina dorsal, pero tenía otro tiro en la cabeza, para rematarlo.

Calzaba sólo una bota... la otra probablemente se le quedó enganchada en el estribo cuando se cayó del caballo.

¡Pobre Danny! Un muchacho solitario, buscando a una chica, con este resultado... Aniquilado en el sendero.

La disposición del cuerpo me molestaba. Y estudiando las huellas, vi lo que era.

¡Cuando le dispararon a Danny, él estaba de *regreso*!

Él había ido a donde iba, y regresaba a casa... Y el secuestrador de Ann sabía donde estaba el cuerpo y había dado una vuelta para que Ann no lo viera. Así que él era el asesino.

CAPÍTULO 22

ME PUSE A la sombra de unos árboles, y estudié la situación. Las dudas que tenía habían desaparecido. El desconocido del rifle había matado una vez, y lo volvería a hacer. Aunque el haber traído a Ann hasta aquí podía significar que se lo estaba pensando. Una cosa era matar a un hombre, y otra cosa era matar a una mujer.

Era astuto y cauto. En este territorio supuestamente apacible e inocente, había muchos lugares donde un pistolero podría ocultar, y cada vez que cabalgaba al descubierto, ponía mi vida y la de Ann en peligro.

Delante de mí, si era cierto lo que me contaron los muchachos del rancho, estaba el Kiowa Creek, que desembocaba en el Medio Concho. Al frente el sendero se bifurcaba, y el asesino podría haberse ido por cualquiera de los dos caminos. Aunque yo dudaba que pensara que le estaban rastreando. Ayer había cruzado este arroyo y a estas horas posiblemente ya hubiera llegado a su destino.

Maldije amargamente. ¿Cómo me había metido en este lío? El hecho de ser un buen pistolero era algo fortuito. Desde joven tuve buena coordinación, mano firme y cabeza fría, y los sucesos de mi vida me habían ayudado a desarrollarlas. Sabía que era rápido con la pistola, pero para mí era como jugar bien a las damas o al póquer. Me habría resultado más práctico ser bueno con la soga, pero en eso era sólo regular.

Ahora iba rumbo a un tiroteo cuando mi única aspiración era ser un vaquero y conocer el país. Había oído que muchos hombres buscan aventuras, pero a mí no me atraían. La aventura era un nombre romántico para los problemas, y nadie con más de dieciocho anos y en su sano juicio los busca. Casi todas las aventuras suceden durante un día normal de trabajo.

Lo más probable era que el asesino hubiera llevado a Ann a donde se mantenía él, y ya debían de haber llegado. Pero ahora no era el momento de pensar en Ann... estuviera donde estuviera, y estaba o viva o muerta.

Tenía que pensar en mí. Si no llegaba a donde estaba, moriríamos los dos. Podía regresar para avisar al comandante y a su cuadrilla, pero podría ser demasiado tarde para Ann.

Yo no era un héroe, ni quería serlo. Ambicionaba mirar el paisaje por entre las orejas de mi caballo, acostarme con el murmullo de las hojas o del fluir del agua y levantarme por la mañana oliendo a leña quemada y tocino frito. ¿Pero qué se va a hacer?

Cuando rastreas el sendero de un tipo por medio país, aprendes algo de él, y no me gustaba nada de lo que percibía de éste.

¿Qué sabía? Era frío, cuidadoso y detallista. Había robado mil cabezas de ganado, o hasta el doble, en tres o cuatro años sin que le pillaran ni sospecharan de él.

Había creado desconfianza entre los rancheros del valle para que sospecharan el uno del otro y no de un forastero. Había viajado por todo el territorio sin que nadie lo detectara.

... A menos que estuviera siempre allí y por lo tanto no levantara sospechas.

Me sobresaltó la idea. En ese caso... ¿Quién era?

Asimismo, no había intentado matar a nadie hasta que aparecí y lo perseguí.

Es probable que disparara a Danny confundiéndole conmigo por la camisa roja que llevaba.

Pero un minuto... alguien había mencionado otro vaquero que montó al sureste y nunca regresó.

Lo más probable era que el asesino no matara a menos que estuvieran a punto de desenmascararlo. Había trabajado varios años, y cuando estaba a punto de conseguir su propósito, las cosas empezaron a torcerse.

Yo lo había rastreado. Danny había entrado en su territorio. Seguido de Ann Timberly, que, como viajaba sola por todo el territorio, se lo habría topado en algún sitio.

Uno a uno analicé a todos los sospechosos. Rossiter fue el primero que se me ocurrió. Era un hombre sutil, peligroso y además cuatrero. Tampoco creía que estuviera tan ciego como parecía. No obstante, debido a su ceguera, no podría pasar mucho tiempo fuera del rancho sin levantar sospechas.

¿Roger Balch? Un hombre pequeño y duro que presumía de serlo, pero ni cuidadoso ni astuto.

Podría ser Roger Balch. Podría ser Saddler.

¿Harley? Él iba y venía de su hacienda, donde fuera que estuviera. Manejaba el rifle con soltura y era bastante tranquilo, frío y cauto. Podía, estaba seguro, matar a un hombre como quien mata a un pollo.

¿Fuentes? Había estado conmigo casi todo el tiempo. Además, Fuentes no era un asesino.

Traté de evocar un rostro que tenía en la memoria, pero no recordaba bien su cara. Era alguien que había visto y recordaba de alguna parte. Pero eso era todo.

Esa cara era una sombra, huidiza, confusa, algo que entreveía mi memoria, pero no clarificaba.

Pero allí estaba, obsesionante, tenebroso... Lo raro era que tenía la impresión fugaz que era alguien de mi propio pasado.

Habían transcurrido pocos minutos desde que había visto el cuerpo de Danny. El viento revolvía las hojas y el agua susurraba débilmente en el Kiowa Creek. Aunque no me apeteciera, tenía que seguir adelante.

No me gustaba la idea. En este caso, el pistolero tenía todas las ventajas. Todo lo que tiene que hacer es apuntar hacia un lugar por donde sabe que su víctima tiene que pasar y esperar a que aparezca. Cuando lo ve venir, sólo tiene que apretar el gatillo. Y cuando dispara el tiro, hay un hombre muerto o afortunado... y yo no me sentía afortunado.

No obstante, Ann estaba por delante, y no había manera de evitar lo que se avecinaba.

Cobijándome todo lo que podía y cambiando mi forma de cabalgar todo lo posible, monté paralelo al Kiowa Creek. En un espeso grupo de almez y pacana, abrevé el caballo y examiné el territorio.

Delante de mí estaba el otro arroyo que desembocaba en el Kiowa Creek y formaba el Medio Concho. Ben Roper me había dicho que lo llamaban Tepee Draw. Descubrí un sendero que subía del barranco apuntando a la montaña, regresé a buscar el caballo y bajé a donde se unían el Kiowa Creek y Tepee Draw.

Un sendero con huellas nuevas de caballo subía del

banco y empecé a subir, pero bruscamente tiré de las riendas. ¡A menos de cien yardas de distancia vi un corral, una cabaña y el humo de una chimenea!

Giré mi caballo, regresé al fondo del barranco y volví al grupo más espeso de almez y pacana que podía encontrar. También había enormes árboles de mezquite.

Desenfundé el Winchester, até mi caballo y encontré un lugar en el malezal donde podía subir para vigilar la cabaña. Esa cuesta no me merecía confianza. Era una subida natural para las cascabeles, que buscaban protegerse del sol, pero después de mirar cuidadosamente alrededor, me arrastré hasta arriba. Y allí, bajo las raíces de uno de los árboles de mezquite más grandes que había visto en mi vida, estudié la distribución.

Para este territorio, era una cabaña de buen tamaño. Tenía dos corrales de troncos de madera y un cobertizo. El agua fluía de un manantial hasta el comedero. Podía-verla y oírla caer. En el corral había media docena de caballos. Uno de ellos era el pequeño negro que había visto montar a Ann. Otro era la grulla de Danny Rolf.

Aparte del movimiento del humo y los caballos, todo estaba inmóvil.

Lo que me sorprendió fue no encontrar ganado por los alrededores. Había muchas señales, pero no se veía ni una res.

Todo estaba inmóvil y hacía mucho calor. Probablemente el lugar más fresco era donde yo estaba, en la ribera entre las raíces y bajo la sombra de un enorme mezquite. De vez en cuando, una suave brisa movía las hojas. Una mosca negra zumbó por mi cara molestándome, pero temí espantarla porque no sabía quién estaba en la cabaña. Y aun donde yo estaba, podría detectarse cualquier movimiento rápido.

Una mujer se acercó a la puerta y tiró una cacerola de agua al piso. Se cubrió los ojos protegiéndose del sol y echó un vistazo alrededor. Después se volvió a meter dentro. Estaba casi seguro que era Lisa, pero era más por intuición que porque la hubiera reconocido, porque había girado hacia donde yo estaba fugazmente.

Si fuera ella, no la culparía de haber montado hasta la fiesta de las cajas, ni por estar atemorizada de estar tan lejos. Lo más probable era que él, quien quiera que fuese, había estado llevando el ganado robado a donde fuera que los conducía.

De repente, la mujer salió de nuevo. Ahora no había duda.

Era Lisa.

Sacó un caballo del corral, lo ensilló y acorraló la grulla en una esquina y le echó un lazo a él y al caballo negro de Ann. Montándose y tirando de los dos caballos, emprendió el sendero. Al hacerlo, pasaría a unos cincuenta pies de donde yo estaba oculto.

Volví atrás y me acerqué al borde del sendero. Y cuando pasó bajando, salí.

—¿Lisa?

Su caballo brincó violentamente, y ella saltó. Su cara palideció, y me miró fijamente con los ojos como platos. —¿Qué está haciendo aquí?

—Estoy buscando a la muchacha que montaba ese caballo.

—¿Muchacha? —chilló con pánico—. Éste no es el caballo de ninguna muchacha.

—Sí lo es, Lisa. Ese caballo pertenece a Ann Timberly. La muchacha con la que bailé el día de la fiesta.

—¡Pero no puede ser! —protestó—. Mire la divisa...

—HF Connected es una de las marcas de Timberly —dije—, y cuando salió de casa, Ann montaba ese caballo.

Se puso blanca como el papel. —¡Dios mío! —parecía horrorizada—. ¡No lo puedo creer! ¡No lo puedo creer!

—El otro caballo pertenecía a Danny Rolf, que montaba para el Stirrup-Iron —dije—. Por lo menos era uno de los caballos que montaba. Cabalgó hasta aquí para buscarla, creo.

—Lo sé. Vino a casa, pero le mandé a paseo. Le dije que no regresara nunca más.

—¿Y se fue?

—Pues —dudó un instante—, peleamos. No quería marcharse. Dijo que había montado todo el día buscándome. Me dijo que sólo quería charlar un rato conmigo. Yo estaba atemorizada. Tenía que hacer que se marchara. No me quedaba más remedio —hizo una pausa—. Al fin, se largó.

—No llegó muy lejos, Lisa. Sólo unas cuantas millas.

Me miró fijamente. —¿Qué quiere decir?

—Le dispararon, Lisa. Lo mataron. Le dispararon por la espalda y después lo remataron para asegurarse de que estaba muerto. Y ahora esa misma persona ha capturado a Ann... y no sé si vive o está muerta.

—No sabía —suplicó—. No tenía ni idea. Sabía que era malo, pero...

—Lisa, ¿de quién habla?

Me miró fijamente. —De mi hermano.

Su cara estaba tiesa de miedo.

—Lisa, ¿dónde está? ¿Dónde está su hermano? ¿Dónde está Ann?

—No sé. No creo que él la tenga. No creo... —su voz se quebró—. Tal vez... Hay un adobe viejo en el Concho. Nunca me ha permitido ir allí.

—¿Por qué?

—Él... se encontró allí con los kiowas... tal vez otros. No sé. A veces negociaba de caballos con ellos, y a veces les daba ganado.

—¿Adónde iba a llevar esos caballos?

—Hasta Tepee Draw. Me dijo que los soltara allí, y que los encaminara en dirección sur. Lo debería haber hecho anoche, pero estaba muy cansada, y...

—¿Dónde está él ahora? ¿Dónde está su hermano, Lisa?

—Se marchó. Conducía unas reses hacia el sur. Y cuando lo hace, desaparece todo el día.

—Lisa, si me permite que le aconseje, suelte esos caballos, y siga cabalgando. No regrese.

—No puedo hacer lo que me pide. Él me mataría. Me dijo que si alguna vez intentaba escaparme, me mataría. —Me miró fijamente—. Es bueno conmigo. Es amable y en casa nunca me grita. Siempre tenemos comida, y nunca se va por mucho tiempo. Pero tuve miedo... regresó un día con otro rifle y una pistola. Nunca supe dónde los consiguió. Creo que se los dio a los kiowas. A partir de entonces, estoy atemorizada.

—¿No sabía que estaba por aquí cuando mataron a Danny?

—¡No! —Cambió de expresión—. No *sé* que hayan matado a Danny. Sólo porque usted lo dice.

—Está muerto. Tome mi consejo y váyase de aquí. Voy a buscar a Ann.

Ella me miró fijamente. —¿Está enamorado de ella?

—¿Enamorado? —Meneé la cabeza—. Nunca lo he pensado. Quizás lo esté. Sólo sé que está sola y metida en un lío muy grande —si es que sigue viva.

—Él no mataría a una mujer. Él no. No creo que haya tocado a una. Siempre le han intimidado. Me refiero a las buenas chicas. Desde luego, ve bastante del otro tipo.

—¿Dónde?

—En Over-the-River. Va por allí.

—¿Cómo se llama é?

Agitó su cabeza. —Apártese de él... ¡Por favor! Se llama John Baker... Es mi hermanastro, pero es bueno conmigo. Le apodan Twin.

—¿Twin? ¿Por qué?

—Porque tenía un gemelo. Su hermano Stan se mató hace unos años. Habían robado ganado. Nunca me dijo quién mató a su hermano. O cómo, sólo que fue una mujer.

—¿Una mujer?

—Le habían robado ganado, y ella los rastreó. Iba con un par de muchachos. Disparó a Stan y lo mató. Mamá....

—¡Por favor, Milo, váyase de aquí! ¡Cabalgue! Haga lo que sea. ¡Pero escápese! Él lo matará. Ha hablado de ello, es por lo que vive. Y ha matado a otros en tiroteos. Lo sé porque me lo contó. Y siempre dice: "¡Espera! ¡Esos Talon me la van a pagar!"

Henry Rossiter había sido el arquitecto del robo, pero sabíamos que había otros cuatro hombres que esperaban para llevarse el ganado... *Cuatro.*

Mamá disparó a uno, Henry Rossiter se escapó y ella soltó a dos hombres en el desierto en calzoncillos y descalzos. Por algún motivo, con todo el revuelo, nadie se acordó del cuarto hombre.

Twin Baker...

CAPÍTULO 23

—Danny era un buen chico... ¿Por qué tuvo que matarlo?

—Nos está robando el ganado, Lisa. Probablemente pensara que Danny lo había rastreado. O que Danny era yo... Danny llevaba puesta una de mis camisas.

Estaba asustada... angustiada. Se mordía los labios de tal forma que pensé que se haría sangre.

—Escápese, Lisa. Escápese ya. Vaya donde el comandante Timberly y cuéntele todo lo que sabe... Váyase ahora y no se detenga por nada, o el Twin puede matarla a usted también.

—Él no haría eso. Sé que no lo haría.

—De eso no está segura. Le dije que debe escaparse, y así es. —Hice una pausa, picado por la curiosidad—. Lisa, ¿cuánto tiempo lleva aquí?

—¿En este lugar? Unos cinco meses, casi seis. Mi padre murió y vine a visitar a Twin. Estaba en San Antonio de negocios. Tenía su dirección allí, y no tenía ningún otro pariente. Él era muy bueno y me trajo aquí.

—Al principio me encantaba. Después me sentía muy sola. Él no me dejaba ir a ninguna parte o cabalgar, a menos que fuera hacia el sur. Un día, cuando cabalgaba al sur, encontré un vagabundo... Había trabajado por el norte y dijo que le daba rabia marcharse porque en la escuela de Rock Springs preparaban una fiesta de cajas de comida.

Hizo una pausa. —Se marchó, pero recordé lo que él había dicho. Entonces Twin se fue a San Antonio... Dijo que estaría allí varios días, y decidí ir a la fiesta.

—Me alegro que lo haya hecho. Ahora coja sus cosas y escápese de aquí. Si algo le ha pasado a Ann... Lisa, ¿me ha dicho la verdad? ¿No sabe nada de ella?

—¡En serio! No sé nada... salvo que se llevó comida para el camino, y hay esa vieja cabaña.

Comenzó a caminar, y hablé rápidamente. —Lisa, una cosa más. ¿Dónde guarda el ganado?

Dudó y agitó la cabeza rápidamente. —No se lo voy a decir. Además, no creo que sean robados. Dice que son suyos. Me dijo que pronto sería uno de los ganaderos más importantes de Tejas.

—De acuerdo, Lisa. ¡Pero salga al galope! ¡No espere más!

Primero tenía que averiguar si Ann estaba en la cabaña de ellos. Lisa no protestó cuando agarré las riendas de los dos caballos. No hizo más que mirarme fijamente con los ojos abiertos de par y par y una expresión vacía.

Monté hasta la puerta de entrada y desmonté. La casa estaba vacía. Tenía un salón comedor, una cocina grande y dos alcobas. Todo estaba inmaculado.

En la habitación de él, la ropa de Twin colgaba ordenada, las botas estaban bien lustradas. Había un par de trajes en el armario, algunas camisas blancas, y tres rifles. Todos en buen estado y excelentes.

Montando el pardo, llevé los otros caballos al corral. No había ninguna silla de montar.

Di la vuelta en el Medio Concho buscando la pista. Por aquí era menos cuidadoso con su rastro. Era un lugar apartado de todo donde nunca venía nadie... Localicé sus huellas y las seguí al galope. De repente giraban y subían por un barranco.

En la base del barranco, debajo de unos árboles de pacana y de almez, vi un viejo adobe. Cerca había un corral de troncos poco utilizado. La hierba crecía por doquier, y el tejado del adobe estaba medio derruido. Los muros externos mostraban los efectos del viento y la lluvia. Debía ser muy viejo.

Deteniéndome debajo de la sombra de un árbol, estudié la casa y miré alrededor. Me sentía intranquilo; me daba la impresión de que Twin Baker no podía estar muy lejos. Estaría dentro del adobe, o esperando detrás de las rocas cerca del Concho.

Desmonté, dejé caer las riendas y agarré el rifle. Lo pensé mejor, y até mi caballo con la rienda floja por si necesitaba escaparme rápidamente.

Por algún motivo, Twin tenía tratos con los kiowas... ¿Y si me estaban vigilando? No tenía ganas de pelear contra un montón de indios renegados.

Al fin, decidí arriesgarme y caminé derecho a la casa. La puerta estaba cerrada y la cerradura tenía un pestillo.

Susurré: —¿Hay alguien allí?

—¿Milo? —Era la voz de Ann, y era la primera vez que se la oía temblar.

Levanté el pestillo y abrí la puerta.

Estaba atada a una silla, que estaba echada hacia atrás de manera que si intentaba liberarse o siquiera moverse, caería hacia atrás de cabeza al fuego.

Si intentaba soltarse de la silla se chamuscaría el pelo.

Rápidamente, mirando hacia la puerta, corté sus ligaduras. Se puso de pie tambaleándose, y se frotó las muñecas y los brazos donde la soga le había dejado unas profundas señales.

—Dijo que si gritaba, vendrían los kiowas. Insinuó que me cambiaría por un caballo... Dijo que todavía lo estaba pensando.

—¿Lo conoce?

—Nunca lo había visto antes. Por lo menos la cara. Se puso detrás de mí y me advirtió que si me movía, me mataría. Y lo habría hecho. Cuando llegamos aquí estaba muy oscuro, y no me quitó la venda hasta que estuvimos dentro y me ató. Después se marchó.

Su silla de montar estaba en la esquina. —¿Ann? Voy a tener que pedirle que coja su silla de montar, y ensille su propio caballo. Necesito tener las manos libres.

—De acuerdo.

Salimos precipitadamente. Yo llevaba el rifle listo para disparar.

No pasó nada.

Ann ensilló su caballo y montó. Su rifle estaba en la silla de montar, pero él le había sacado la munición. Afortunadamente, era del calibre .44. Ella lo cargó con los cartuchos que tenía en mis alforjas.

Mientras lo hacía, eché una rápida mirada alrededor. Ningún hombre dejaba menos rastro de su presencia que este Twin Baker. Lo único... y no era gran cosa... era un poco de barro seco cerca de la chimenea parecido al que había dejado Danny en la cabaña.

Pero había muchos lugares a lo largo del Concho y en los barrancos donde uno se podía manchar las botas de barro.

Lo que tuviera que hacer ahora debería ser después de poner a Ann a salvo. Mi madre no había criado ningún tonto, así que regresé por otro sendero. En territorio indio, ese puede ser el último error que cometes. Hasta Lisa podría haber cambiado de parecer y podría estar esperándome con un Winchester, apuntado a mí.

No soy confiado. Todos, incluso yo, somos desgraciadamente humanos y débiles. Todos cometemos errores. Podemos compadecernos de un hermano o una hermana, aun a sabiendas que están haciendo algo mal. También somos avariciosos, y prefería no tentar demasiado a nadie.

Subimos por el barranco y continuamos por las llanuras en dirección norte, manteniéndonos en espacios abiertos todo lo posible. Liveoak Creek quedaba a nuestra derecha. A los lados había algunos árboles y matorrales, y me mantuve lejos del arroyo, rifle en mano, por si las moscas.

Nadie tenía que decirme que Twin Baker era un buen pistolero. Los tiros que me había disparado en condiciones poco favorables hablaban por sí mismos. Que yo viviera era pura casualidad, no era debido ni a mi inteligencia, ni a mi habilidad. A estas alturas, él estaría intranquilo y listo para intentar lo que fuera.

Cabalgamos al norte. Faltaban treinta y cinco millas hasta el rancho de Timberly, y el caballo de Ann estaba reposado. Aunque mi caballo había galopado mucho, tenía la grulla de repuesto. Continuamos a buen ritmo, alejándonos de allí.

Entretanto, tuve un presentimiento que podía ser o no cierto. Ann estaba silenciosa. Con todo lo que había pasado, estaría agotada de cabalgar y de todo lo que había temido le ocurriera. Ahora sólo se dejaba llevar. Lo único que quería era llegar a casa y descansar... igual que yo.

Me preocupaba el que todo hubiera sido tan fácil. No era normal tener tanta suerte.

Si Twin Baker aparecía, tendría que luchar y ganar la pelea que seguro tendría lugar. *Tenía* que ganar. Porque si no, Ann volvería a donde ella había estado.

Algo más me preocupaba también. Él tenía algún tipo de arreglo con los kiowas, o con algunos de ellos, y si nos descubrían nos quitarían el cuero cabelludo.

Ese presentimiento que tenía no era más que eso, pero repentinamente empecé a preguntarme por el tipo que había acompañado a Balch y Saddler el primer día que los vi. Ese hombre me era familiar, pero no recordaba su nombre.

Desde entonces, no lo había vuelto a ver, y tampoco había estado en la cena de las cajas. Podría ser que lo recordaba de cuando Mamá y nosotros nos topamos con los cuatreros. Así que podía ser Twin Baker.

Era una remota posibilidad que no me servía de nada. ¿Quizás lo había visto? ¿Y entonces qué?

Cuando habíamos recorrido diez millas, descubrí una charca a un lado del sendero. Aunque era probable que fuera de agua de lluvia de la última tormenta, era una ayuda. Llevamos los caballos hasta allí y los abrevamos. Entretanto, puse la silla de montar del pardo en la grulla. Si tenía que galopar, quería tener un caballo reposado, aunque, como Mamá me había dicho, el pardo cabalgaría hasta que se cayera.

—¿Milo? —La voz de Ann sonó trémula—. ¿Cree que nos seguirá?

No tenía sentido engañarla, y nunca me había dado

por proteger a las damas de la realidad. Las mujeres saben enfrentarse igual que los hombres al peligro, y es mejor que estén preparadas por lo que pueda venir.

—Tiene que hacerlo, Ann. Lleva cuatro años robando, y si le cogen le espera la horca. Pero principalmente no quiere estropear las cosas ahora que está a punto de conseguir lo que quiere. Tiene que encontrarnos y matarnos, pero no tiene mucho tiempo. Espero que no vuelva y averigüe lo que ha pasado hasta que no estemos fuera de este territorio.

—¿Se lo dirá, Lisa?

—No sé. Puede que se escape como le aconsejé, pero lo más probable es que no lo haga. No tiene donde ir, y generalmente la gente prefiere lo malo conocido a lo bueno por conocer. Ella piensa que lo conoce, y confía en eso.

Cuando abrevaron los caballos, emprendimos camino. Les dejamos cabalgar tranquilamente, reservándolos por si había que salir a la carrera y permitiéndolos que se acostumbraran a tener la panza llena de agua.

Miré el sol... El tiempo transcurría, pero con la oscuridad, sería más difícil encontrarnos. Aunque no tenía mucha fe en eso.

¿Dónde estaba el ganado? Twin Baker los había llevado al sur a alguna parte, y como me había informado Lisa, cuando hacía ese recorrido tardaba todo el día. El ganado se movía de dos y media a tres millas por hora, y él montaría de regreso más rápidamente. Unas quince millas, o quizás menos.

Mis ojos nunca se detuvieron, pero lo único que veía era la inmensa llanura esparcida de yuca o de césped de oso, huesos de búfalo y sin señal alguna de indios.

Ann se acercó a mí. —¿Milo? ¿Quién es usted?

La pregunta me divirtió. —¿Yo? Aquí me tiene. Esto es todo lo que soy. Un vaquero errante que viaja de rancho en rancho y a veces trabaja de escolta de diligencias... Lo que sea con tal de ganarme la vida.

—¿No tiene ninguna ambición? ¿Es a todo lo que aspira?

—Bueno, me gustaría tener mi propio rancho, con más caballos que ganado.

—Papá dice que usted es un señor.

—Espero serlo, aunque nunca he pensado mucho en eso.

—Dice que viene de buena cuna, y que no importa lo que usted parezca, tiene una procedencia culta.

—Por aquí eso no cuenta mucho. Cuando uno va a trabajar por la mañana, lo único que importa es saber hacer el trabajo: montar, echar el lazo y conducir ganado. A una res de cuernos largos no le importa si conoces a Beethoven o a Dante.

—Pero *usted* sabe quiénes eran.

—Mi hermano y mi papá siempre le dieron importancia a esas cosas. Yo me parezco más a Mamá. Ella sabía de ganado, de caballos y de hombres. Conocía a los hombres como un jugador a los naipes, y sabía disparar.

Ann me miraba.

—Mamá sabía cantar. No tenía mucha voz, pero sabía muchas canciones escocesas, inglesas e irlandesas que había aprendido en las colinas de Tennessee de donde era. De joven no tenía más de ocho o diez libros. Creció leyendo *El progreso del peregrino* y los escritos de Sir Walter Scott. Ella me ponía a dormir cantando "El viejo Bangum y el jabalí", "El intrépido Robin Hood" y "Brennan el moro". Y Papá sabía hablar tres o cuatro idiomas. A veces nos recitaba a Shakespeare, Molière y Racine. Nos contaba las aventuras del primer Talon que llegó a América. Era pirata o algo parecido y navegó alrededor del mundo hasta llegar hasta aquí.

Hice una pausa. —Un viejo duro, dicho por todos. Tenía un garfio por mano derecha, que se había hecho él mismo cuando perdió la mano. Llegó a Canadá y se construyó una casa en las montañas del Gaspé... Un lugar desde donde veía el ancho mar... Vivió solo allí, según dicen.

—¿Milo? —Estaba mirando algo.

Yo también los había visto. Tres jinetes... con los rifles en mano.

—Cabalga con cuidado —le advertí—. A veces charlar es suficiente... o un poco de tabaco.

—¡Yo nunca le he visto fumar!

—Ni lo hago, pero los indios sí lo hacen. Así que siempre llevo una bolsa de tabaco, por si las moscas. A veces lo uso para las picaduras de los insectos.

Cabalgamos lentamente hacia delante, y de repente Ann dijo: —Milo... ¡el hombre del caballo gris es Tom Blake, uno de nuestros hombres! Se puso de pie en los estribos para saludarle.

Al instante, cabalgaron hacia nosotros. Eran cautos conmigo, a pesar de que dos de ellos habían montado a la cena de las cajas con Ann y el comandante.

Cuando nos encontramos, Blake quiso saber dónde había estado Ann. Después de explicárselo, Blake me miró cuidadosamente. —¿Conoce a este Twin Baker?

—De nombre, y por lo que me contó Lisa. Pero tengo la impresión que lleva tiempo por aquí bajo un seudónimo u otro.

Después montamos hacia el rancho del comandante.

Cuando llegamos a la entrada de la casa, el comandante salió a recibirnos. Al ver a Ann, corrió hacia ella. —¿Ann? ¿Estás bien?

—Sí. Gracias a Milo. —Brevemente, le explicó lo acontecido. La cara del comandante se puso rígida.

—Iremos a buscarlo —dijo rotundamente—. Tom, junta a la cuadrilla. Órdenes de partida, raciones para tres días. ¡Lo agarraremos, y cogeremos todas esas reses!

Se volvió a uno de los otros hombres que habían venido. —Will, vaya donde Balch. Dígale lo que pasa, y pídale que venga con algunos hombres.

—Yo montaré hasta donde está mi cuadrilla —dije—. Recuerde, si la muchacha está allí... ella no ha hecho ningún daño. Pero más vale que actuemos rápidamente, porque Twin Baker no vacilará.

Giré mi caballo y salí disparado a Stirrup-Iron, montando la grulla y llevando el pardo.

Cuando entré, todos estaban en el patio del rancho. Henry Rossiter, Barby Ann, Fuentes, Roper y Harley. Por como me miraron, supe que algo iba mal.

—¡Volvió justo a tiempo! —dijo Rossiter—. ¡Vamos a buscar a Balch! ¡Anoche el maldito se escapó con la manada entera! ¡Más de mil cabezas de ganado! ¡Desaparecidas sin más!

—Balch no tiene nada que ver con todo eso. —Cabalgué entre Rossiter y los otros—. ¿Cuándo fue la última vez que vio a Twin Baker?

CAPÍTULO 24

SI LE HUBIERA golpeado la cara con el sombrero, no se habría asustado tanto. Dio un paso adelante con el rostro desencajado, y me miró fijamente con sus inseguros ojos ciegos.

—¿Twin? ¿Twin Baker? —le tembló la voz—. ¿Dijo usted Twin Baker?

—¿Cuándo fue la última vez que le vio, Rossiter?

Agitó la cabeza, como si quisiera sacudirse el susto de encima. —Hace mucho tiempo... años. Creí que los dos habían muerto.

—Mamá mató a uno de ellos, Rossiter. Mató a Stan Baker cuando recuperó el ganado. Pero hablo del otro... de John, así creo que se llamaba, aunque lo apodan Twin.

—Tenemos que buscar a Balch —tartamudeó—. Él nos robó el ganado.

—No creo que fuera Balch —dije—. Twin Baker robó sus reses, como ha estado robando todos los terneros de por aquí.

—¡Miente! —protestó—. Twin está muerto. Ambos muchachos... John y Stan están muertos.

—¿De qué hablan? —exigió Roper—. ¿Quién es Twin Baker?

—Un cuatrero. Lleva varios años robando ganado en este territorio. Se los lleva poco a poco como el que no quiere, ocultándose de todos. Le ha robado terneros a todas las divisas... Y asesinó a Danny Rolf.

—¿Cómo? —preguntó Ben Roper.

—Danny está muerto, le disparó y lo remató de un tiro en la cabeza para asegurarse. Quizás fue porque llevaba mi camisa puesta y Twin lo confundió conmigo. Pero lo más probable es que fue porque Danny encontró el escondite de Baker.

—Pensé que había ido de conquista —murmuró Roper.

—También... Lisa es la hermanastra de Twin Baker. Ella está allí... O estaba. Le aconsejé que se fuera antes de que también la matara.

—¿John? —dijo Rossiter—. ¿Twin?

Observamos a Rossiter, y nos miramos. No nos estaba escuchando. Miraba por el patio hacia las distantes colinas.

Les conté cómo encontré el cuerpo de Danny, cómo rastreé a Ann, mi conversación con Lisa y cómo acompañé a Ann a su casa. —El comandante está reuniendo una cuadrilla para ir a buscar el ganado, y después a Twin Baker —si es que es localizable —dije.

—Es un pistolero —comenté—. Lisa me dijo que había matado a varios hombres, y que iba por mí. —Miré a todos—. Mi madre mató a Stan Baker, su gemelo, cuando intentaban robarnos algunas de nuestras reses.

Barby Ann me miró fijamente. —¿*Sus* reses? —dijo desdeñosamente—. ¿Cuántas reses puede tener un pobre vagabundo?

Rossiter agitó la cabeza irritado, y dijo sin pensar. —Barby Ann, Talon tiene más ganado que todos los

de la cuenca puestos juntos. Vive en una hacienda...
¡Pues bien, la casa del comandante cabría en su sala!

Esto no era verdad, pero todos me miraban sorprendidos. Sólo Fuentes sonreía un poco.

—¡No me lo creo! —saltó Barby Ann—. No le caía bien, pero ella no tenía la exclusiva. A mí tampoco me gustaba demasiado. —¡Te ha lavado el cerebro!

—Más vale que nos larguemos de una vez —dije—. Conviene que alguien se quede aquí. —Miré a Harley—: ¿Puede quedarse?

—Joe Hinge ya se levanta y puede usar la pistola. Que se quede él. No me gustan los cuatreros.

Rossiter estaba de pie. Era un hombre enorme, pero sólo la sombra del magnífico joven que había sido cuando trabajó para nosotros en el Empty. Ahora estaba derrotado, deshecho.

—¡Ya vienen! —soltó Harley de repente—. El comandante, Balch... ¡la cuadrilla!

—¿Talon? —El tono de Rossiter parecía una súplica—. ¡No permita que lo cuelguen!

Confundido, miré atentamente al hombre ciego. —No me gusta ver a nadie ahorcado, Rossiter. Pero Twin Baker se lo merece. Mató a Danny, y habría matado a Ann Timberly. Además, ha robado suficiente ganado para arruinarles.

—Talon, usted puede impedirlo. No deje que lo cuelguen.

Balch se acercó con Roger a su lado. No había señal de Saddler, pero allí estaba el comandante Timberly. Ingerman acompañaba a Balch, y había otros jinetes que me sonaban.

—Balch —dije de repente—, ¿recuerda la primera

vez que nos encontramos cerca de la cima de las rocas?

—Cómo no.

—Le acompañaba un hombre... ¿Quién era? No era uno de sus muchachos.

—Ah, ése. No es de aquí. Era un negociante de ganado interesado en unas reses de carne para el año siguiente. Le interesaban varias miles de cabezas.

—¿Las compró?

—No lo he vuelto a ver. Era un tipo agradable. Se quedó unos días. Salió a cabalgar con Roger un par de veces.

—Dijo que era de Kansas City —ofreció Roger—, y parecía conocer la ciudad. También habló de Nueva Orleans. ¿Qué tiene que ver esto con lo que está pasando?

—Creo que era Twin Baker —dije—. Creo que era nuestro cuatrero.

Balch me miró fijamente, enrojeciendo de la ira.

—¡Le sobra imaginación! —declaró irritado—. Él no era nadie de por aquí.

—Quizás —contesté.

—Dejemos de perder el tiempo —dijo Roger—. ¡Montemos!

—De acuerdo. —Me fui a buscar el caballo.

Rossiter bajó los peldaños y me tendió la mano.

—¡Talon! No tengo derecho a pedírselo, pero no permita que cuelguen a Twin Baker.

—¿Y a usted qué más le da? —pregunté—. Él robó su ganado también.

—No quiero ver colgar a ningún hombre —protestó Rossiter—. No es justo.

—¿Viene o no? —preguntó Balch.

—Continúen —dije—. Les alcanzaré.

Enojado, Balch giró su caballo. El comandante iba a su lado y salieron: una docena de tipos duros.

—Podrían encarcelarlo —protestó Rossiter—. Detenerlo hasta que lo juzguen. Todo el mundo tiene derecho a un juicio.

—¿Como el que le concedió él a Danny?

En el corral preparé un lazo y caminé al caballo blanquecino de crin, cola y patas negras. Me gustaba el caballo, y necesitaría uno con resistencia para el duro paseo que me esperaba. No pensé que acabaría en Middle Concho. Twin Baker no era tonto, y no se dejaría atrapar fácilmente.

Llevé afuera el caballo y lo ensillé. Rossiter vino hacia mí, pero Barby Ann se interpuso.

—¿Papá? ¿Qué te pasa? ¿Te has vuelto loco? ¿Por qué te preocupas de un cuatrero de medio pelo? ¿O de ese tramposo que consideras tan importante?

Él se alejó de ella, rasgándose la manga de la camisa al hacerlo. Vino corriendo detrás de mí tropezándose, y cuando llevé el caballo al barracón, me siguió.

—Cuando era un joven —comentó—, hablábamos a menudo. Era un buen chico. Le contaba cuentos. A veces montábamos juntos.

—¿Y qué pasó? —respondí amargamente.

—¡No entiende! —protestó—. ¡Ustedes lo tenían todo! Un rancho enorme, caballos, ganado, una buena hacienda... Yo no tenía nada. La gente decía que era guapo. Montaba buenos caballos. Llevaba buena ropa. Pero no tenía nada... ¡nada!

Yo le escuchaba. —Papá trabajó mucho. Vino a este

territorio cuando sólo había indios, e hizo la paz con algunos y luchó contra los otros. Él y Mamá edificaron el rancho con sus propias manos. Trabajaron toda la vida, nosotros les ayudábamos cuando podíamos.

Rossiter estaba demacrado. —¡Pero eso lleva tiempo, muchacho! *¡Tiempo!* Yo no quería ser un viejo rico. Quería ser un *joven* rico. Me lo merecía. ¿Por qué tenían tanto y yo tan poco? Lo único que hice fue adueñarme de unas reses... ¡Eran unas pocas cabezas de ganado!

Me puso la mano en el hombro. —¡Talon, por el amor de Dios!

—Rossiter —dije pacientemente—, todos queremos tenerlo todo cuando somos jóvenes, pero no funciona así. Papá trabajó mucho. Tal vez una persona no debe tener todo de joven. Si le dan todo cuando es demasiado joven, acaba no apreciándolo bien. No sé... Quizás sea un necio, pero así pienso.

Miré a Rossiter. —Vaya dentro. No hay de qué preocuparse.

Barby Ann se acercó y miraba fijo a su padre como si no lo conociera. En los últimos días algo había cambiado en ella. Quizás fue la ruptura con Roger Balch. O había sido así siempre y no nos habíamos dado cuenta. —Olvídelo, Rossiter. No creo que lo vayamos a detener. Es demasiado listo.

—¿Verdad que lo es? —dijo Rossiter orgullosamente. De repente, se puso pensativo—. Salió con ventaja. No intentará quedarse con la última manada, y los otros estarán demasiado ocupados juntándola para ir detrás de las otras reses. Tendrían que dividir la cuadrilla. Mis muchachos tendrán que juntar la manada y traerla para acá. Balch y el comandante no tendrán más de ocho hombres... qué listo! ¡Eso es saber pensar!

Sonaba desesperado.

Cogí mis alforjas y mi manta enrollada y las coloqué encima de la silla de montar. Presentía que esto iba a llevar su tiempo, y siempre me gustó estar preparado para cualquier situación.

Rossiter, pensé, estaba loco. Hasta ahora no me había dado cuenta, pero le faltaba un tornillo. Nada de lo que decía tenía sentido, y era obvio que Barby Ann pensaba igual.

—¿Papá? —dijo—. Papá, regresa a casa.

—¡Ese muchacho llegará lejos! Tendrá una cuadrilla igual de grande que la suya, Talon.

—Rossiter, no se engañe. Twin Baker acabará colgado de una soga, o morirá en un tiroteo. No sé lo que usted piensa de él , pero es un ladrón y un asesino, y la horca es demasiado buena para él.

Se detuvo y me miró fijamente, agitando la cabeza.

—Usted no entiende —protestó.

Mi caballo y yo estábamos con ganas de largarnos. Barby Ann dijo: —¿Papá? Subamos a casa.

Él retiró su brazo de ella y puso una mano en mi hombro. —Talon, aléjelo de ellos. No permita que lo ahorquen. Usted es buena persona. Sé que usted es un hombre bueno. No les permita colgarlo.

Rossiter escupió. —¡Ese Balch! Querrá que le cuelguen. De eso estoy seguro. Y el comandante... es como cualquier militar. ¡Disciplina! También será partidario de la soga. Tiene que detenerlos, Talon.

Puse un pie en el estribo y me subí a la silla de

montar, alejando el caballo de él. —¿Está suplicando por él cuando también robó su ganado?

—No sabía que eran míos. No podía saberlo. —Rossiter agitó la cabeza con admiración—. Astuto, es bien astuto. —Me miró entornando los ojos. —¿No piensa que lo van a coger? Eso dijo. No piensa que puedan, ¿verdad?

—Rossiter, váyase a casa. Necesita descansar. Nosotros lo encontraremos, y si su ganado todavía está por allí, lo recuperaremos.

Se alejó de espaldas con la cabeza temblándole. En ese momento me dio pena. Nunca me había caído bien. Aun de muchacho, cuando conversábamos, nunca me había gustado. Era superficial, todo apariencia y poca sustancia. Ahora que la belleza física había desaparecido, sólo quedaba una sombra de lo que había sido.

Desde que empecé a trabajar para su cuadrilla sólo lo había visto dentro, en la penumbra de la casa. Donde me parecía que todavía tenía un poco de fuerza. Pero a la luz del sol el deterioro era evidente.

—¡Váyase! —dijo Barby Ann irritada—. ¡Salga de aquí! Maldigo el día que vino a trabajar para nosotros. Usted es el responsable de lo que le está pasando a él... *Usted*.

La miré y me encogí de hombros. —Cuando recuperemos el ganado, me largaré. Tenga mi paga lista. Lamento que se sienta así.

Rossiter se volvió hacia nosotros. —¿John? —murmuró—. John....

De repente, giró hacia mí. —¡No consienta que lo ahorquen! ¡Por favor!

—¡Maldita sea, Rossiter! ¡El hombre es un ladrón! Le ha robado ganado a usted y a todos, e intentó provocar una guerra a tiros. ¿Por qué demonios le preocupa lo que le pueda pasar?

Me miró fijamente con sus ciegos ojos. —¿Preocupado? ¿Que por qué me *preocupa*? ¿Por qué no le debo cuidar? *¡Es mi hijo!*

CAPÍTULO 25

MI CABALLO MARCHABA tan rápido como otros trotaban, y salió disparado del rancho en dirección sur. Sin embargo, yo no tenía intención de alcanzar al destacamento. Nunca me había gustado viajar en grupo, porque había advertido que los peores tipos acababan siendo los líderes de los grupos o pelotones.

Habría unas treinta y cinco duras millas del rancho a la cabaña en el Concho, y enfilé en línea recta.

Poco antes de que anocheciera, llegué al nacimiento del Kiowa Creek y, sin desensillar, construí una hoguera y me preparé un café y un poco de tocino. Después de comer, cargué la sartén de freír y la cafetera, bebiéndome los restos del café de la propia cafetera, y fui hasta una hondonada en la pradera a media milla del arroyo. Había visto este paraje antes, y había una filtración de agua que, aunque no llegaba a la superficie, hacía que el pasto estuviera verde. Estaqué allí el caballo, me enrollé en mis mantas y, con mi caballo de vigilante, dormí como un bendito hasta que amaneció.

Me marché cabalgando por el llano hasta el oeste del territorio kiowa. Salí del bosque en Tepee Draw, al sur de la cabaña.

No había humo, ni señales de vida.

Me quedé un rato sentado encima del caballo vigilando la casa. Parecía estar abandonada. Cerca había un sendero muy definido hacia el sureste. Aventurándome, me acerqué a la casa.

La cabaña estaba vacía. Se habían llevado casi todos los comestibles. Sólo quedaban unos andrajos y unos viejos utensilios. En el fuego había una cafetera con café templado. Avivé los tizones y lo calenté, bebiéndomelo en una taza sin asa mientras paseaba de una ventana a otra observando.

Salí fuera. Abrevé mi caballo y regresé a la casa. Se habían llevado todo lo que tenía algún valor.

Monté siguiendo el sendero hacia el sureste, y en unas cuantas millas llegué a Spring Creek.

Delante de mí había cabalgado un jinete tranquilamente. El sendero tendría unas cuantas horas. De nuevo aparecían las huellas del caballo de paso ligero.

¡Twin Baker!

Al sureste de aquí quedaba el territorio de los ríos San Saba y Llano, y lo único que conocía era lo que había escuchado comentar en el barracón y en la taberna.

Al día siguiente, cuando amaneció, cabalgué hasta Poor Hollow.

Allí encontré un corral de matorrales y troncos de madera capaz de guardar unas cabezas de reses algún tiempo. Y por los excrementos, habían guardado ganado allí recientemente y en el pasado.

A un lado, bajo unos árboles, encontré un círculo pequeño de piedras donde los constantes fuegos habían construido un depósito de cenizas. Las cenizas estaban frías, pero las huellas no tenían más de dos o tres días.

Me puse en cuclillas bajo una enorme y vieja pacana y estudié el corral, pero tenía la mente en otra parte. Era evidente que Twin Baker había robado el ganado en pequeños grupos y los había desplazado por varias rutas a este u otros corrales de almacenaje donde los dejaba mientras volvía por más.

Había agua del arroyo y el suficiente pasto para una pequeña manada. Cuando volvía con otro lote, los manejaba probablemente al sureste.

Partí de Poor Hollow hacia una bifurcación del San Saba y acampé debajo de unos árboles. Me preparé la comida de forma que el humo se disipara entre los matorrales para que no se pudiera ver. Estaba en terreno alto con buena vista alrededor. Recostado contra un árbol, estudié el panorama.

Vi un enorme búfalo viejo con dos crías, unos antílopes y unos cuantos buitres. No había más que la extensión y las olas ondulantes de calor. No obstante, tenía un mal presentimiento que no concordaba con la belleza del paisaje. Me parecía estar cabalgando derecho hacia una trampa.

Twin tenía que tener su base en algún sitio, un lugar donde hubiera suficiente agua y pasto donde el ganado pudiera quedarse largo tiempo. Después de descansar un rato, continué tranquilamente por el camino. Este territorio era más abrupto y tenía bastantes cedros.

Acampé dos veces y ambas veces vi corrales donde habían guardado ganado. A juzgar por las huellas y los excrementos, eran casi todos terneros.

Era un territorio deshabitado. Varias veces vi indicios de indios, pero eran antiguos. Había varios conjuntos de huellas, las del caballo de paso largo, y otras de un jinete solitario y de dos o tres jinetes que parecían andar juntos. Todos se dirigían al este.

Al amanecer estaba de nuevo en la grupa de mi temperamental bronco, contemplando el enorme sendero. Esto era lo que más me gustaba, cabalgar lejos por territorio interminable y bello rodeado de espacio abierto. En cada apertura de las colinas se divisaba otra vista, aunque la aparente soledad del territorio podía traicionarlo a uno. Dondequiera que uno mirara, las colinas escondían cañones donde podría esconderse un ejército... o un grupo de guerreros indios en busca de cueros cabelludos y de la gloria.

De repente, se abrió delante de mí un precioso valle verde con unos edificios. Desde una colina, había visto ruinas de adobe al nordeste... principalmente al este. Era el Presidio de San Saba, un empeño de los españoles de antaño por establecer y administrar este país. Los comanches aniquilaron hasta a los últimos clérigos que no pudieron escapar a tiempo.

Los edificios que veía debían estar al sur del viejo Presidio. En este pueblucho había cuatro o cinco, un colmado, una taberna y unas construcciones. Algunas estaban vacías. También había unos corrales.

La taberna estaba en un edificio bajo y largo de adobe. Tenía una barra y detrás había un mozo calvo de mirada salvaje. Unos tirantes le sujetaban los pantalones. Vestía una camiseta sucia y tenía las cejas pobladas.

—¿Qué desea? —Me miró fijamente con unos ojos azules vidriosos.

—Una cerveza, si tiene.

—Tenemos y además está fresca, pues la sacamos directamente del manantial. —Alcanzó una botella y la puso sobre la barra—. ¿De paso?

—Más o menos. Me gusta explorar nuevos territorios.

—A mí también. Aunque esto no es mío. El jefe me convenció para que abriera esto. Tenía que irse una temporada a San Antonio. Dijo que tenía dolores de estómago, y le creo.

—¿Puede darme de comer?

—Si le gusta la comida mexicana. Tenemos una chica que sabe cocinar frijoles. Tenemos frijoles, arroz y carne. Por la mañana tendremos huevos... La mujer tiene unas gallinas.

Se rió. —Es el segundo lote que consigue. La comadreja se los robaba todos desde hacía rato. Algunas personas dicen que el hombre es el único animal que mata por gusto... Esa gente nunca vio un gallinero después de la visita de una comadreja. Mata a una o dos, bebe su sangre y luego mata las demás como enloquecida.

Asentí.

—El león montañés hace tres cuartos de lo mismo. A veces, mata dos o tres ciervos y come un poco de una y entierra el resto entre la maleza antes de largarse.

Me gustó la cerveza. Era buena, mejor de lo que esperaba. Señalé hacia el norte. —¿No es aquello el viejo Presidio?

—Efectivamente. No sirve para mucho excepto para acorralar el ganado. Los edificios y las paredes que sirven de corral aguantan a una manada bastante grande. —Me miró de nuevo—. ¿Va para San Antonio?

—Más o menos. Pero me apuntaría a cualquier

cuadrilla que necesitara que le echara una mano. Preferiría conducir el ganado sentado encima de mi bronco y dejando pasar el mundo por delante. Tengo un buen caballo de corte que sabe más de ganado que yo. Así me quedo tranquilo y le dejo que haga el trabajo.

—Por aquí tan al oeste no hay muchas cuadrillas. Lejos por encima del Concho Norte he oído que hay algunas. Aunque yo nunca me he venturado tan al oeste —dijo.

—Me dijo que a veces había manadas en el Presidio. ¿Sabe si ahora hay ganado allí?

Meneó la cabeza. —Había hace unos días... unas pocas reses. Quizás unas ciento cincuenta cabezas. Dos vaqueros las conducían.

De repente, se rió entre dientes.

Cuando le miré curioso, me sonrió y agitó su cabeza. —Es sorprendente como la gente se asocia. Entran aquí para tomarse una cerveza, como usted. Uno de ellos es un tipo callado. Cara seria, atractivo, pero una tumba. Aunque no se le escapa nada. El otro tipo es más joven... vanidoso, pavonea, y sé que está orgulloso de esa pistola que lleva en la cadera. Nunca he visto tipos tan opuestos juntos.

—¿El callado no tenía pistola? —pregunté.

—Claro que sí. Pero ¿sabe algo? Tenías que mirar dos o tres veces para verla. Aunque estaba a la vista, la llevaba como si hubiera nacido con ella y fuera parte de él.

Hizo una pausa. —El más joven llevaba dos pistolas: una metida detrás en la cintura, a la izquierda, oculta bajo su chaleco, pero por la manera que llevaba esas dos pistolas hubieras pensado que tenía seis. Parecía un pistolero de pies a cabeza.

—¿De frente alta? ¿Con el pelo peinado hacia atrás? ¿Pantalones de rayas? —pregunté.

—Así es. ¿Lo conoce?

—Lo he visto por los alrededores. Se llama Jory Benton. Es un pistolero a sueldo.

El mozo agitó la cabeza. —Él nunca ofreció sus servicios al otro tipo. De eso estoy seguro. El otro tipo no necesita ninguna ayuda. Conozco su tipo.

—¿Ciento cincuenta cabezas? Si están entrenados a conocer el sendero, con dos hombres es suficiente. No me necesitarían —dije.

—Ellos conocen bien el sendero. Tenía una vieja vaca moteada roja y blanca. Iba a la cabeza y el resto que la seguían eran terneros de tres o cuatro años. También había algún primal.

Tomé la cerveza, y me fui a una mesa cerca de la ventana. El mozo trajo su botella y se me sentó enfrente. —Aquí estoy enterrado hasta la primavera —dijo—. Tengo un pequeño refugio. Hay vacas y buenos pavos. En cuanto llegue la primavera me iré a San Antonio. Soy cochero —agregó.

Vimos a un hombre salir de la casa de enfrente. El mozo lo señaló con la cabeza. —Allí hay un gato encerrado. Ese tipo... lleva por aquí dos o tres días, sin hacer nada. Nunca viene aquí. Sólo habla con su compañero. Me da la impresión que están esperando a alguien.

Era un tipo alto, enjuto, ágil, con un puro en la boca y un desgastado sombrero negro en la cabeza. Llevaba atada una pistola y un cuchillo Bowie y miraba mi caballo. Cuando se volvió y dijo algo por encima del hombro, otro hombre salió de la casa. Éste era gordo y bajo, y estaba sin afeitar. Vestía una camisa abierta y en el cuello llevaba atado un pañuelo sucio.

Ambos hombres miraron alrededor cuidadosamente.

—Amigo —dije al mozo—, si yo fuera usted, volvería detrás de la barra y me quedaría en el suelo.

Me miró fijamente. —Un momento... —dudó y luego preguntó—: ¿Le están buscando a usted?

Le sonreí. —¿Eso es lo que le han dicho? La verdad es que no lo sé. El alto se llama Laredo, y la gente dice que es muy hábil con una pistola de seis balas. El gordo podría ser Sonora Davis. Cualquiera de los dos le dispararía sólo por divertirse, excepto que sólo suelen divertirse cuando les pagan por ello.

—¿Le están buscando?

Sonreí de nuevo. —Ellos no le habrán dicho eso, ¿verdad? Quizás debo ir a peguntarles.

Levantándome, solté el cinto de mi pistola de seis balas. —No me gusta dejar a la gente esperando. Si te respetan lo suficiente para concertar una cita, lo menos que puedes hacer es no hacerle esperar. ¿Me puede guardar la cerveza?

No había puerta, sólo espacio abierto para uno. Traspasé el umbral y salí fuera.

Me detuve bajo la sombra del toldo, y los miré a la luz del sol cerca de su puerta.

Todo estaba en silencio y hacía mucho calor. Una abeja negra zumbó alrededor, y un pequeño lagarto se paró en una roca cerca del poste del toldo, sus costados moviéndose cuando abrió la boca para respirar.

—Hola, Laredo —dije bien alto para que me pudiera oír—. Estás bien lejos de Hole.

Él entornó los ojos bajo el ala del sombrero y me miró fijamente.

—La ultima vez que le vi —dijo— tenía cuatro nueves contra mi full.

—¿Talon? ¿Milo Talon? ¿Es usted? —preguntó Laredo.

—¿Quién va a ser? ¿Papá Noel?

Estábamos a una distancia de sesenta pies, por lo menos. Su compañero empezó a moverse hacia la derecha. —Sonora —dije—, yo no haría eso. Podría pensar que me estaban esperando. No me gustaría pensar eso.

Laredo cambió el puro de lado con los dientes. —No sabíamos que fuera usted. Estábamos esperando a un jinete con un caballo de Stirrup-Iron.

Hice un gesto para indicar mi caballo. —Allí está. Yo soy el jinete.

Laredo y Davis eran buenos pistoleros, pero Laredo era el mejor de los dos. Pero le notaba indeciso. No le gustaban las sorpresas, y había estado esperando a un vaquero cualquiera, no a alguien que conocía.

—Espero que le haya pagado bastante, Laredo —dije en voz baja.

—No nos imaginábamos que fuera usted. Nos dijo que un vaquero curioso andaba detrás de él. Maldita sea, si hubiera sabido que era usted, lo habría hecho él mismo.

—Lo sabía. De eso esté seguro —añadí.

Eran dos y necesitaba una ventaja. No sabía si realmente la necesitaba, pero lo prefería. Ellos habían cobrado para matarme e iban a cumplir con su obligación.

—Cobramos el dinero —dijo Laredo—, y tenemos que hacerlo.

—Lo podrían devolver.

—Nos lo hemos gastado casi todo, Milo. No nos queda nada —dijo Laredo.

—Podría prestarles unos dólares —dije bajito—. Podría prestarles... Veamos lo que yo tengo. —Moví la mano derecha como si la fuera a meter en el bolsillo, y cuando ellos fueron a por sus armas, me había adelantado a ellos en unos segundos.

El arma de Sonora se levantaba cuando le disparé. Sonora estaba a la derecha. Era más fácil mover de derecha a izquierda, así que le disparé primero a él.

Laredo había sido rápido... demasiado rápido para su propio bien. Y no supo aprovechar aquel instante que puede proporcionar un tiro perfecto.

Su dedo apretó el gatillo mientras levantaba la pistola y la bala impactó en la arena una docena de pies delante de mí. La mía dio en el blanco.

Hace tiempo, un viejo pistolero me dijo: "Haz que cuente el primer tiro. Puede que nunca pueda disparar otro".

No necesitaría otro.

Laredo se derrumbó contra el muro de la casa, y la pistola disparó al polvo a sus pies. Con el hombro contra la pared y las rodillas dobladas, se fue desplomando sobre la tierra compacta.

Me detuve un instante esperando. Hacía calor y se olía el cáustico humo del revólver. Se escuchó una puerta cerrarse de un golpe. Una mujer parada en la calle se tapaba los ojos mirándonos.

Crucé la calle despacio para buscar mi caballo, cargando el revólver con balas. Cuando lo enfundé, me subí a la silla de montar.

El mozo estaba en la puerta, mirándome. —¿Qué hago? —suplicaba—. Quiero decir, que...

—Entiérrelos —contesté—. Tendrán dinero en los bolsillos, y le facilitará el invierno... Cójalo. Guarde sus equipos. Entiérrelos y ponga una señal en las tumbas.

Apunté cada uno. —Éste era Laredo Larkin, el otro, Sonora Davis.

—¿De dónde son?

—No lo sé —contesté—, pero consiguieron lo que estaban buscando. Hacía tiempo que se encaminaban a un lugar como éste.

Me fui.

Laredo y Davis. ¿Iba yo por el mismo camino?

CAPÍTULO 26

EL RASTRO DEL ganado robado se dirigía hacia el territorio del río Llano. El problema era que me había ido del pueblo sin comer, y la tripa me empezaba a hacer ruidos. Así que cuando vislumbré una casa de adobe, me acerqué hasta allí y desmonté.

Una joven delgada se acercó a la puerta protegiéndose la vista del sol. También advertí a un tipo acercarse a la puerta del granero para mirarme.

—Quisiera comprar algo de comer —dije—. O algo que pueda llevarme.

—Desmonte y siéntese —dijo ella—. En seguida prepararé algo.

El hombre vino del granero. Era un hombre joven, delgado, con una sonrisa rápida y tímida.

—¡Hola! ¿Está de paso?

—Ése es mi nombre —le contesté sonriendo—. Me parece que es lo único que hago. Ir de paso. ¿Llevan aquí mucho tiempo?

—Nadie lleva aquí mucho tiempo. Vine cuando acabó la guerra. Encontré este lugar, arreglé el viejo adobe y los corrales. Conseguí unas cabezas de ganado por las llanuras, y después regresé a Virginia Occidental para buscar a Essie.

—Pues, tiene agua, pasto y tiempo. No creo que necesite mucho más.

Me miró de nuevo. —Me sorprende que no haya comido en el pueblo. La mexicana es muy buena cocinera.

—Hubo un tiroteo y me tuve que largar a toda velocidad de allí. Nunca se sabe cuándo puede haber más.

—¿Un tiroteo? ¿Qué ocurrió? —preguntó él.

—Me pareció que un par de pistoleros estaban esperando a un tipo. Cuando llegó al pueblo le atacaron, pero parece que él se les adelantó.

—¿Los abatió a los dos?

—Eso parece. Me monté en el bronco y salí rápidamente de allí —dije.

Caminamos hasta el abrevadero para que mi caballo abrevara, y después lo até a unos arbustos y me fui dentro. Nos sentamos, y el hombre se quitó el sombrero y se secó el sudor de la frente y de la cinta del sombrero.

—Hace calor —dijo—. He estado allí al fondo preparando el heno.

Essie entró y puso los platos sobre la mesa. Me miró rápidamente con curiosidad. En este territorio escaseaban las noticias, y había pocas visitas. Sabía lo que se esperaba de mí. Querían saber absolutamente todo lo que estaba pasando.

Así que les conté lo de la cena de las cajas en el Rock Springs Schoolhouse, de los robos de ganadería por el territorio del Concho, y repetí lo que les acababa de contar sobre el reciente tiroteo.

Essie puso una olla de café en la mesa, luego frijoles, carne y patatas fritas, que hacía mucho tiempo no comía. —Él las cultiva —dijo orgullosamente, señalando a su marido—. Es un buen granjero.

—He visto a alguien conducir ganado por aquí. ¿Es ganado de su propiedad? —pregunté como el que no quiere la cosa.

Agitó la cabeza rápidamente. —No. No son míos. De vez en cuando pasan por aquí, pero nunca paran. —Miró a su esposa—. Quiero decir que nunca lo hicieron hasta esta última vez... Apareció un desconocido, un tipo bastante llamativo. No me cayó demasiado bien.

Essie se sonrojó, y traté de no mirarla.

El hombre siguió. —Se paró allí fuera y empezó a charlar con Essie. Supongo que pensó que era una mujer que estaba sola, y cuando subí, le vi rodeándola y jugando con la pistola.

—¿Un hombre de frente ancha? —pregunté.

—Sí, señor. Con el pelo ondulado. Me dio un poco de miedo enfrentarme a él, pero vino ese otro hombre y le echó la bronca, y el tipo se montó en el caballo y se fue. Al irse miró hacia atrás y dijo: "Espérame, cariño. Volveré pronto por aquí." Y oí que el otro le dijo: "Eso ni lo pienses! He trabajado demasiado para evitar problemas en este sendero. Y no voy a dejar que me estropees las cosas..." Entonces se alejó y no pude escuchar el resto de lo que dijo, aunque oí al otro hombre contestarle. Cuando partieron no parecían llevarse demasiado bien.

—El que habló con usted —dije a Essie— es un pistolero llamado Jory Benton.

—¿Un pistolero? —dijo palideciendo—. Entonces sí...

—Efectivamente —repliqué bruscamente—. Podría haber matado a su marido. No lo hubiera pensado dos veces. Al norte de aquí pegó un tiro a un amigo mío.

Ellos intercambiaron miradas.

—Ese ganado —pregunté casualmente, mientras llenaba la taza —, ¿lo lleva a su rancho?

—Yo no lo llamaría un rancho, exactamente. Tiene una casa en el Llano... Tendrá unas mil cabezas... o más. Casi todos son terneros. —Dudó un instante—. Señor, no le conozco, y quizás no debería contarle todo esto, pero esa cuadrilla me da que pensar.

—¿Cómo es eso? —pregunté.

—Frecuentemente conducen ganado por aquí. Nunca me molestaron, ni yo a ellos, hasta que ese tipo incordió a Essie. Si no hubiera sido por él, no hubiera abierto la boca. Lo que me hizo sospechar es que sólo hay terneros y ninguna vaca, y que siempre van por la misma ruta.

—¿Cuántos hombres tiene?

El hombre joven se encogió de hombros. —No sabría decirle. Lo más frecuente es que esté solo, con unas pocas reses. A veces está oscuro y es difícil verlos. Un par de veces, cuando iba de cacería al sur de aquí, atravesé su sendero. Una vez miré por el Llano y vi el ganado. Me pareció ver a dos o tres hombres, pero tuve miedo que me vieran y para evitar problemas me fui rápidamente.

—¿Al sur de aquí, dice? —pregunté.

—Debió de ser al sur. El Llano da una vuelta. Hay un cañón bastante grande, y es por allí por donde lleva el ganado hacia el sur. El pasto es bueno y hay suficiente agua y muchos robles, olmos, mezquites y algunas pacanas. Está bien situado.

Cuando terminé de comer, salí y recogí mi caballo, le ajusté la cincha y me monté en la silla. —Amigo —sugerí—, podría ganarse un par de dólares si va a darse un paseo.

—¿Un paseo adónde?

Sabía que el dinero en efectivo era difícil de conseguir en estos parajes, y un ranchero de medio pelo como éste tendría problemas económicos.

—Al norte de aquí a lo largo del Medio Concho... Probablemente estén ahora al sur de allí, y podría encontrárselos a medio camino. Hay una cuadrilla de jinetes... supongo que el comandante Timberly y un tal Balch irán de primeros. Dígales que Talon le envía, y que el ganado está en el Llano.

—¿Es ganado robado? —preguntó.

—Así es. Pero no se preocupe de eso. Cabalgue y no dé explicaciones a nadie. El hombre que les dio problemas es Jory Benton, y el hombre que manda es Twin Baker, que es mucho peor que Benton. No los provoque.

—Verán mis huellas si los pierdo y vuelven aquí. No les mienta. Dígales que estuve aquí, que comí y me largué, que ni hablé ni hice preguntas. Sólo comí. ¿Entiende?

Asintió.

MI SENDERO CONDUCÍA al sureste, a través de un territorio inhóspito y quebrado, poblado de árboles de cedro y roble. No era un territorio agradable de recorrer cuando esperas que te peguen un tiro en cualquier momento; ese territorio parecía estar hecho para eso.

Como dije anteriormente, mi madre no crió un imbécil, y cambiaba frecuentemente de sendero. El caballo debió pensar que me había vuelto loco. De repente, lo encaminaba hacia el este a Five Mile Creek. Después al sur, luego hacia el oeste.

Exploré todo el territorio antes de atravesarlo, estudiando la distribución del terreno e intentando no seguir un patrón para que nadie pudiera entramparme. Montaba hacia un conjunto de colinas, y de repente me di la vuelta en la base. Subía por un cerro en diagonal, daba marcha atrás y subía por el lado opuesto. Siempre que montaba entre árboles o piedras, doblaba por donde pudiera ocultarme y cortaba en ángulo. Llevó tiempo, pero no tenía prisa. Lo principal era llegar vivo y listo para actuar.

No es que tuviera las ideas muy claras de qué haría cuando llegara. Esa parte no la había pensado demasiado bien. Pero decidí dejar que las cosas pasaran.

Lo que más me importaba era que no huyeran con el ganado.

Al anochecer me cobijé en un acantilado cerca del comienzo de Little Bluff Creek. Era un lugar donde una enorme roca había desviado la caída del talud a ambos lados, dejando un hueco de casi treinta yardas de ancho. La cuesta debajo estaba cubierta de rocas blancas.

Había un cedro bajo y espeso cerca de la roca y mezquite alrededor. Lo exploré mientras cabalgaba. Después me detuve en una parcela de árboles y maleza y construí una pequeña hoguera, hice café y me freí un poco de tocino. Cuando había comido y rebañado la grasa del tocino con unos bollos que Essie me había preparado, apagué el fuego apartando las ramas y esparciendo tierra por encima de las cenizas. Llevé mi caballo hasta la hondonada debajo de la gigantesca roca.

Despojé al caballo de los pertrechos y dejé que revolcara, le abrevé y lo estaqué en el pasto debajo de la roca. Entonces desenrollé mi cama, me quité las botas y me eché. Estaba agotado.

Si estaba en lo correcto, el Llano quedaba aproximadamente a ocho o nueve millas al sur, y el lugar donde tenían el ganado estaría justo pasado el río. El joven ranchero que había enviado al norte tras Balch y Timberly me había aclarado las cosas. Baker conducía el ganado haciendo una especie de triángulo entre el Llano y el James, justo al este del Blue Mountain..., pero intentando mantenerlos entre Blue Mountain y el Llano.

La luna había salido cuando volví a abrir los ojos. Todo era blanco y bello. El caballo de las patas negras pacía la hierba allí debajo, pero no podía ver las patas, sólo su cuerpo, que se confundía con las enormes rocas blancas.

Me di la vuelta e iba a seguir durmiendo cuando abrí los ojos de par en par. Era un necio. Si se acercaban furtivamente... ellos o los kiowas... no saldría vivo. Descubrirían mi lecho al aire libre y lo llenarían de plomo.

Salté de la cama como si me hubieran puesto un resorte, coloqué unas piedras en la cama, las tapé con la manta y me escondí en las sombras más profundas debajo de la roca gigante. Con la ruana de la silla de montar cubriéndome los hombros, me recosté y me quedé dormido con la mano en el rifle y el cinto puesto.

Adormilado contra la roca, de repente oí soplar al mustango como si se hubiera sobresaltado. Abrí los ojos y vi tres hombres caminando por el campamento.

Uno susurró: —Mátenlo. Yo iré a por el caballo.

La llama vomitó de los barriles de dos rifles y se oyó el estruendo ensordecedor de los disparos.

Las dos siluetas estaban de pie a veinte pies de mi cama manipulando las palancas de los rifles hasta que agotaron la munición. Yo, Winchester en mano, les tenía en el punto de mira. Estaba a cuarenta pies de ellos.

Ellos llenaron de plomo lo que pensaron era yo, disparando sin parar. Ese desagradable rugido retumbaría en mis oídos muchos días después.

Oí el caballo resoplar, y una voz que preguntaba:
—¿Lo liquidaron?

Se escuchó un gruñido y al otro que decía: —¿Qué demonios crees?

La luz de la luna resplandecía.

Me levanté de un salto alzando una piedra del suelo. Ellos habían dado media vuelta, pero algún ruido les llamó la atención y uno de ellos miró en mi dirección. Recostado como estaba contra la enorme roca, él no podía verme. Con la mano izquierda, tiré la piedra a la derecha, y los dos se volvieron.

—Ustedes compraron los boletos —susurré—, ahora les toca pasear.

Mi Winchester escupió las balas impactando en uno y haciéndole tambalear, mientras intentaba alcanzar su pistola. El otro torció a su izquierda, tirándose cuerpo a tierra mientras intentaba desenfundar, pero disparé bien al vuelo, y mi bala lo pilló en el aire y se cayó boca abajo al suelo.

Los ecos de mis disparos resonaron bajo los aleros del precipicio, disipándose a lo largo de la pared.

Hubo un momento de silencio absoluto, y entonces se escuchó una voz: —¿Muchachos...? ¿Muchachos?

No dije nada. Por allí en la noche, y podría haber disparado al sonido, estaba Jory Benton. El problema era que tenía mi caballo, y no quería matar un buen caballo mientras intentaba matar un mal hombre.

Decidí esperar... y al rato escuché el retumbar de unos cascos. Me quedé solo con los dos muertos y con una luna que casi había desaparecido del cielo.

Estaba solo, sin montura, y cuando amaneciera vendrían a cazarme.

Una brisa débil revolvió las hojas, haciendo gemir los cedros y susurrar al mezquite.

Cargué el Winchester con cartuchos.

CAPÍTULO 27

BENTON, COMO ERA de esperar, también se había llevado los caballos de sus hombres. Tenía que cerciorarme, pero por los sonidos, pensé que se los habría llevado.

Saqué las piedras de mi cama, la sacudí y la enrollé. Aunque estaba llena de agujeros, era preferible a no tener nada en las noches frías.

También me aproximé a donde habían caído los tipos a los que le había disparado...

¡Sólo había uno!

El otro todavía estaba vivo, y si era capaz de moverse, podría disparar. Le quité el cinturón de cartuchos al muerto y me lo eché al hombro, después de comprobar que usábamos el mismo calibre .44.

Su revólver de seis tiros estaba allí, y me lo metí en el cinturón. Ambos rifles estaban cerca. Evidentemente, el hombre herido tenía más ganas de escaparse que de pelear, y había abandonado su rifle.

Cargué ambos y me alejé resguardándome entre las sombras más profundas para protegerme de un tiro.

Cuando estaba a unas cien yardas, me orienté al sur y empecé a caminar. Pasado el Llano había hombres y ganado, y donde había hombres, habría caballos, incluyendo el mío.

Después de caminar casi cuatro millas —calculé que me llevó hora y media, y en ese tiempo alcanzaría unas cuatro millas—, llegué al fondo de otro arroyo. Podía ser Big Bluff, aunque no estaba seguro porque sólo conocía el territorio por los comentarios que había escuchado.

Bajo los árboles estaba sombrío. Localicé un espacio y pegué un par de puntapiés para convencer a cualquier serpiente que yo no era buena compañía. Desenrollé mi cama, me acomodé y, sorprendentemente, me quedé dormido.

Cuando abrí los ojos, la primera luz del día se filtraba a través de las hojas. Por un instante me quedé quieto entre dos enormes troncos escuchando. Los pájaros cantaban, y se oía el murmullo de un animal pequeño, quizás un lagarto, deslizándose entre las hojas y el fluir del agua.

Me incorporé y miré cuidadosamente alrededor. Estaba rodeado de enormes árboles viejos, de troncos de corteza musgosa y de ramas caídas de tres o cuatro árboles y poco más. Lo primero que hice fue comprobar los rifles de repuesto. Uno estaba vacío; el otro tenía tres proyectiles que me metí en el bolsillo. Encontré un árbol hueco y escondí los rifles allí. Después inspeccioné las cargas de mi rifle y la pistola.

Me eché la cama sobre la espalda y crucé el arroyo, deteniéndome en un manantial para beber. Continué río arriba, y me dirigí hacia los barrancos a lo largo del Llano.

Cuando el sol ya estaba alto, miré hacia abajo y contemplé un magnífico campamento, de los mejores que había visto en mi vida, rodeado de árboles con muchas millas cuadradas del pastizal más fino de Tejas. El pasto es impredecible. Hay años que es bueno, y otros que no vale para nada. Éste era un buen año, a pesar de todo el ganado que había allí pastando.

Había un par de cobertizos: uno enfrente del otro a una docena de yardas de distancia. Había una hoguera con una olla colgada encima y una cafetera encima de los carbones. Unas cuantas camisetas y calzones colgaban de una cuerda entre dos árboles. Y había un hombre echado en el suelo con las manos detrás de la cabeza y el sombrero encima de la cara, echándose la siesta en el sol matinal.

Dos caballos ensillados, y mi caballo sin silla, estaban cerca. Mi silla de montar estaba donde la había dejado, medio escondida debajo del saliente de esa enorme roca donde me había echado a dormir. Cuando llegara el momento, iría a recogerla.

Por un rato, me quedé quieto. Otro hombre, que estaba demasiado lejos para poder identificarlo, vino del cobertizo suavizando una navaja de afeitar. Evidentemente, había un trozo de espejo en un poste en la esquina del cobertizo, porque estaba allí parado afeitándose. Me tentaba alborotarlos un poco con el Winchester, pero descarté la idea.

Estudié la manada y contabilicé varios cientos de cabezas. Y aunque estaba demasiado lejos para estar seguro, parecían bien cebados.

Ahora que estaba aquí, no sabía qué hacer. Lo primero era recuperar mi caballo —u otro— para guiar al destacamento cuando aparecieran.

Bajando con cautela la colina, me aproximé por una hondonada al Llano. El río era ancho aquí, pero poco profundo. Bajando hasta la ribera, estudié la situación. Conseguir de día un caballo sería difícil, y no quería arriesgarme. Lo mejor sería quedarme quieto y ver qué ocurría. Oculto entre unos espesos matorrales, cerca de un enorme árbol caído, casi no veía el campamento, pero oía voces.

De vez en cuando entendía alguna palabra. Esforzándome, escuché al tipo que se estaba afeitando... O supuse que era él, porque sonaba como alguien que está hablando mientras se afeita la quijada.

—...tonio... el trato. Supongo que debemos manejar... el río Guadalupe.

Alguien gruñó una respuesta que no pude oír, y siguió la conversación.

—... no me gusta. —La voz se escuchaba más alta y clara—. ¡Te digo que no está solo! ¿Conoces a Balch? ¡Yo sí! ¡Es un demonio, y si te pilla no alcanzarás el árbol más cercano! ¡Te digo que más vale que vendamos y nos larguemos!

Continuaban hablando entre dientes. Cuando se emocionaban, alzaban la voz. —¿Qué pasó con Laredo? ¿Lo has visto? ¿Has visto a Sonora? Lo único que teníamos que hacer era conducir el ganado. ¡Mira en la que nos hemos metido!

Se escuchó un débil sonido río arriba y, levantando la cabeza, vi a un hombre tambalearse hasta el borde del arroyo. Se cayó y empezó a beber agua como si fuera un perro.

Alzando la cabeza, profirió un grito ronco. —¿Qué demonios fue *eso*? —preguntó uno de los hombres. Y entonces oí a alguien correr.

Salieron a la orilla del arroyo, a cincuenta yardas de donde me escondía. Se detuvieron, miraron y saltaron salpicando agua hasta el hombre herido. Probablemente era uno de los hombres a quien le disparé la noche anterior.

Se arrodillaron a su lado. Me levanté rápidamente y descendí cuidadosamente hasta la ribera del río. Moviéndome sigilosamente para no hacer ruido, crucé el Llano.

Estaban de espaldas a mí, ambos arrodillados al lado del herido. En seguida le ayudarían a levantarse e intentarían llevarlo al campamento.

Me arrastré por la ribera. Me detuve al borde del campamento mirando rápidamente alrededor... No había nadie a la vista. Corriendo rápidamente, crucé el campamento para llegar a los caballos ensillados. Mi caballo estaba atado a un tronco del corral. Agarré su correa y la de uno de los caballos ensillados, y dejé al otro suelto espantándolo lejos.

Cabalgó unos pasos y se detuvo, mirando hacia atrás. Yo no podía ver el arroyo ni escuchar nada. Atravesé el campamento guiando a los dos caballos.

En el fuego había un sartén con tocino que estaban calentando para alguien. Agarré varias rodajas y me las comí. Luego cogí la olla y bebí directamente el café caliente.

Subí a la silla de montar del roano, y tirando de mi caballo me encaminé de vuelta al Llano. Miré río arriba, y vi que los hombres habían desaparecido de la ribera. Así que crucé el río con los caballos y me dirigí hacia el norte a recoger mi silla de montar.

No estaba entre mis planes robarle el caballo a nadie, y menos su silla de montar. Podía disparar a un hombre, pero robarle la silla de montar era otra cosa. Cuando llegué a la roca donde tenía mis arreos, me apeé, ensillé mi caballo y solté al roano.

Había pocos lugares buenos para cruzar el Llano, porque había empinados precipicios a ambos lados y el terreno era escabroso. Desde el punto más alto que encontré, miré al norte. Pero no había señal de Balch o del comandante.

Montando hacia el oeste por el Llano, localicé un lugar río arriba por donde podía atravesarlo. Subí por el lado sur y cabalgué a través de árboles de cedro y roble hacia el ganado. Encontré unas cuantas reses esparcidas, y las junté para conducirlas a donde guardaban la manada principal al suroeste del campamento.

El hombre al que le disparé la noche anterior, por la manera que lo llevaban, parecía estar herido en la pierna o la cadera, y era posible que pudiera cabalgar.

De repente, me pregunté.

¿Dónde estaba Twin Baker?

No estaba en el campamento. Habían hablado de San Antonio, y Lisa me había dicho que viajaba allí a menudo. ¿Estaría allí?

Resguardándome cerca de los matorrales, árboles y rocas, me fui aproximando a donde estaba el ganado. Parecía que Baker, solito, había juntado y robado el ganado, y había contratado a estos bandidos para que le ayudaran con el último paseo.

Al parecer había cambiado su plan inicial, debido a los acontecimientos de los últimos días: el descubrimiento de los robos, la escapatoria de Ann Timberly y mi persecución, de la que él seguramente era consciente.

Había enviado a Laredo y a Davis para que me pararan, al menos hasta que Baker pudiera mover el ganado... ¿Sabía que habían fallado?

Todo era una incógnita. Y aunque Twin Baker no apareciera, no significaba que no estuviera cerca. En cualquier momento, podría tenerme en la mira de su rifle... ¡Y sabía disparar!

¿Dónde estaban Balch y los demás? ¿Habrían dado marcha atrás? ¿Estaba solo tratando de recuperar el ganado?

Cuanto más pensaba, menos me gustaba la situación.

¿Había ordenado Rossiter a sus hombres que volvieran? ¿Sabía Twin Baker que estaba robando a su propio padre, entre otros?

Por su reacción, era obvio que Barby Ann no sabía que Twin Baker era su medio hermano o incluso que tuviera un hermano. Las palabras incoherentes de su padre la habían asustado, y estaba desconcertada, incapaz de comprender de lo que estaba hablando.

Me empecé a preocupar, preguntándome si no estaba solo. ¡Y predestinado a quedarme solo!

Me detuve en la sombra de un acantilado. Desde la grupa de mi caballo divisaba la llanura donde pastaba el ganado. Yo no era el único que juntaba ganado. Había otros jinetes trabajando eficazmente, juntando ganado, con la clara intención de llevarlos al sureste.

Trabajaban los barrancos del norte y del oeste cuidadosa pero rápidamente, moviéndolos no al sureste, como creía, sino justo al este.

Las pocas reses que yo había encaminado se esparcieron por el llano y un jinete se volvió hacia ellos y se detuvo de sopetón. Me reí entre dientes.

Había visto ese ganado. Y de repente se preguntaba quién los había movido. Empezó a acercarse, pero con más cuidado. Yo refrené mi caballo mientras observaba. Se colocó detrás del ganado, mirando por encima del hombro. Pero no me moví, sólo miré. Confiado, condujo el ganado a la manada.

Vigilé al norte buscando polvo en el aire, anticipando la llegada del destacamento. No veía nada.

Maldije amargamente.

Eché un vistazo al río y vi el viento agitar las hojas. Miré pasados los vacilantes cuernos del ganado, más allá de los jinetes, tejiendo arabescos mientras rodean y giran, reuniendo el ganado.

Quizás yo tenía algo más de Papá y Barnabás de lo que pensaba. Porque cuando contemplaba la belleza y el espacio, pensaba en lo corta que era la vida, y en todas las cosas pendientes de hacer, las palabras por decir y las millas por cabalgar.

Esos hombres recogían ganado robado, y yo esperaba pensando la forma de recuperarlos. La distancia entre nosotros era muy poca.

La ley es una delgada línea que divide a los que respetan las reglas de los que actúan en su contra. Es fácil de pasar al otro lado. Sin embargo, conocía a muchos hombres del oeste que habían dado el paso y, reconociendo su locura, habían retrocedido.

En un territorio inhóspito de hombres recios, una tierra de hombres que viven duras vidas, es fácil entender y perdonar esos deslices.

Otros, como Henry Rossiter, querían las recompensas sin trabajar para conseguirlas, arrebatándoselas a los que se habían esforzado para alcanzarlas. Era el egoísmo de los que no comprenden que la civilización es simplemente saber convivir en beneficio de todos.

Por qué hice tal tontería, nunca lo sabré. Pero de repente salí de mi escondite a la luz de la llanura. Llegaría el momento cuando me despertaría empapado en sudor pensando lo que había hecho, pero se me ocurrió y lo hice. Monté derecho, y el jinete más próximo se volvió y me miró fijamente.

Los otros... y había otros tres... se detuvieron para

mirarme. Pero estaban esparcidos y demasiado lejos para identificar las caras.

Cuando monté hasta él, vi un hombre rechoncho de pecho cuadrado y cara cuadrangular y tosca.

—Encamínelos hacia el norte —instruí—. Nos los llevamos de vuelta.

—¿Cómo dice? ¿Quién demonios es usted?

—Me llamo Milo Talon, pero eso no es de su incumbencia. Lo único importante es que encaminemos estas reses hacia el norte y las llevemos al Concho, donde fueron robadas.

Me miró fijamente. Lo que estaba haciendo no tenía ningún sentido para mí, así que ¿cómo lo iba tener para él? Estaba confuso y preocupado. Miró a los otros y a las sombras del acantilado de donde yo había salido como si esperara que llegaran más jinetes.

—No, estoy solo. El destacamento está a unas millas de distancia y no llegarán hasta dentro de un rato, así que están de suerte. El destacamento viene con ganas de horca, y estoy ofreciendo salvarles la vida. Ya conocen a Balch... Viene con esa cuadrilla.

—Para beneficiarse del ganado tienen que conducirlos y venderlos, y no podrán ni llevarlos ni venderlos lo suficientemente rápido.

El hombre se quedó estupefacto.

—Me parece que sus opciones están claras. Me ayudan a llevar el ganado al norte y se pueden ir sin cargos. Pero si me dan problemas, los colgaremos a todos.

Los otros jinetes daban la vuelta a la manada y venían a donde estábamos.

—¿Cómo sabemos que vendrá un destacamento? —preguntó el hombre.

Le sonreí abiertamente. —Le doy mi palabra, compañero. Si no me cree, prepárese para disparar. Si gano, usted está muerto. Si pierdo, todavía le queda un maldito destacamento con el que lidiar... De cualquier modo, perderá el ganado. No puede manejar una manada tan grande rápidamente y no puede esconderla.

—¿Qué demonios está pasando? —El portavoz era un hombre mayor con el bigote manchado de jugo de tabaco—. ¿Quién es este tipo?

Le sonreí abiertamente. —Me llamo Milo Talon. Le he sugerido que sería mejor negocio para ustedes que condujeran las reses al norte para encontrarse con el destacamento.

—¿El destacamento? ¿De qué destacamento habla?

—De un cabeza dura llamado Balch, del comandante Timberly y de otros jinetes. Este ganado es de ellos, y Balch es un hombre de ideas fijas respecto a los cuatreros. Piensa que merecen colgar de una soga.

Un vaquero pelirrojo se rió entre dientes. —Hay otra alternativa aún mejor... ¡Huir!

—Inténtelo —sugerí—, y posiblemente lo consiga. Por otro lado, puede perder... y sería una gran pérdida. O gana, o pierde la vida. Si yo fuera usted, no me agradarían las probabilidades.

—Tiene razón —acordó el pelirrojo.

—Hay otra manera, que ya señalé a su amigo. No pueden manejar la manada tan rápido para evadir al destacamento... Así que la manada ya está perdida. Háganlo a mi manera y aunque pierdan el ganado, el destacamento les dará la mano y las gracias. Entonces podrán largarse y cabalgar libre como un pájaro.

—¿Con que Milo Talon? —Escupió el viejo—. Bien, Milo, no le conozco de nada, pero lo que dice tiene sentido.

El pelirrojo asintió con la cabeza sonriente. —Tiene demasiadas agallas para dispararle, cabalgar hasta aquí para convencernos que le entreguemos una manada de vacas. Señor, tiene usted más descaro que esos vendedores de pararrayos de los que he escuchado hablar.

—Muchachos —dije—, la conversación es agradable. Pero hay que ir más allá antes de que llegue el destacamento. Quiero la manada apuntando al norte antes de que les vean, si no, no servirán de nada mis explicaciones.

—¿Qué vamos a explicarle a Twin? —inquirió el más viejo.

—¡Al infierno con él! —gritó el pelirrojo—. Nos ofreció cincuenta dólares a cada uno para manejar el ganado a San Antonio. Mi pellejo vale más que eso. ¡Venga, muchachos! ¡Pongámoslos en marcha!

Giraron y dieron la vuelta al ganado, encaminándolos hacia el cruce del Llano.

Me sequé el sudor del rostro con un pañuelo. Mientras tuviera una Sackett por madre, me alegraba haber tenido un padre con boquita de francés. Siempre me dijo que las palabras eran más poderosas que la pólvora, y ahora entendía a lo que se refería.

Juntamos las reses y las encaminamos hacia el norte, y yo cabalgaba de primero.

CAPÍTULO 28

DOS HORAS AL norte del Llano, divisamos en el horizonte una nube de polvo y, poco después, el destacamento bajó por la ladera a encontrarnos.

El vaquero pelirrojo se detuvo. —¡Se me había olvidado! ¡Mi abuela está agonizando en Beeville! ¡Tengo que largarme!

—Si sale galopando, le coserán a tiros —dije—. Muchachos, refrenen los caballos. ¡Déjenme que me ocupe de esto!

—La ultima vez que me dijeron eso estaban agarrando la soga para colgarme —añadió el pelirrojo—. ¡De acuerdo, señor, hábleles usted, pero Dios quiera que sus palabras les convenzan!

Balch y el comandante iban de primeros, seguidos de Ann, que iba con Roger Balch a su lado.

Salí a su encuentro. —Aquí está casi todo el ganado. Estos muchachos se ofrecieron a ayudarme con el paseo hasta que les encontráramos.

—¿Quiénes son? —exigió Roger Balch sospechosamente—. ¡No los conozco de nada!

—Iban de paso camino de San Antonio y les pedí que me echaran una mano con el ganado —dije campechanamente.

—Gracias, caballeros —dijo el comandante Timberly—. ¡Fue un bonito gesto de su parte!

—Comandante, estos muchachos tenían prisa, y les convencí para que me ayudaran. Si pudiera darles algo para que se tomen un trago —sugerí.

—¡Cómo no! —Sacó del bolsillo un águila de oro—. Muchachos, tómense algo a mi salud. Y gracias... ¡Mil gracias!

—De nada —escupió el más viejo clavándome la mirada—. ¡Es un placer encontrarse con un hombre honrado!

—¡Nos vemos en San Antonio! —dije alegremente—. ¡Preferible estar por allí que suspendidos por aquí!

Salieron galopando y comenzamos a mover la manada.

Ann se acercó, seguida de Roger. —Estábamos muy preocupados —dijo—. Sobre todo cuando vimos los buitres.

—¿Buitres? —puse cara de inocente.

—Papá encontró un hombre muerto. Le habían disparado. No era usted.

—Obviamente —comenté secamente.

—También hubo un tiroteo en Menardville —añadió Ann.

—¿No me diga? ¿Eso queda cerca del Presidio? Increíble que por donde yo cabalgo nunca pasa nada. Parece que siempre me pierdo las cosas.

Ann me miró agudamente, pero Roger no lo notó. —Como le decía a Ann —continuó—, usted no podía estar involucrado, porque su enviado nos dijo que habló del tiroteo justo después de que ocurriera.

Fuentes se puso a mi lado. —Hablé con el cantinero.

Dijo que nunca había visto cosa igual. Fue como disparar un par de patos, uno a la derecha, otro a la izquierda. Lo describió como un tiroteo de libro ilustrado.

—¿Y dónde está Twin Baker? —exigió Balch.

—Se marchó. Su hermana me dijo que va mucho a San Antonio, y allí es donde probablemente esté.

—Por lo menos recuperamos el ganado —dijo Fuentes.

—Eso comentó Roger —añadió Ann orgullosa—. Me dijo que no me preocupara, que recuperaríamos todo sin problemas.

—Me gusta un hombre seguro de sí mismo —añadí.

—Papá no quería que viniera —admitió Ann—, pero Roger me aseguró que todo saldría bien. Dijo que los cuatreros son cobardes, y que Twin Baker probablemente se habría escapado antes de que llegáramos.

Me daba la impresión que Roger hablaba más de la cuenta y que lo citaban más de lo normal. Fuentes también se dio cuenta. Sus ojos tenían una expresión burlona.

—Lo que importa son los recuerdos —dijo Fuentes—. Y nunca te quedes tanto tiempo que te vean meterte los pantalones como los demás…

—Al infierno con eso —dije irritado.

———

CUANDO LLEGAMOS AL patio de Stirrup-Iron, todo estaba a oscuras y en silencio. Había luz en la cocina de la casa del rancho, y escuchamos un caballo saludarnos desde el corral.

—¿Habrá algo de comer? —pregunté esperanzado.

—Puede ser. Por eso deben haber dejado la luz encendida —dijo Fuentes.

Llevamos los caballos al corral y yo dejé caer mi saco de dormir y las alforjas en el porche.

Sobre la mesa había una fuente de carne fría, pan untado con mantequilla y unos pedazos de pastel de manzana. La cafetera estaba en la estufa, y agarramos unos platos y tazas y nos sentamos uno enfrente del otro, callados y satisfechos.

—El cantinero —dijo Fuentes— me habló de un tipo errante... que montaba un caballo de patas negras.

—Debería haberse callado.

—Sólo habló conmigo —dijo Fuentes—. ¿Laredo y Sonora le estaban esperando?

—Twin Baker les pagó para que mataran a un jinete con una montura de Stirrup-Iron, pero no les dio ningún nombre.

—El tabernero mencionó que usted conocía a uno de ellos.

—Hace tiempo jugué con él al póquer. No era amigo mío. Él y Sonora cobraron por matarme, pero ya se habían gastado casi toda la pasta.

Fuentes se retiró de la mesa. —Cuando jugó al póquer con Laredo... ¿Quién ganó?

—Él.

—¿Ve? Nadie gana siempre, ni con las mujeres, ni con las armas, ni en el póquer.

Salimos afuera. La noche estaba estrellada, y Fuentes encendió un puro. —Nadie. Incluso usted.

Yo lo miré.

—Esta vez es usted quien puede marcharse. La muchacha se casará con otro, pero siempre le recordará como el que llegó de lejos y se marchó cabalgando galantemente a otro lugar.

—¿Me está insinuando algo?

—Ann Timberly y Roger Balch se van a casar. ¿No se lo imaginaba?

—Dos ranchos grandes, uno al lado del otro. Fácil de imaginar.

—Y usted un vaquero errante. ¿No contó nada de su rancho, amigo?

—No se lo dije a nadie. Ni quiero.

—Así son las cosas. Deberíamos irnos a dormir.

—¿Están Harley y Ben con la manada? —pregunté.

—Claro —contestó Fuentes.

—¿Cómo está Joe? ¿Sigue en la casa?

—Seguro. —Fuentes hizo un chasquido con los dedos—. ¡Caramba! Casi se me olvida. Llegó una carta para usted. La tengo en la chaqueta, colgada de mi silla de montar. Mañana se la entregaré.

—¿Me la puede traer ahora, Tony?

—¿Ahora? ¡Vale! —Se dio la vuelta y yo caminé al barracón y recogí mi manta enrollada. Me quedé parado un instante disfrutando del frescor nocturno y contemplando las estrellas. Entonces, cuidadosamente, empujé la puerta con la punta de la bota izquierda y lancé la manta enrollada por la puerta.

Un destello llameante perforó la noche, y la explosión ensordecedora de un rifle machacó mis oídos. En ese instante desenfundé con la derecha, elevé el revólver y coloqué tres balas en el lugar del destello llameante.

Echándome hacia atrás, pistola en mano, esperé.

Un largo silencio, y después el porrazo de un arma cayendo al suelo. Se escuchó un lento y desgarrado sonido como de tela rasgada, y algo se desplomó.

La noche se volvió tranquila otra vez.

—¿Amigo? —Era la voz de Fuentes, detrás de mí.

—Estoy bien, amigo —contesté.

Él avanzó y nos quedamos juntos de pie en la oscuridad, mirando de la casa del rancho al barracón. Al salir habíamos apagado la luz de la cocina, y todo estaba a oscuras y en silencio.

—Me quedan unas cuantas millas que recorrer antes de acampar. Iré a ensillar el pardo —dije.

—¿Sabia que él estaba allí? —preguntó Fuentes.

—Había un rifle detrás de la puerta de la cocina con dos puntas en la placa de la culata —dije—. Dejarlo allí fue su error mortal. Me imaginé que me estaría esperando en el barracón.

—¿Es por eso que me envió a buscar la carta?

—Era mi batalla.

—Muchas gracias, amigo.

En el corral ensillé el pardo.

—Montamos juntos... ¿vale? —preguntó.

—¿Por qué no? —contesté.

Él sonrió mostrando sus blancos dientes.

La puerta de la casa del rancho se abrió, y un anciano clamó en la noche.

—¿John...? John... ¿Twin?

No hubo ninguna respuesta. Y no la habría. Fuentes y yo salimos del patio del rancho.

Cuando amaneció, y la parada de la diligencia de Ben Ficklin's no quedaba muy lejos, Fuentes dijo: —¿La carta, amigo?

Era letra de mujer. La abrí rasgándola.

Disfruté mucho bailando con usted. Pronto habrá otra fiesta. ¿Me acompañará?

CHINA BENN

Quizás no ese día. Pero sí en otro no muy lejano.

Sobre Louis L'Amour

"Me considero parte de la tradición oral —un trovador, un narrador del pueblo, el hombre en las sombras de la hoguera del campamento. Así es como me gustaría que me recordaran— como un narrador. Un buen narrador".

PROBABLEMENTE NINGÚN AUTOR pueda sentirse tan partícipe del mundo de sus propias novelas como Louis Dearborn L'Amour. Físicamente podía calzar las botas de los recios personajes sobre los que escribía y, además, había "paseado por la tierra de sus personajes". Sus experiencias personales y su dedicación a la investigación histórica se unieron para proporcionarle al Sr. L'Amour un conocimiento y un entendimiento único de la gente, de las situaciones y de los desafíos de la frontera americana que llegaron a ser el sello de su popularidad.

De ascendencia franco-irlandesa, el Sr. L'Amour podía remontar su propia familia en América del Norte a principios del siglo diecisiete y seguir su marcha infatigable hacia el oeste, "siempre en la frontera". Se crió en Jamestown, Dakota del Norte, y absorbió la herencia fronteriza familiar, incluso la historia de su bisabuelo escalpado por los guerreros siux.

Estimulado por una insaciable curiosidad y un deseo de ampliar sus horizontes, el Sr. L'Amour abandonó el hogar a los quince años y realizó numerosos y variados trabajos, incluyendo los de marinero, leñador, domador de elefantes, carnicero, minero y oficial del departamento de transportes durante la Segunda Guerra Mundial. Por entonces también dio la vuelta al mundo en un buque de carga, navegó una embarcación en el Mar Rojo, naufragó en las Indias Orientales y se extravió por el desierto de Mojave. Como boxeador profesional, ganó cincuenta y una de cincuenta y nueve peleas, y también trabajó de periodista y conferenciante. Era lector voraz y coleccionista de libros únicos. Su biblioteca personal contenía 17.000 volúmenes.

El Sr. L'Amour quería escribir "casi desde que podía hablar". Tras desarrollar una audiencia extendida con sus relatos fronterizos y de aventuras que se publicaban en revistas, en 1953 el Sr. L'Amour publicó su primera novela, *Hondo*, en Estados Unidos. Cada uno de los más de 120 de sus libros sigue en edición viva; hay más de 300 millones de ejemplares por todo el mundo, convirtiéndole en uno de los autores con más ventas de la literatura contemporánea. Sus libros se han traducido a veinte idiomas, y se han rodado películas de largometraje y para televisión de más de cuarenta y cinco de sus novelas y cuentos.

Sus superventas de tapa dura incluyen *Los dioses solitarios*, *El tambor ambulante* (su novela histórica del siglo doce), *Jubal Sackett*, *Último de la casta* y *La mesa encantada*. Sus memorias, *Educación de un hombre errante*, fueron un éxito de ventas en 1989. Las dramatizaciones y adaptaciones en audio de muchos relatos de L'Amour están disponibles en cassettes y CDs de la editorial Bantam Audio.

Receptor de muchos e importantes honores y premios, en 1983 el Sr. L'Amour fue el primer novelista que recibió la Medalla de Oro del Congreso otorgada por el Congreso de Estados Unidos en reconocimiento a su trabajo. En 1984 recibió la Medalla de la Libertad del presidente Reagan.

Louis L'Amour fallecío el 10 de junio de 1988. Su esposa, Kathy, y sus dos hijos, Beau y Angelique, continúan la tradición L'Amour con nuevos libros escritos por el autor durante su vida y que publicará Bantam.